TROPENBRUID

Van Susan Smit verschenen eerder onder andere

Heks (non-fictie)
Wijze vrouwen (non-fictie)
Elena's vlucht (roman)
De zweefmolen (non-fictie)
Wat er niet meer is (novelle)
Vloed (roman)
Zoals jij bemint (verhalenbundel)
Wijze mannen (non-fictie)
Gisèle (roman)
De eerste vrouw (roman)
Hotel Hartzeer (samen met Marion Pauw)

Susan Smit

Tropenbruid

Roman

LEBOWSKI PUBLISHERS
AMSTERDAM 2020

Eerste druk, januari 2020
Tweede druk, februari 2020

Omslagontwerp: Bij Barbara
Omslagbeeld: © Richard Jenkins
Auteursfoto: Linelle Deunk
Typografie: Crius Group, Hulshout

ISBN 978 90 488 3543 0
ISBN 978 90 488 3544 7 (e-book)
NUR 301

www.lebowskipublishers.nl
www.overamstel.com

OVERAMSTEL
uitgevers

Lebowski Publishers is een imprint van Overamstel uitgevers bv
Meld je aan voor de nieuwsbrief om op de hoogte te blijven van de nieuwste boeken van Lebowski Publishers via www.lebowskipublishers.nl/nieuwsbrief

‘De meeste westerlingen verstaan de kunst van het lijden niet en ze krijgen er duizend angsten voor in de plaats.’

Etty Hillesum

PROLOOG

Anna telde de galmende slagen van de kerkklok. Het waren er elf.

In het ijzeren bed, nauwelijks een meter van haar verwijderd, lag Fiene. Anna dacht haar diepe, gelijkmatige ademhaling te horen, maar hij zou ook van een van de andere meisjes kunnen zijn. Ze lagen in dertien bedden naast elkaar aan beide zijden van de slaapzaal. Fiene lag al een tijdje stil, ze zou wel slapen.

Het lukte Anna niet haar ogen te sluiten, ze moest alert blijven. Het was alsof de duisternis op haar neer kon vallen als ze niet oplette. Ze keek naar de contouren van de slapende meisjes, de nachtkastjes aan hun voeteneind, de dingen waarvan ze zeker was. Ze kon de donkerte al voelen naderen, plagerig, als iets wat haar eerst zou omgeven en uiteindelijk bij haar binnen zou dringen, totdat ze deel uitmaakte van de duisternis en erin verdween.

De angst was niet nieuw voor haar. Ze wist wat zou volgen, ze zou de golflijn in een grafiek kunnen uittekenen; het langzaam naar beneden tuimelen, door alle lagen van zichzelf heen. Het gevoel dat alles schuurde, haar huid die dun werd en haar handen die geen enkel gewicht meer konden dragen. Het niet willen toegeven aan de droefheid, ertegen vechten, maar vermoeid raken, alsof ze door dikke lucht bewoog, tot ze alleen nog maar wilde gaan liggen met een deken over haar hoofd. Er moest een manier zijn eraan te ontkomen.

Fiene draaide zich om.

'Fientje, slaap je al?' fluisterde Anna.

Een kreunend geluid.

'Het is nog zo lang,' zei Anna zachtjes.

'Wat is lang?' zei ze slaperig.

'Totdat we hier weg mogen.'

'O, Anna.'

Het was lang stil. Daarna zei Fiene: 'Daarbuiten is het ook niet zo geweldig.'

'Sssst,' klonk het uit een van de andere bedden.

Fiene leek het daarmee eens te zijn, want ze zei niets meer.

Ze had het mis, dacht Anna. Zodra zij het weeshuis verliet, zou het anders zijn, losser, lichter. Het duister ver weg.

I

Je kunt maar beter doorstappen als je door de smalle straatjes van de Nieuwmarktbuurt loopt. Anders zullen de boodschappenjongens je vloekend passeren op hun rammelende bakfietsen en de keukenmeiden hun manden, leeg als ze naar de markt lopen en gevuld met knollen en bonen als ze ervandaan komen, hardhandig in je rug porren om je tot haast te manen.

In haar eigen rieten mand zat de bestelling van mevrouw Toorenvliet; een zomerjapon en wat geklost kanten goed voor een van haar dochters. Het huis van de familie bevond zich aan de Kloveniersburgwal.

Het jonge ochtendlicht gaf de stad een parelachtige glans en lange schaduwen van het diepste purper. Het water in de grachten, waar het zonlicht nog niet reikte, was van een donkergroen tot modderbruin, terwijl de herenhuizen aan één kant al helder werden opgelicht. De bomen langs de wallen droegen het tere gebladerte van april.

Ze sloeg geen acht op de blikken die op haar bleven rusten. Die waren bedoeld voor haar wezenuniform, niet voor haarzelf. De rok en het lijfje waren tweekleurig – links rood en rechts zwart, de kleuren van het Amsterdamse stadswapen – en het witte schort, de kraag en het mutsje staken daar opvallend bij af. In de wintermaanden droeg ze er losse, gebreide mouwen bij, nu voelden haar onderarmen prettig aan in de nog frisse buitenlucht.

Via de Oudezijds Achterburgwal liep ze naar de Koestraat,

een klinkerstraatje waar een walm hing van urine en bedorven groenteschillen. De woningen waren per halve, soms per kwart etage verhuurd aan grote gezinnen. Aan de grachten woonden de mensen van stand in ruime panden en in de dwarsstraatjes zaten de paupers boven op elkaar. Zo kon je vanuit de armoede van vuile houten trappen en donkere portieken bij het omslaan van een hoek zomaar in de nette burgerstand van keurig onderhouden huizen met blinkend geverfde deuren en koperen belknoppen belanden.

Anna moest zich hoe dan ook haasten, want de boodschappenpenning en het verlofbriefje die de moeder van het naaiatelier haar verstrekt had, waren maar een paar uur geldig. Ze had het de portier getoond bij de Meisjespoort in de Sint Luciënsteeg, die haar erdoor liet. LAAT PASSEREN TEN DIENSTE VAN HET BURGER-WEESHUYS, ANNA PRINSENHOEK, DEN 19 APRIL 1907, stond erop.

Haar achternaam was haar gegeven door het weeshuis en verwees naar de plek waar ze was gevonden: op de hoek van de Prinsengracht en de Oude Looiersstraat. Altijd als iemand haar achternaam uitsprak, zag ze in haar verbeelding een baby liggen in de kou, rillend, terwijl het warm moest zijn geweest, want ze was geboren in de zomer.

Het trappetje naar het bordes van de familie Toorenvliet had een sierlijk gekrulde leuning, links ervan leidden een paar treden naar een souterrain waar goederen konden worden afgegeven en het personeel zich ophield. Anna twijfelde even welke ingang ze moest nemen, want ze had weliswaar een bestelling bij zich, maar ze had ook een afspraak met de mevrouw, en koos toen voor de hoofdingang.

Een dienstbode opende de deur met een beleefde glimlach die meteen verflauwde zodra ze Anna's wezenuniform zag.

'Wat kom je doen?'

'Ik heb een japon voor de jongedame,' zei Anna en ze hield de mand schuin, alsof ze iets moest bewijzen, wat haar, zo besefte ze, nog onnozeler deed lijken. Ze had de dienstingang moeten nemen.

Vanuit de gang was de hoge, zangerige stem van mevrouw te horen. 'Het is al goed, laat haar maar binnen.'

De meid draaide zich om en ging Anna voor naar een kleine ontvangstkamer. Het ochtendlicht viel door hoge ramen op eenvoudige, maar glimmend geboende mahoniehouten meubels.

'Water, alsjeblieft, voor de jongedame,' zei mevrouw tegen de dienstbode met een glimlach op Anna gericht.

Haar komst moest zijn aangekondigd, want de twee dochters kwamen de kamer binnen. Ze wierpen een korte blik op Anna en bogen zich toen belangstellend naar de mand aan haar arm. Anna wist niets beters te doen dan de japon eruit te halen en die met gestrekte armen voor zich uit te houden. De meisjes, een van hen was hoogstens zestien, de ander een paar jaar ouder, namen de japon in zich op. De oudste streek flauwtjes over de stof.

'Hij is wel wat flets van kleur, vind je niet?'

Er zat een traagheid in hun bewegingen die je elegant kon noemen. Deze meisjes bewogen zich als honing die van een lepel viel, gelijkmatig. Wat zouden ze doen met al die tijd die ze tot hun beschikking hadden?

'Die kleur zal jouw teint wonderwel complementeren,' zei haar moeder op een besliste toon.

De dienstbode kwam binnen met een klein tinnen dienblad met daarop een glas water, dat Anna van haar aannam.

Het jongste meisje gluurde nogmaals in de mand, die Anna op tafel had gezet.

'Wat heb je nog meer bij je?' vroeg ze.

Anna pakte een kanten sjaal, een kraagje en een omslagdoek die door de kantklossters van het Burgerweeshuis waren gemaakt en legde ze op het tafelblad. De burgerwezen konden zo goed klossen dat er zelfs advertenties van de kanten kleedjes en doeken in de kranten stonden.

'Zijn die voor mij?' vroeg het meisje. 'Want jij,' en hierbij keek ze met een plagerige blik naar haar oudere zus, 'hebt geen omslagdoek nodig in Indië. Daar is het bloedje heet.'

De oudste zus kleurde licht bij haar jukbeenderen.

Kennelijk was zij een van de Europese bruiden aan wie zoveel behoefte was in Nederlands-Indië, of wilde ze er een worden. Anna had gehoord dat de Nederlandse mannen die daar woonden je niet eens hoefden te kennen, maar dat je zonder hun aanwezigheid op afstand met ze kon trouwen en daarna op hun kosten op de boot naar de archipel mocht stappen. Anna bekeek de jonge vrouw nog eens goed. Ze zou mooi kunnen zijn als ze niet zulke scherpe trekken had, maar ze had altijd haar afkomst mee.

Anna kende een handjevol weesjongens die in dienst waren gegaan bij de marine en naar de Oost waren gevaren en een enkel weesmeisje dat als dienstbode met het gezin waarvoor ze werkte de oversteek had gewaagd.

'Dat is allemaal nog niet besloten,' zei de mevrouw. 'Deze zijn voor je zus, maar ik zal ook een omslagdoek voor jou bestellen, want je kunt er inderdaad een gebruiken.'

Daarna schonk ze Anna een innemende glimlach ten teken dat het bezoek voorbij was.

Weer buiten was de stad nu echt tot leven gekomen. Huurkoetsen bewogen zich rammelend over de klinkers, dienstmeiden gooiden hun emmers met zeepsop leeg in de gracht, voorname dames waren op weg naar hun ochtendbezoeken. Het gegalm van torens klonk van verschillende kanten, woonschuiten deinden aan de kades. Vanuit een van de huizen klonk gevloek, waarna een vrouw haar raam met een knal sloot.

Ze was amper tien minuten binnen geweest, dus ze kon het

zich veroorloven via een omweg naar het weeshuis terug te keren. De chaos van de stad vormde een schril contrast met het leven in het weeshuis. Daar verliep alles ordentelijk en efficiënt. Er was een web aan regels, bevelen en taken en er volgden reprimandes als je ervan afweek. Binnen de poorten bevond zich een stadje binnen de stad. Er was een bewaarschool voor de kleintjes, een lagere school, een eigen dokter, er waren ziekenzalen, keukens, slaap- en eetzalen en naai-, brei- en kantklosateliers voor de oudere meisjes.

Hier op straat, zag Anna, bewogen de mensen zich ogenschijnlijk zonder doel. Ze maakten praatjes, stonden wat voor zich uit te kijken, waren misschien op weg naar iets of iemand. Ondanks hun soms vastberaden tred leek het of ze gewoon maar wat deden, of ze elk moment van gedachten konden veranderen en de tegengestelde richting op konden gaan lopen en dat dit geen noemenswaardige gevolgen zou hebben.

Het leven op straat trok haar aan, maar ze kon er tot haar teleurstelling niet in opgaan, ze voelde zich er geen deel van uitmaken. Binnen de poorten lukte haar dat ook niet. Het was niet per se een onprettig gevoel. Ze was gewend aan een bepaalde afstand tussen zichzelf en de gebeurtenissen. Ze kon schrikken als iemand haar uit het niets aansprak, alsof ze zich onder de eettafel verstopt had en het tafellaken ineens werd weggetrokken.

Ze greep elke kans aan om een bestelling af te leveren. Dan keek ze naar de mensen op straat als naar toneelspelers in een theaterstuk. Ze probeerde zo veel mogelijk waar te nemen en te bewaren, om het in de eentonige uren binnen weer te kunnen oproepen.

Als bijna achttienjarige had ze nog drie jaar te gaan. In juli 1909 zou ze twintig worden, wat betekende dat ze de eerste zondag in de maand mei van het jaar erop, op de traditionele meidag, afscheid zou nemen. Op die dag zouden de leden van de Commissie voor het Burgerweeshuis haar en de andere scheidende wezen ontvangen voor een uitgebreid middagmaal, een uitzet meegeven en hen toespreken met de traditionele woorden: 'Schaamt u nooit te zijn geweest, een Amsterdamse Burgerwees.'

Tot die tijd zou ze de keukenmoeders moeten helpen in de huishouding, wat inhield dat ze 's ochtends vroeg aardappelen moest schillen, terwijl de jongens mochten blijven slapen, en mee moest helpen met het koken van de warme middagmaaltijd. Ze zou, als ze geen betrekking buiten de deur vond, blijven werken in het naaiatelier. Daarna lag haar meest waarschijnlijke toekomst in de huishouding bij een gegoede familie en zou ze geacht worden op zoek te gaan naar een echtgenoot.

Haar maag trok samen als ze eraan dacht. Overdag lukte het haar om gedachten aan al die toekomstige grauwe uren op afstand te houden, maar 's nachts besprongen ze haar. Er waren weesmeisjes die zelfs na hun eenentwintigste jaar bleven en in de oudwezenkamer in het Meisjeshuis woonden. Ze hadden zich verzoend met de voorspelbaarheid van hun bestaan en voelden zich er misschien zelfs door beschut. Eigenlijk waren ze nooit begonnen met leven.

Maar wie was zij om de waarde van een leven te beoordelen, berispte Anna zichzelf, hoe eentonig dat leven haar ook toescheen? Toch lag onder die corrigerende gedachte het verlangen naar een grotere bestemming, een toekomst die ruimer aanvoelde, die avontuur en opwinding beloofde en een bokkig onbegrip voor iedereen die zoiets niet najoeg.

Ze kwam, eerder dan ze zich had voorgenomen, aan bij de Meisjespoort en meldde zich bij de portier die met een paar weesjongens stond te praten. Een van de grotere jongens keek haar brutaal aan. Ze rechtte haar rug en wierp hem een hooghartige blik toe.

Ze wist dat ze, met haar bleke huid en lange lichtbruine haren, niet onaantrekkelijk was. De afgelopen jaren had haar lichaam wat vorm gekregen, al bezat ze niet de royale boezem of weelderige heupen die sommige leeftijdgenotes hadden en ze kon zo langzamerhand concluderen dat ze die ook niet zou krijgen. Ze had haar veranderende lichaam met belangstelling gevolgd, vooral omdat het haar iets vertelde over hoe haar moeder eruitgezien zou moeten hebben. Op straat keek ze uit naar vrouwen met smalle heupen en bruin haar.

Vanuit haar ooghoeken zag ze de rode collectebus in een uitsparing aan de binnenkant van de muur. Bezoekers werden geacht daarin donaties achter te laten voor ze het terrein verlieten, het zichtbare bewijs dat haar bestaan mogelijk werd gemaakt door de aalmoezen van Amsterdammers. De giften waren niet gratis, zo besefte ze naarmate ze ouder werd, want in ruil daarvoor moest ze godvrezend, zedig, bescheiden en dankbaar zijn.

Een scherper gevoel van afhankelijkheid ervoer ze tijdens de derde collecte in de kerk, als er lange houten stokken met collectezakken van rode met zwarte stof door de kerkbanken gingen. Elke munt die de kerkgangers in het zakje deden, het lichte geklingel ervan, herinnerde haar eraan dat ze leefde op de zakken van vreemden.

Ze had geluk gehad, zo werd haar altijd ingeprent, want ze had als vondeling ook in het Aalmoezeniersweeshuis of het Gereformeerde Diaconieweeshuis opgenomen kunnen worden. Daar moesten de wezen het doen met slechter onderwijs en krappe behuizing. Het Burgerweeshuis liet zich erop voorstaan de best denkbare opvoeding aan ouderloze Amsterdamse burgers te bieden, met verfijnde disciplines en een flinke algemene ontwikkeling. De woorden van koning Willem III werden tot vervelens toe in herinnering gebracht: ‘Dit huis is een monument waarop het vaderland roem mag dragen.’

Ze wandelde naar de ruimte waar de 'nuttige naaldvakken' werden onderwezen en liep, na een minzaam knikje van de naaimoeder die voor in het lokaal achter een naaimachine zat, naar een van de lange banken waar vier meisjes aan zaten. Ze ging op haar vaste plek naast Fiene zitten. De naaimoeder mocht haar niet, alsof ze doorhad dat Anna zich aan dit alles, dit leven op deze plek, onttrok.

Fiene keek naar haar op en glimlachte voordat ze haar blik weer op haar handwerk fixeerde. Anna kende niemand die zo op kon gaan in handwerken. Zijzelf had een hekel aan het priegelwerk. Het werd 'leren' genoemd, maar het leek meer op arbeid. Al het speldenwerk dat zij en de andere meisjes produceerden, werd verkocht.

Voordat er een paar jaar eerder vernieuwingen waren doorgevoerd, had ze per week driehonderd pennen moeten breien. Nu hoefde ze volgens het rooster nog maar een paar uur te breien, voornamelijk kousen voor de andere wezen.

'Waar wacht je op?' vroeg de naaimoeder.

Een paar meisjes keken haar meewarig aan, eentje schudde haar hoofd. Anna zuchtte en pakte haar handwerk op.

De bel, een luid en schril geklingel, klonk voor het middagmaal. Anna moest zich bedwingen om niet op te springen en liep kalm achter de andere meisjes aan om haar speldenkussen en naaiwerk bij de naaimoeder in te leveren.

De hoge ramen van de Meisjeseetzaal waren een stukje opengeschoven en lieten een bries binnen. Anna ademde diep in. Op lange banken aan tafels met witte katoenen tafelkleden zaten de eerste, wat jongere meisjes te wachten op de oudere meisjes die het voedsel binnenbrachten. Achter de lezenaar aan het einde van de zaal was een meisje al begonnen het eerste gebed op te zeggen.

Anna schoof aan een tafel aan, zo ver mogelijk bij het voordragende meisje vandaan, omdat de gebeden en Bijbelteksten pijn deden aan haar oren. De herhaling van steeds dezelfde teksten bracht een lusteloosheid bij haar teweeg die voor anderen hoogstens vervelend was, maar voor iemand als zij levensgevaarlijk. Het kon een zetje zijn naar een soort neerslachtigheid waarvan ze zich niet meer zou weten los te schudden.

Er werden diepe porseleinen borden met witte bonen, gekookte aardappelen en draadjesvlees neergezet. Het maal bestond bijna altijd uit bonen of afwisselend grauwe, witte of groene erwten en soms rapen en wortelen. Meestal was er vlees of vis en altijd stond er brood met vet, boter, azijn of vleesnat op tafel.

Op het teken van de keukenmoeder begonnen ze met eten. Zwijgend, want ze mochten geen woord wisselen tijdens de maaltijd.

Anna trok zich terug in zichzelf.

Beelden van Indië kwamen in haar op, van wat ze wist uit haar *ABC-boek,* dat op alfabet summier de geschiedenis en aardrijkskunde van het land behandelde. De letter i stond voor Indiër en ging over het verre Batavia. Op het plaatje was een kade getekend met een palmboom, een aangemeerd zeilschip, een pakhuis en een groepje handelslui dat door een slechts in een rok geklede man tegen de zon werd beschermd met een parasol. Het moest het eiland Onrust voorstellen, in de baai waar de Oostindische Compagnie haar schepen liet herstellen. Aan de horizon in de verte waren de bergen en witte huisjes van de hoofdstad Batavia zichtbaar.

De oudste dochter Toorenvliet zou die bergen binnenkort echt gaan zien. Wat waren ze bij uitstek het symbool voor alles wat anders was, wat ver was, wat verrassender en opbeurender was dan hier.

2

Anna's breipennen tikten ritmisch tegen elkaar, net als die van Fiene. Hun zwijgen was nooit ongemakkelijk, maar vandaag voelde de stilte voor Anna beladen. Ze moest een zwaar gevoel verbergen, een gevoel zonder duidelijke oorzaak, en juist dat maakte het zo moeilijk om erover te praten. Het grijs hing tussen hen in en breidde zich langzaam uit naar alles waar ze haar aandacht op richtte. Het kleefde aan haar breiwerk, de wolken die vanuit de ramen zichtbaar waren, de gedachten die ze had over de naderende zomervakantie. Alles werd vaal, grauw, oninteressant.

Ze moest harder aan het werk om het duister af te weren, voordat het haar in zijn greep kreeg.

Anders dan zij gedijde Fiene bij de dwingende routine van het wezenbestaan. De reden was eenvoudig: zolang ze binnen de poorten bleef, hoefde ze niet volwassen te worden.

Anna viel niet samen met haar omgeving en zag daar ook geen reden voor. Je kon dit instituut immers niet toebehoren. Je was een passant. Er waren velen voor jou geweest die van je bord aten, je uniform droegen, in je ijzeren bed lagen en er zouden velen na jou volgen. Er waren vrouwen die je 'moeder' moest noemen: de kindermoeder, meisjesmoeder, binnenmoeder, kammoeder, linnenmoeder, breimoeder, wolwinkelmoeder, keukenmoeder, ziekenmoeder. Er waren mannen die je 'buitenvader' of 'binnenvader' noemde en al die mensen konden van de ene op de andere dag weggaan om ergens anders te gaan werken, waarna je ze nooit meer zag. Je had voogden, de Commissieleden, die beslisten over je lot en verantwoordelijk voor je waren, maar die je zelden ontmoette. Alleen als je het weeshuis verliet of het heel bont had gemaakt en straf kreeg. De mensen die haar omringden waren inwisselbaar en zij was dat ook.

Haar breipennen gingen steeds langzamer, ze schoot niet op. Misschien hief de zwaarte zich vanzelf weer op, zoals eerder was gebeurd, maar als hij aanhield en haar verzet brak, zou ze weer op de ziekenzaal belanden. De eerste keer dat dit gebeurde, was toen ze vijftien was, een paar maanden na haar eerste maandbloeding. Ze kon geen andere woorden geven aan haar toestand dan hoofdpijn. De kwade gedachten in haar hoofd die almaar in rondjes draaiden deden immers pijn en de ziekenmoeder leek de klacht 'hoofdpijn' te begrijpen.

De gedachten rukten als vijandige soldaten op en verjoegen andere, gezonde gedachten. Ze namen terrein in tot haar geest bezet gebied was. Ze kreeg koude, natte doeken op haar voorhoofd, een kruik bij haar voeten, licht voedsel en de opdracht om veel te slapen. Ze onderging de zorg en beweerde dat het hielp.

Ze vertelde de ziekenmoeder niet over haar angst voor de donkerte die alle licht opzoog tot er alleen nog de herinnering aan licht was. Ze vertelde niet dat ze nauwelijks sliep. Ze vertelde niet over de angst die wegebde, plaatsmaakte voor somberheid en daarna gevolgd werd door een dor, leeg gevoel dat haar weerhield om vreugde of wat voor andere emotie dan ook te voelen.

De enige persoon die ze in vertrouwen had genomen, toen het duister eenmaal was opgelost en ze uit de ziekenzaal ontslagen werd, was haar oude min Aegje. Nadat ze als baby was gevonden, had Aegje haar op kosten van het Burgerweeshuis bijna een jaar in huis genomen en gezoogd. Daarna was Anna oud genoeg voor het weeshuis en kwam er weer een nieuwe zuigeling bij.

Aegje had geluisterd, zonder haar te onderbreken, en haar hand even op de hare gelegd. Dat Aegje haar bekentenis niet wegwuifde als aanstellerij of een product van haar verbeelding, maar haar serieus nam, nam wat van de schaamte weg. Schaamte was het enige gevoel dat nog in de schrale leegte van haar binnenste overeind was gebleven; schaamte over deze verdoving die haar lamlegde, maar niet zichtbaar verwondde.

'Als de dingen geen betekenis meer lijken te hebben,' had Aegje die middag gezegd, 'dan doe je ze zonder dat ze betekenis hebben. Je gaat door. En op een goede dag keert de betekenis terug.'

Op zondagen na de kerkgang kon je voor de duur van een uur familiebezoek ontvangen en als je ouder was, mocht je zelf op familiebezoek, als je maar voor de avondboterham terug was. Er mochten alleen verwanten komen, maar omdat Anna niemand had, werd er een uitzondering gemaakt voor haar min. Vanaf haar elfde, toen ze van het kinderhuis naar het Meisjeshuis ging, mocht ze jaarlijks tijdens haar vakantie van veertien dagen bij Aegje in de Jordaan logeren.

Aegje was weduwe, dat was ze al toen ze Anna verzorgde. Haar eigen kind, het enige dat ze zou krijgen, een meisje, was toen ze Anna in huis nam een jaar oud en stierf vier jaar later aan difterie. Daarna begonnen de bezoekjes en hoewel Anna begreep dat deze zaken verband met elkaar hielden, wilde ze er nooit te lang bij stilstaan. Ze was veel te blij om ineens familie te hebben.

Verder dan bezoekjes en logeerpartijen zou het niet gaan, want Aegje was iemand die op zichzelf was, die het best alleen leefde. Het kwam voor dat Aegje haar halverwege de tweede week van de vakantie terug naar het weeshuis stuurde, omdat ze wel weer toe was aan tijd alleen.

Aegje was nooit hertrouwd. Anna verdacht haar ervan dat een manloos leven haar wel beviel. Haar min had niet veel op met mannen en de huwelijkse staat in het algemeen. 'Ach, 't is maar een man,' hoorde ze haar eens zuchtend zeggen tegen een buurvrouw met een echtgenoot die de jenever niet kon weerstaan. 'Ze kunnen het niet helpen.'

Aan het einde van de middag had ze niets meer te overhandigen dan een enkele sok.

'Wat heb jij al die tijd uitgespookt?' vroeg de naaimoeder.

'Het wilde vandaag niet zo lukken,' zei Anna.

'Nou meisjes,' zei de naaimoeder met snerpende stem tegen de andere meisjes in de rij, 'Anna hier denkt dat ze de hele dag kan dromen, terwijl wij vlijtig doorwerken. Ze voelt zich kennelijk beter dan de rest.'

Er werd gegrinnikt.

'Ik hou je in de gaten, jongedame. Denk niet dat je zoiets nog een keer kunt uithalen, want dan stel ik de hoofdmoeder op de hoogte van je wangedrag.'

Anna knikte, maar boog haar hoofd niet. Toen ze langs de rij liep, keek ze ieder meisje dat durfde te lachen hooghartig aan.

Tegen de tijd dat ze in bed stapte en het stil begon te worden in de zaal, had de zwaarte haar lamgeslagen. In dit weeshuis zou ze alleen maar verder naar beneden geduwd worden. Ze klampte zich vast aan de gedachte aan Aegje, die door niets van haar stuk te brengen leek, zeker niet door een gefrustreerde naaimoeder. Aegje had gelijk, ze moest in beweging blijven, dan zou de betekenis vanzelf terugkeren. Ze was er alleen vrij zeker van dat de cirkel van zich herhalende bezigheden in het weeshuis daarvoor niet genoeg zou zijn. Ze moest iets anders verzinnen.

Ze draaide zich op haar rug en staarde naar het plafond. Het lag voor de hand om dienstbode of kindermeisje te worden, eerst als dagmeisje en dan met kost en inwoning bij een familie, zoals de meid aan de Kloveniersburgwal. Maar ook dan zou ze haar dagen moeten indelen volgens regels die haar van bovenaf werden opgelegd, geboden en verboden krijgen, eten in andermans keuken en slapen in andermans bed.

Ze zette haar nagels in haar handpalm. Ze wilde niet de ene gevangenis inruilen voor een andere, met als enige verschil een wekelijks loonzakje.

Trouwen met een goede partij was, gezien haar eenvoudige afkomst, geen mogelijkheid. Een leven zoals dat van Aegje, kinderloos, alleenstaand, vrij, daar kon ze zich ook wel iets bij voorstellen, maar hoe kreeg ze dat voor elkaar? Ze moest op een of andere manier een bestaan zien op te bouwen waarbij ze zelf keuzes had, waarbij er genoeg licht was om het donker te overstralen.

Ze kwam er niet uit, alle richtingen waren afgesloten. Er zat niets anders op dan wachten, nog drie jaar, tot ze mocht uittreden. Ze ontspande haar vuisten. Haar gedachten waaierden uit als een stofwolk die steeds dunner en fijner werd. Ze was verstandig genoeg om aan dit eerste teken van slaperigheid toe te geven en sloot haar ogen.

In het zonovergoten vertrek waar ze de volgende ochtend naailes kreeg, was het duister zo ver weg dat ze zich bijna niet kon voorstellen dat hij die nacht zo sterk aanwezig was geweest – bijna, want ze kende de manier waarop hij op de loer kon blijven liggen, om op een onbewaakt moment de kop op te steken.

Ze schrok op uit haar gedachten toen de linnenmoeder naast haar bank kwam staan.

'Jij bent toch eerder bij de familie Toorenvliet geweest?' vroeg ze.

Anna knikte.

'Dan is het een goed idee als je hun nieuwe bestelling ook aflevert, want ze kennen je daar.'

De naaimoeder, die voor in het lokaal zat, snoof hoorbaar.

'Doe het dan nu meteen maar even, vóór het middagmaal,' zei de linnenmoeder.

Anna stond op.

'En geen gedraal door de stad, hoor je?' beet de naaimoeder haar vanaf de andere kant van het lokaal toe.

Twee weken na haar eerste bezoek was ze terug in het huis aan de Kloveniersburgwal. Ze werd binnengelaten door dezelfde dienstmeid en deze keer werd ze niet naar de chique ontvangstkamer gebracht, maar naar de soberdere woonkamer.

'Wacht hier, ik ga mevrouw halen,' zei de dienstmeid.

In de ruimte stonden twee sofa's van lichtgroen fluweel met een ronde salontafel ertussen. In een open kast stonden zilveren kandelaars en sierdoosjes. Een hoog venster met kleine ruitjes keek uit op de tuin. Het raam stond open, de wind kwam van het IJ met een lucht van stokvis en rins water.

Haar blik gleed over de kranten op de salontafel. Er waren pagina's met persoonlijke advertenties uitgescheurd en naast elkaar uitgespreid op het tafelblad. Ze boog voorover om een omcirkelde advertentie te lezen: *Meisje met goede achtergrond, uit voorname fam., gevraagd voor huwelijk met officier te Soerabaja.*

In de advertentie eronder, die niet omcirkeld was, las ze: *Heer, 46 j., Nederlandsche nat. uitstekende pos. te Batavia, zoekt huwelijk met jonge Ned. vrouw, afkomst onverschillig, kapitaal onnoodig, om gezin te stichten.* Afkomst onverschillig? Kapitaal onnodig? Ze las de woorden nog een keer, omdat ze nog nooit van zoiets gehoord had. Haastig las ze verder. *Hoofdvereischten: gelijkmatig karakter, verm. om huishouden te bestieren, een beetje ontwikkeld. Gelieve een recente foto bij te sluiten. Brieven fr., No. 42684, Red. Alg. Handelsblad.*

De deur zwaaide open en ze schoot overeind.

'Mevrouw komt er zo aan,' zei de meid.

'Ja, natuurlijk,' zei Anna met onvaste stem.

De meid keek haar onderzoekend aan. Haar blik ging langs de kostbare objecten in de kast. Daarna draaide ze zich om.

Anna stak haar hand uit, scheurde het stuk krant af en stopte het in de zak van haar schort.

3

In een lange rij meisjes, twee aan twee, wandelde Anna naar de Nieuwe Kerk op de Dam, begeleid door de schoolmeester. Fiene liep naast haar. De mensen op straat stonden soms even stil om naar de stoet te kijken, net als wanneer ze op weg waren naar hun jaarlijkse uitstapje naar het Rijksmuseum. Op zondag droegen ze een wit satijnen schortje en een wit kanten mutsje die mooi afstaken bij het uniform.

Weesmeisjes in een groep bewogen zich voort als één lichaam. Zij was een stukje been of arm, slechts een onderdeel van een geheel.

Ze gingen de kerk binnen en schuifelden naar de speciaal voor burgerwezen gereserveerde banken in een galerij. De burgerweesjongens, met hun zwarte broek en jasje waarvan de linkerhelft rood was en de rechterhelft zwart met koperen, glimmende knopen en een zwarte pet op het hoofd, waren er niet bij. Zij gingen naar de Westerkerk. De kerkgang was een oefening in stilzitten, soms wel drie uur lang. 's Winters woonden ze de dienst bij op verwarmde stoven, zodat ze niet onderkoeld raakten.

De preek ging langs haar heen en de liederen zong ze halfhartig mee. Voortgestuwd, meer nog door de angst om weg te zinken in neerslachtigheid dan het verlangen naar een nieuwe bestemming, had ze een paar dagen eerder een volgende stap genomen.

Nadat ze een bestelling in de stad had afgeleverd, was ze naar een fotowinkel op de Nieuwendijk gegaan om haar foto te laten nemen, zoals de heer in de advertentie verzocht had. Het kostte een goed deel van haar spaargeld, dat ze had verdiend door naai- en herstelwerk in opdracht van een paar Commissieleden te verrichten.

De fotograaf had haar neergezet op een zijwaarts geplaatste stoel met een gevlochten zitvlak, voor een lichte, effen doek en vroeg haar opzij te kijken in de lens. Ze had geprobeerd een belofte in haar blik te leggen over wat ze de onbekende heer brengen zou, een stoutmoedige lok kwam onder haar linnen mutsje vandaan. Voor ze het wist, flitsten drie lampen om haar heen die haar nog niet waren opgevallen en was het voorbij.

Twee afdrukken zou ze krijgen, per post. Ze had het adres van Aegje opgegeven.

Het was niet helemaal onrealistisch om een gooi te doen. Ze was geen onmogelijke huwelijkskandidate. Ze was dan voor een dubbeltje geboren, maar ze had kookles gehad in de kleine keuken, ze kon lezen, schrijven en rekenen, stijven, wassen, naaien en strijken. Ze had een goede christelijke opvoeding genoten met, door de zondagse catechisatie, meer Bijbelkennis dan het gemiddelde meisje met ouders.

Ze was bijna achttien. Buiten de poorten waren meisjes die op die leeftijd al moeder waren. Sterker nog, het kwam voor dat een burgerweesmeisje was bezwangerd, door de Commissie streng werd toegesproken, maar daarna toestemming kreeg om met de vader van het kind te trouwen en met uitzet en al werd uitgezwaaid.

Als hij haar uitkoos, zou ze drie jaar eerder weg kunnen gaan. Een huwelijk was een rechtmatige reden om eerder uit te treden. Ze zou iets van de wereld zien, niet in het huishouden van een ander hoeven werken, maar dat van haarzelf bestieren. Misschien hoefde ze niet, zoals Aegje, alleen te leven om ruimte te vinden, maar kon ze een eigen gezin beginnen.

De predikant vestigde de aandacht van de kerkgangers op hun aanwezigheid en sommige meisjes begonnen onrustig op de banken heen en weer te schuiven. Het was tijd voor de derde collecte. Misdienaren staken de lange houten stokken met daaraan de rood met zwarte collectezakken aan weerskanten tussen de banken. Met het bijna ritmische geklingel van de muntjes kwam het vertrouwde schuldgevoel opzetten. Het betekende in ieder geval dat de dienst er bijna op zat.

Na de kerkgang was er aansluitend de catechisatie, alsof er nog niet genoeg uit de Heilige Schrift was voorgelezen. In de voormalige Regentessenkamer stelde een hulppredikant, geholpen door een binnenmoeder, vast geformuleerde vragen, waarop ze de juiste antwoorden moesten geven. Dat was een kwestie van uit het hoofd leren. Met dertien meisjes, de hulppredikant en de binnenmoeder zaten ze aan een lange tafel met ieder een eigen bijbeltje voor zich. Het belang van het vraag-en-antwoordspelletje ontging Anna, maar ze nam aan dat als iemand je na het vertrek uit het Huis zo'n vraag zou stellen en je het juiste antwoord gaf, dat betekende dat je een vroom gelovige was. Het moest een soort codetaal zijn, als bewijs van een goede christelijke opvoeding.

Vandaag bekeek Anna de hulppredikant met speciale belangstelling. Deze man moest ook rond de vijfenveertig zijn, net zoals de geheimzinnige heer uit de advertentie. Hij had een gladgeschoren gezicht, droeg een zwart kostuum en zijn donkere haar met grijze slapen was met brillantine in een zijscheiding gekamd. Ze keek naar zijn ernstige gezicht. Hoe zou deze man naar haar kijken als ze naakt voor hem zou staan?

'Wat betekent Christus' nederdaling in de helse smart voor u?' vroeg de hulppredikant haar juist op dat moment.

'Dat Christus mij door Zijn onuitsprekelijke benauwdheid en helse kwelling op het kruis van de helse smart verlost,' zei ze.

Niemand begreep waarom ze een kleur kreeg.

Na het zondagse middagmaal ging Anna op weg naar Aegje. Via de Prinsengracht en de gedempte Rozengracht liep ze door de Eerste Bloemdwarsstraat naar de Egelantierstraat. Onderweg legde ze zoals altijd even haar hoofd in haar nek om naar de Westertoren te kijken, met zijn keizerskroon, dat glimmende goud met vlammend rood tegen die kraakheldere blauwe bol, trots uitstekend boven het paleis op de Dam. Anna zuchtte. Ze was thuis – of zo dicht als ze daar in haar leven ooit bij in de buurt was gekomen.

Ze kende de vishandelaren die op de Brouwersgracht hun paling en wijting aanboden, de kersenman op de Lindengracht die 'echte meikersen verkocht, voor een guldentje maar, soo soet als suiker'. Ze hield van de bedrijvigheid op zaterdagavond in de Nieuwe Leliestraat, waar de varkensslager Rink, de melkslijter en de groenteboer tot een uur 's nachts openbleven omdat het weekloon dan was uitbetaald. Voor de deur van de kroegen drentelden kinderen die van hun moeders het loonzakje bij hun vaders moesten ophalen.

Anna passeerde gezinnen, op hun best gekleed en de kinderen schoongeboend, die aan het flaneren waren over de bruggen en grachten. Zondagsrust was een illusie in de Jordaan. Alleen hier waren de slagers, bakkers, barbieren en banketbakkers open en speelden de kinderen gewoon buiten, terwijl dit in andere wijken niet netjes werd gevonden.

Ze liep glimlachend langs een paar meisjes die aan het touwtjespringen waren.

'Hep je 't wit-te hem-pie an,' zongen ze met een lettergreep op elke sprong, 'hoe-feul knoo-pies zitte d'r an…'

Nadat ze had aangebeld bij het huis met de trapgevel zwaaide de deur open en meteen draaide Aegje haar de rug toe om de steile, krakende trap weer te beklimmen. Elkaar begroeten deden ze boven wel, waar het niet zo krap was.

Ze liepen naar de achterwoning op de eerste verdieping, die

uit drie kamers bestond, één kamer meer dan de halve woning beneden, waar een heel gezin woonde. Aegje ging aan de eettafel zitten op de houten keukenstoel waarvan de rietsprieten uit de zitting staken en wachtte tot Anna tegenover haar plaatsnam. Ze keek haar vriendelijk aan.

'Hoe gaat het, beste meid?' vroeg Aegje.

'Goed hoor,' zei Anna.

Aegje haalde een gebreide theemuts van de pot en schonk haar in. Op een bord lagen twee sneetjes krentenbrood. Aegje schoof het bord een stukje naar haar toe en Anna pakte een snee.

'Hoe gaat het met de zieke buurvrouw?'

Aegje begon te vertellen en Anna bleef vragen stellen om haar eigen nieuws over de foto uit te stellen.

Haar oude min droeg een eenvoudige zwarte jurk, maar zonder schort, omdat het zondag was. Ze had haar weduwendracht nooit vervangen, eerder uit gemak dan uit rouw, vermoedde Anna. Haar haren, met hier en daar een fijn draadje zilver, waren naar achteren gekamd en in een rommelige wrong in haar nek gebonden.

Aegje hoefde niet per se aardig gevonden te worden. Ze was niet inschikkelijk, soms zelfs uitgesproken tegendraads, maar hartelijk voor wie dicht bij haar stond. Anna werd nooit ongemakkelijk van haar directheid, ze vond het juist overzichtelijk. Ze had Aegje nooit op een vileine of dubbelhartige opmerking kunnen betrappen. Als ze je iets vroeg, dan wilde ze het antwoord ook weten, als ze lachte was ze daadwerkelijk geamuseerd en als ze je iets beloofde, dan zou ze het ook doen.

'U krijgt binnenkort een envelop in de bus,' zei Anna toen het krentenbrood op was.

Aegje keek haar oplettend aan. Niet vanwege haar woorden, maar waarschijnlijk door de terughoudendheid waarmee ze ze had uitgesproken.

'Het is een portretfoto. Van mij.'

Nu had ze haar volledige belangstelling. Anna vertelde haar over de dochters Toorenvliet en de advertentie.

Aegje reageerde niet, maar liet een stilte vallen. Toen zei ze: 'Ik neem aan dat je zoiets goed doordacht hebt?'

Anna knikte, hoewel dat niet bepaald het geval was.

'Ik zou geen enkele jonge vrouw willen aanraden om zo snel mogelijk te trouwen. De vrijheid die daarin aantrekt kan nogal te wensen overlaten. Trouwen kan ook een gevangenis zijn.'

'Nu kan ik ook geen kant op,' zei Anna.

Aegje keek haar peinzend aan en grijnsde toen. 'Hij is flink wat ouder dan jij, dus het zou niet al te lang moeten duren, dat huwelijksleven.'

Anna schudde lachend haar hoofd. Aegje had altijd beweerd dat het maar vreemd was om je lichaam en ziel aan een man over te geven voor de duur van een heel leven. 'Je behoort jezelf toe en God,' zei ze altijd.

'Maak hem in die brief maar duidelijk dat jij dingen geleerd hebt op school,' zei ze. 'Dat je een jongedame bent met een toekomst, een mening, een persoonlijkheid, geen blanco bruidje.'

Dat ze overwoog om zichzelf weg te geven aan een onbekende heer was voor haar kennelijk geen bezwaar. Anna vermoedde dat Aegje aan mannen dacht als aan een soort, zonder al te veel variatie. Een man is een man.

Voordat ze wegging, gaf Aegje haar papier, een envelop, een postzegel en toestemming om haar huisadres als postadres op te geven bij de krantenredactie.

'Als het inderdaad lukt...' zei Aegje ineens weifelend. 'Het kan allemaal nogal onvoorspelbaar wezen in zo'n vreemd oord.'

'Dat hoop ik wel, ja,' zei Anna.

Ze zag hoe de oude min een lach moest onderdrukken.

Het medeweten van Aegje, ja de medeplichtigheid, maakte dat wat een dwaas voornemen was geweest, een greep in het luchtledige, reëel werd. Nu wist ze: als de heer haar wilde hebben, dan zou ze gaan.

Ze stelde zorgvuldig een brief op waarin ze zo deugdelijk mogelijk overkwam. Het meest ingenomen was ze met de zin: *Het is een grote droom om mijn zorg en liefde te geven aan een gezin met kinderen die uit mijn schoot komen, maar vooral uit de handen van God.* Nadat ze de brief met de foto naar de krant had gestuurd, begon het wachten. Tijd gedraagt zich zelden op de manier die je wenst. Hij zal zich plagerig uitrekken als je wilt dat hij voortgaat en als een dag je niet lang genoeg kan duren, haast hij zich vooruit. De uren in het naaiatelier dijden nog het meest uit. Zelfs het kwartiertje pauze op de houten bank onder de lindeboom op de Meisjesplaats die normaal in een zucht voorbij was, leek een eeuwigheid te duren.

Elke avond voor ze ging slapen bestudeerde ze haar eigen afdruk van de foto die ze had opgestuurd. Ze zag een jonge vrouw die in de lens staarde alsof het een verte was waarin haar toekomst zich aftekende. Iemand die aan het begin stond van iets avontuurlijks, maar nog niet wist wat precies.

Steeds als ze de drang voelde Fiene te vertellen over wat haar bezighield, wist ze zich te beheersen. Ze was in overtreding, zoveel was zeker. Als op een of andere manier uitkwam dat ze stiekem onder werktijd naar een fotograaf was gegaan en zich vervolgens op eigen houtje aan een onbekende man had aangeboden, zou ze er niet vanaf komen met een berisping.

Misschien werd ze veroordeeld tot Het Hok, een houten schuurtje op de binnenplaats waar je een paar dagen in moest zitten op alleen water en brood. Een zwaardere straf was Het Houten Paard. Dan werd je met ontblote rug en je gezicht naar beneden vastgebonden op een tafel of een schraag om gekastijd te worden, terwijl iedereen toekeek. De uiterste consequentie was dat je uit het weeshuis werd verwijderd.

Maar de grootste kans liep ze, als haar actie aan het licht kwam, op een veroordeling tot Het Blok. Daar zou de naaimoeder zich in ieder geval voor inspannen. Het Blok hield in dat je een zware beugel om je been kreeg met een ketting die aan een groot, zwaar blok was geklonken, zodat je, als je wilde lopen, het ding onder de arm moest meenemen. Zo kon iedereen zien dat je straf had, ook op zondag bij de kerkgang.

Daar stond tegenover dat als de heer haar inderdaad zou vragen zijn wettige echtgenote te worden, de Commissieleden niets anders konden doen dan hun toestemming verlenen. Dan was het een eerlijke zaak, zeker omdat er geen sprake was van een zwangerschap. Ze zou vanaf dat moment in haar eigen onderhoud kunnen voorzien en eervol worden ontslagen uit het Huis.

Veel belangrijker dan het riskeren van welke straf dan ook, was dat sinds ze de advertentie had gepakt de somberheid op afstand bleef. In de eetzaal, terwijl de monotone woorden van het gebed klonken, kon ze zich ineens bewust worden van een lichtheid waarvoor ze zich zou moeten schamen, maar dat deed ze niet. Het was alsof ze een raam had opengezet in een bedompte kamer en de lucht nu van buiten liet binnenstromen.

De tekst op een bord tussen de hoge ramen van de eetzaal, waar haar ogen al zo vaak overheen waren gegleden, kreeg op die momenten een andere betekenis. GOD IS EEN VADER DER WEEZEN. Ze zou dan wel nooit een vader hebben, behalve God, maar ze zou misschien wel een vader krijgen voor haar toekomstige kinderen. Moederschap maakt een mens minder wees. Dat kon niet anders.

Op een zondagmiddag aan het begin van de zomer, toen Anna in de schaduw van het zonnescherm onder de lindeboom zat, kwam de binnenmoeder melden dat ze bezoek had. In de eetzaal zag ze Aegje zitten. Toen ze tegenover haar ging zitten, schoof

Aegje een witte envelop over de tafel naar haar toe. Ze leek haar opwinding nauwelijks te kunnen bedwingen.

Anna scheurde hem open. Haar ogen vlogen over de regels.

'Als ik nog steeds bereid ben tot deze verbintenis, dan wil hij mij als zijn vrouw nemen,' zei ze.

Ze begon de brief opnieuw te lezen, alsof ze wilde uitsluiten dat ze het verkeerd had begrepen. Pas toen Aegje haar hand op het papier legde, keek ze op. Tot haar verbazing zag ze dat er tranen in haar ogen stonden.

4

Op 7 september 1907 vertrok SS Oranje uit Amsterdam naar Batavia. Het stoomschip was vernoemd naar het Huis van Oranje en ademde dezelfde fierheid. Vier jaar eerder had het schip zijn eerste reis gemaakt en alles aan boord was modern en verzorgd.

Bij de huwelijksvoltrekking had ze, gekleed in haar uniform zonder schortje, huwelijkse trouw beloofd. De ambtenaar, die een volmacht van haar aanstaande had gekregen, had haar een handschoen in handen gegeven die ze moest vasthouden terwijl ze haar geloften deed. Een paar dagen later was ze naar het passagekantoor in Amsterdam gegaan waar ze een ticket overhandigd kreeg. Tot haar verrassing was die voor de eerste klasse geweest.

Er was stromend, zelfs warm water aan boord. Voor elk maal werd de scheepsbel geluid. De maaltijden waren overvloedig, met vlees, vis en gevogelte en taart toe en vonden plaats aan chic gedekte tafels met porselein, zilverwerk en kristal. De bediening was voornamelijk gerekruteerd onder Javaanse jongemannen. Als je je servet liet vallen was er een djongos die het voor je opraapte.

De meeste passagiers op het dek van de eerste klasse hadden hun eigen personeel bij zich. Anna voelde zich aangetrokken tot de dienstmeiden, die zich af en toe lieten zien, maar als ze een praatje aanknoopte leken zij het niet gepast te vinden en gaven afgemeten antwoord. Als ze met de passagiers sprak, had zij op haar beurt het gevoel dat zij haar elk moment konden terugjagen naar haar rechtmatige plek tussen de armen.

De constante deining zorgde ervoor dat ze voortdurend haar spieren aanspande. Als ze 's avonds uitgeput in slaap wilde vallen, hield het weeïge gevoel in haar buik haar wakker. Na enkele dagen raakte ze gewend aan de beweging en kwam ze erachter dat ze het beste kon meedeinen in plaats van zich ertegen verzetten. En dat ze in haar hut beter op haar handen dan op haar voeten kon vertrouwen. Als het weer en de golven ruwer waren, zoals toen ze door de Golf van Biskaje voeren, begaf ze zich naar het dek om de horizon in het oog te houden totdat haar misselijkheid wegebde. Uiteindelijk was het juist het klotsen en ruisen van het water dat haar in slaap wiegde.

Ze leerde het dagritme van een scheepsreis kennen. De meeste passagiers ontbeten rond halfnegen in de pijpenla die de eetzaal vormde, amuseerden zich daarna met handwerken, lezen of keuvelen, of kuierden over het dek en trokken zich na het dejeuner terug in hun hut om een dutje te doen. Pas tegen de avond, als het tijd was voor een drankje in de dinerzaal, lieten ze zich weer zien. Na de maaltijd vertrokken de mannen naar de rookkamer voor dobbel- en kaartspelen en dronken de dames likeur in de salon. Anna maakte er een gewoonte van om in de vroege uurtjes voor het ontbijt en na het middagmaal, als iedereen naar zijn kooi ging, het dek op te gaan.

Voor het eerst in haar leven was ze alleen, in perfecte stilte. Er was het water dat tegen de wanden van het schip brak en het gesuis en gesis van de stoommachine, met overwaaiende rook die roetdeeltjes neersloeg, maar gaandeweg werden dat geluiden die de stilte alleen nog maar leken te benadrukken. Nergens klonken opdrachten of bevelen, Bijbelteksten, berispingen. Er werd niets van haar gevraagd, er was geen plek waar ze op tijd moest zijn, geen taak om te vervullen. Als ze wilde, kon ze haar bed onopgemaakt achterlaten of het ontbijt overslaan.

Ze voelde zichzelf ruimer worden, openen, in die ongekende uitgestrektheid van de dagen. Ze hoefde zich niet langer af te schermen, want er was geen afweer nodig. Haar aandacht kon zich uitstrekken zonder iets anders te raken dan water en lucht. De kalme eenzaamheid waarnaar ze zo had gesnakt, werd alleen doorkruist door gedachten aan Amsterdam, aan Aegje en aan Fiene.

Anna stond aan de reling en keek over het water naar de einder. Af en toe wierp ze een blik naar beneden. Ze hield ervan te kijken hoe de punt van het schip het water doorkliefde en belletjes en schuim veroorzaakte.

Ze was nu bijna vier weken onderweg. De reistijd van Amsterdam naar Batavia bedroeg vijf tot zes weken. Eerst zag ze nog vasteland en stadsgezichten en voeren er veel schepen om hen heen, maar allengs was het rustiger geworden en was er alleen nog maar zee. Ze hadden Genua aangedaan, waar een paar vakantiegangers afstapten en nieuwe passagiers aan boord kwamen. Daar had ze even vaste grond onder haar voeten kunnen voelen. Onder konvooi waren ze het Suezkanaal door gevaren. In Colombo zouden er kolen en water worden ingeladen en vervolgens zouden ze stoppen in Belawan, de haven van Medan op Sumatra. Daarna zou ze haar eindbestemming bereiken, Tandjong Priok, de haven van Batavia. De Oranje ging alleen nog verder naar Soerabaja, om vanaf daar na een aantal weken weer de terugreis te maken.

Het zeewater kleurde helderder blauw nu het licht intenser werd. Licht dat op water valt bepaalt hoe het water eruitziet – groen, bruin, koper, leigrijs of hypnotiserend azuurblauw, de laatste tijd vooral dat laatste. Het gezicht van Fiene doemde voor de zoveelste keer op in haar geest. Haar vriendin had zich verraden gevoeld. Verlaten. Ze kon maar niet begrijpen waarom Anna hun wereld wilde inruilen voor iets onbekends, iets wat misschien niet eens beter was.

'Waarom wantrouw je wat je hebt en offer je het op voor iets wat je niet kent?' had ze gevraagd.

Ze vroeg eigenlijk: waarom offer je mij op?

Ze waren altijd al zo wezenlijk anders geweest. Fiene was een meisje dat niet struikelde, maar door het leven gleed. Anna had haar somberheid niet aan haar vriendin opgebiecht om het verschil niet bloot te leggen, zo stelde ze treurig vast. Op een bepaalde manier was Anna afhankelijk van haar vriendin geweest. Zij was de sterke, de ongeschondene aan wie ze zich kon vasthouden, terwijl in haar wereld de dingen altijd in stukken lagen.

Fiene had haar een gelukszoeker genoemd en ze zei dat met zo'n afkeer dat Anna haar rug rechtte en haar uitdagend had gevraagd wat daar mis mee was.

'Je kent die man niet eens,' had Fiene nijdig gezegd, 'en je levert je aan hem uit als de eerste de beste...'

Fiene had zichzelf niet toegestaan het vreselijke woord te zeggen en had haar lippen op elkaar geperst.

'Ik geef er de voorkeur aan te geloven,' had Anna verbazingwekkend kalm gezegd, 'dat God deze man op mijn pad heeft gebracht omdat Hij dit zo bedacht heeft en dat mijn aanstaande echtgenoot mij heeft herkend als de vrouw die zijn echtgenote moest worden.'

Ze had het ter plekke verzonnen.

'Ik vrees dat ik hardvochtige dingen heb gezegd,' had Fiene bij hun afscheid gefluisterd.

Ze stonden in de vroege ochtend in de slaapzaal, met de andere meisjes nog in onderkleding om hen heen, voordat ze het Huis verliet. Er waren nog een paar meisjes die huilden om haar vertrek, maar het afscheid van Fiene ging gepaard met kussen, innige omhelzingen, smeekbedes en laatste beloften.

'Deze heb ik voor je gemaakt,' zei Fiene.

Ze stopte met trillende hand een merklap in Anna's hand,

waarop ze haar eigen naam en die van Anna had geborduurd.

Weggaan betekende dat Fiene de komende drie jaren alleen moest lopen door dezelfde gangen, zitten aan dezelfde banken, luisteren naar dezelfde gebeden. Voor het eerst begreep Anna dat Fiene haar grillen net zo hard nodig had gehad om zich staande te houden als zij Fienes gelijkmatigheid.

Anna liep terug naar haar hut. Ze had de andere passagiers over de krappe en benauwde behuizing horen klagen. Haar hut was inderdaad zo klein dat ze er amper in kon rondlopen. Hij had slechts een kleine ronde patrijspoort waar wat licht doorheen viel en die bij het minste ruwe weer gesloten moest worden, maar voor haar voelde het als een enorme ruimte voor haar alleen. De andere kooi was, tot haar vreugde, ook na Genua leeg gebleven. In de slaapzaal van het weeshuis had ze alleen een houten kastje met een lade en een deurtje aan het voeteneind van haar bed voor zichzelf gehad. Nu kon ze haar spullen laten slingeren en uitstallen.

Ze had niet veel bagage, alleen een gehaakte omslagdoek, katoenen doeken voor haar maandstonden, een lappenpop die Aegje haar ooit had gegeven en Fienes merklap. Zoals elke burgerwees had ze bij haar vertrek een uitzet ontvangen, bestaande uit een onderjurk, een japon, een hoed, drie paar kousen en een kist om alles in te bewaren. Normaliter zou ze na vijftien maanden, bij bewijs van goed gedrag, nog eens een uitzet van iets mindere waarde ontvangen, maar omdat ze het land verliet kreeg ze alles meteen mee. Ook had ze een zogenaamde 'adieupenning' gekregen van vier dukaten en een bijbel, goud op snee, met op de eerste bladzijde een met de hand geschreven opdracht van het Hoofd van de Commissie voor het Burgerweeshuis.

De naaimoeder had haar voor vertrek bij zich geroepen en harde woorden gesproken over haar karakter, dat 'opstandig en eerloos' was. 'De hele affaire is beschamend,' sprak ze. 'Van zoiets laaghartigs kan nooit een goed, godsvruchtig huwelijk komen.'

Het klonk als een vervloeking.

Er was geen copieuze middagmaaltijd met de andere scheidende burgerwezen en de Commissieleden geweest, omdat het scheimaal alleen op de eerste zondag in mei plaatsvond. Het Hoofd van de Commissie had wel dezelfde plechtige woorden uitgesproken als bij de andere meisjes en jongens, over dat ze trots moest zijn een Burgerwees te zijn geweest en hij had haar gemaand zich goed te gedragen, zodat ook het Burgerweeshuis trots op haar kon zijn. Hij had er welwillend bij gekeken.

Zo was ze, op de ochtend dat het stoomschip vertrok, alleen de poort uitgelopen. Met opgeheven hoofd.

Ze strekte zich uit op haar kooi en reikte naar haar leerboek Maleis.

'Ik zou maar Maleis gaan leren,' had Aegje gezegd bij het overhandigen van haar cadeau. 'Als je de taal van een land spreekt ben je van niemand afhankelijk.'

Het was een overzichtelijke taal, met nauwelijks vervoegingen. Een hond was een *anjing* en twee honden ook. Ze maakte vast fouten in de uitspraak, maar elke dag een uurtje studeren had haar een behoorlijke woordenschat opgeleverd. Ze staarde naar de zinnen en hun betekenis, toen ze besloot dat het te warm was om binnen te blijven. Ze ging aan dek. De zon was alweer krachtiger, maar de warmte werd getemperd door een bries. Naast de scheepsmotor waren de zeilen bijgezet, zodat het schip nog meer vaart maakte.

Ze begaf zich tussen de passagiers. De anonimiteit waarnaar ze verlangde werd haar goedmoedig verleend. Niemand sprak haar aan, hier en daar een knikje en een glimlach voldeed. Het gaf een eigenaardig gevoel van veiligheid om zo te worden opgenomen in een gezelschap, want zo zou je de flanerende bootpassagiers kunnen noemen, zonder dat er iets van haar werd verwacht.

De tweedeklassepassagiers mochten niet in de ruimten van de eerste klasse komen, dus op dit dek bevonden zich niet veel avonturiers en gelukszoekers, maar voornamelijk zakenmensen, welgestelde gezinnen van militairen en ambtenaren die op verlof in Nederland waren geweest. Bij een enkeling had ze het gevoel dat het ook een baar was die voor het eerst de oversteek waagde.

Nadat ze het Suezkanaal door hadden gevaren en de hitte toenam, werd het onderscheid tussen baren en van verlof terugkerende Indiëgasten goed zichtbaar. De eerste groep hield vast aan Europese kledij en ging steeds wilder wapperen met hun waaiers, terwijl de tweede groep slaapbroeken, sarongs en kabaja's begon te dragen en anderen advies gaf over de eerste rijsttafels die werden geserveerd.

Ze had behoefte aan schaduw en nam plaats op een van de rieten gevlochten dekstoelen. Naast haar zat een Hollandse jonge vrouw, die ze tijdens de reis al een paar keer had toegeknikt, in het zwart gekleed, met een met ijs gekoeld glas kwast in de hand. Af en toe ontfermde ze zich over een opgeschoten jongen van een jaar of vijftien. Kinderen huisden tot hun twaalfde jaar op het kinderdek met hun reisbaboe. Oudere kinderen verbleven in de eerste klasse, samen met hun Europese gouvernante. Anna nam aan, op grond van de eenvoudige kleding die de vrouw droeg, dat zij zo iemand was.

Op het tafeltje naast haar lag een stapeltje boeken. Anna keek naar de ruggen: Voltaire, Shakespeare, een taal- en rekenboek. Bovenop lag *Een nagelaten bekentenis* van Marcellus Emants. De vrouw keek even opzij en glimlachte naar haar.

'Het wordt al behoorlijk warmer, vindt u niet?' zei de vrouw.

Anna beantwoordde haar glimlach.

'Ik heb het nog nooit zo warm gehad,' bekende ze.

De vrouw grinnikte. 'Het is niets in vergelijking met wat ons te wachten staat in de tropen. Klamme hitte, alle dagen.' Om haar woorden te benadrukken wiste ze het denkbeeldige zweet van haar voorhoofd.

'Is het de eerste keer dat u naar de Oost gaat?'

Anna knikte.

'Wacht er een man op u?'

Weer knikte Anna, verbaasd en verheugd over zoveel vrijpostige belangstelling.

'Is hij knap?'

Anna aarzelde, ze durfde de waarheid niet te vertellen. 'Ja,' zei ze maar.

'U boft,' zei de vrouw. 'Ik kom op Java alleen maar dodelijk saaie pennenlikkers tegen of soldaten die al hun soldij wegdobbelen en opdrinken.'

Anna hield haar blik strak gericht op *Een nagelaten bekentenis.*

'Kent u dat boek?' vroeg de vrouw, haar blik volgend.

Anna schudde haar hoofd.

'Zou u het misschien een paar dagen willen lenen? Het is mooi.'

Blij met de onverwachte wending in het gesprek en de mogelijkheid om haar zinnen te kunnen verzetten met een boek nam Anna het aanbod aan.

'Dat vindt mijn mevrouw vast goed,' zei de vrouw, terwijl ze het haar overhandigde, 'ze beschouwt het als een plicht om alle klassen te verheffen.'

Anna bedankte haar en liep met het boek in haar hand naar de reling een stukje verderop. Daar ademde ze de frisse zeelucht in. Waarom durfde ze de waarheid niet te vertellen? Schaamde ze zich omdat de vrouw anders had geweten dat haar omstandigheden kennelijk zo beroerd waren geweest dat ze vluchtte in een huwelijk met iemand van wie ze nog niet eens wist hoe hij eruitzag? Of had het eerder te maken met haar eigen twijfels rondom het huwelijk? Het was haar tot dan toe gelukt om lastige vragen aan zichzelf te onderdrukken. Ze was bezig geweest met de vlucht, niet met de aankomst. Ze had zichzelf nog niet toegestaan om werkelijk stil te staan bij de man aan wie ze zich had verplicht en wat dat betekende.

Zelfs tijdens de huwelijksvoltrekking wilde het idee van een echtgenoot maar niet reëel worden. Ze deed haar geloften terwijl ze naar de bruinleren handschoen bleef kijken, alsof die iets zou kunnen prijsgeven. Het enige wat haar hielp zich een beeld te vormen van haar echtgenoot waren de brief en de telegrammen die hij haar had gestuurd. In de telegrammen meldde hij kort en praktisch dat de gouverneur-generaal van Java toestemming had gegeven voor hun voorgenomen huwelijk, wanneer en waar ze precies moest zijn voor de huwelijksceremonie en waar ze het plaatsbewijs voor de bootreis kon afhalen.

Alleen in de eerste brief die Aegje haar had gebracht, stond, behalve de mededeling dat hij haar koos mits zij hem accepteerde, meer te lezen over de man die hij was. Hij bevatte voornamelijk informatie over zijn positie als 'bestuursambtenaar van het regentschap Batavia als assistent-controleur' en zijn 'Indische landhuis gelegen in Weltevreden, een goede buurt van Batavia'. Zijn naam was Willem Francken.

Ze nam aan dat hij weduwnaar was, want hij schreef over twee dochters van negen en elf die hij onder de hoede van een Indo-Europese gouvernante had gesteld. Dit laatste moest haar vermoedelijk duidelijk maken dat hij haar niet verplichtte tot het opvoeden van zijn bestaande kinderen. Zelfs aan het feit dat hij al kinderen had, wijdde ze nauwelijks een gedachte.

Haar begrip van waar ze aan was begonnen beperkte zich tot een statisch beeld van zichzelf, met een oudere man aan haar zijde in een exotisch landhuis en daar eindigde het visioen. Het ontbrak haar aan het vermogen om verder te denken in de tijd en de mogelijkheden, om zichzelf en de man voor zich te zien op latere leeftijd, op mooie momenten en in moeilijke fases.

Ze huiverde bij de gedachte aan alles wat ze niet wist. De man kon gewelddadig zijn, een monster aan wie ze zich een heel leven had verbonden. Kort hoefde het huwelijk niet te duren, hij kon wel honderd worden. Ze had een stap gezet en daarna nog een, tot ze hier op dit schip stond, vrijgemaakt uit de ene situatie, maar mogelijk gevangengenomen in de andere.

Ze zuchtte. Ze kon zich geen voorstelling maken van wat haar te wachten stond. Maar welk mens dat in het huwelijk trad kon dat wel? Ze dacht aan Aegje, die in haar korte huwelijk teleurgesteld moest zijn geraakt om het leven zonder man zo hoog te prijzen. Anna had altijd het gevoel dat als hij niet overleden was, ze hem eigenhandig het huis uit had gewerkt.

Hoe dan ook, Aegje had haar geleerd verantwoordelijk te zijn voor haar eigen bestaan. 'Verlang je veel van het leven, verlang dan veel van jezelf,' zo zei ze vaak. Anna had niets in de hand, kon niets voorzien, alleen haar eigen inzet kon ze bepalen. Ze zou het allerbeste van zichzelf geven om het tot een succes te maken, als echtgenote, als stiefmoeder en hopelijk ooit als moeder. Ze zou veel van zichzelf verlangen.

Nadat ze Singapore achter zich hadden gelaten, begon de hitte een last te worden. Ook in de nacht leek het nauwelijks af te koelen. De planken op het dek waren bloedheet en iedereen bleef in de schaduw. Alleen de zeewind bracht enige verkoeling.

Over zee reizen voelt, veel meer dan over land, alsof je ergens naar op weg bent, vermoedde Anna. Er zijn geen veranderende landschappen, gezelschappen en steden die jou onderweg kunnen vermaken. Er is niets dan water en lucht, als een spiegel van elkaar, een rijm van boven en beneden, met een verre horizon. Je bent op weg, je slaat lege bladzijden om, tot er een nieuw hoofdstuk begint.

Inmiddels bracht ze al haar uren door met lezen, meestal in de schaduw op het dek en bij het lamplicht in haar hut. Na

Een nagelaten bekentenis leende ze andere boeken van de gouvernante, die bijna niet kon geloven dat ze de boeken zo snel uit had. Haar mevrouw sprak haar er op het dek eens verheugd op aan, tevreden met haar eigen goede daad van volksverheffing, en opperde nog meer titels, *Mei* van Herman Gorter, *Waarheen* van Melati van Java en *Een liefde* van Lodewijk van Deyssel.

Anna kende alleen de Bijbel en wat schoolboeken. Deze teksten brachten haar in een verrukking die vergelijkbaar was met de uitjes naar het Rijksmuseum, als ze oog in oog stond met de schilderijen van Rembrandt en Vermeer. Als ze de laatste pagina omsloeg, verlangde ze al terug naar de wereld in het boek, de personages die als vrienden waren gaan aanvoelen. De wereld op papier nam met gemak de plek in van de werkelijkheid aan boord, die toch al zo ijl was. Als ze even ophield met lezen voelde ze de duizeling van iemand die met de hielen op de rand van een hoog gebouw op de straten neerkeek.

De personages in de boeken namen stappen, bepaalden hun eigen lot, dat gunstig of ongunstig kon uitvallen, maar in ieder geval zelfgekozen was. Ze zorgden ervoor dat hun persoonlijkheid hun leven ging regeren in plaats van andersom. Het vervulde haar met trots dat zij, anders dan de andere weesmeisjes die hun leven lieten bepalen door hun omstandigheden, op weg was gegaan naar iets nieuws, iets anders. In beweging zijn hield de duisternis op afstand. Misschien liep ze in een val, maar ze had in ieder geval durven kiezen. Er was niet met haar geschoven; ze had zichzelf bewogen.

Alleen in de nacht, als ze door de klamme hitte de slaap niet kon vatten en haar ogen te moe waren om te lezen, dacht ze na over waar ze afscheid van had genomen. Veel moeilijker dan achterlaten wat je daadwerkelijk had, is achterlaten wat in de lijn der verwachting lag als je was gebleven – of waar je op zijn minst een kans op had gemaakt. Ze had zichzelf altijd voorgesteld dat ze haar moeder eens zou terugzien. Elk onaangekondigd zondagbezoek zorgde voor een sprankje hoop. Straks, aan de andere kant van de wereld, was het uitgesloten dat haar moeder ooit aan de deur zou verschijnen, met spijt, omdat ze wilde weten hoe het haar dochter verging. Op deze boot verloor ze definitief wat ze nooit had teruggevonden. Of wat háár nooit had teruggevonden.

Ze waren bijna in Batavia. Al dagen nam de onrust onder de passagiers toe. Men begon met pakken en drentelde onafgebroken over het promenadedek en ook Anna kon moeilijk stilzitten. Dus wandelde ze tussen de langzaam bewegende flaneurs en was voor ze het wist weer bij de voorsteven en dan keerde ze weer terug.

Vandaag was het de dag van aankomst en iedereen had zich erop gekleed: de officieren en ambtenaren in uniform met gouden knopen, de dames in zomertoilet met hoeden, voiles en parasols, de zakenmannen in net zwart of wit kostuum.

Opeens klonken er opgewonden kreten. Batavia was in zicht. Mensen verdrongen zich rond de reling en tuurden naar het reepje land dat hun eindbestemming moest zijn. Geestdriftig praatten ze door elkaar heen. Anna bleef stil. De stilte die ze leek te belichamen was niet de stilte van iemand die rust. Het was de kalmte van iemand die zich aan het voorbereiden is, zoals een kat die roerloos de afstand inschat voor hij op tafel springt.

5

Iemand op de kaaimuur riep keer op keer 'Anna Francken, Anna Francken!' en het duurde even voor ze besefte dat zij dat was. Haar achternaam Prinsenhoek was verdwenen en het voelde alsof ze de baby op de hoek van de Prinsengracht en de Oude Looiersstraat nu eigenhandig achterliet.

Ze liep op de roepende man af, een Javaan gekleed in een wit linnen jasje zonder kraag zoals ze die op de boot vaker gezien had. Toen ze voor hem stond, maakte hij een sembah, hij sloeg zijn handpalmen tegen elkaar, bracht ze even onder de neus en boog eerbiedig.

Ze had weten te voorkomen dat haar kistje bij de andere bagage ruw in de netten van een grote prauw was geladen en had hem bij zich gehouden. De man nam het kistje van haar over en zo liepen ze, door een menigte van koelies die zwoegden onder een kofferlast, Europeanen in hun beste goed, inlandse vrouwen met kinderen in een gebatikte slendang op hun rug geknoopt en koetsiers in livrei, door de haven van Tandjong Priok.

De zon viel als een vuurbal op haar neer. Hier was geen zeebries, het zonlicht ketste af op de muren van de hangars en folterde haar ogen. Het rook er naar zout, aarde en iets zoet-pittigs. Een dikke, kruidige rook maakte het moeilijk te ademen. Van achter een kar stond een man 'saté, saté!' te roepen. Met een gevlochten bamboewaaier wapperde hij over het vuur. Een paar straathonden scharrelden rond de kar, hopend op een stuk vlees dat op de grond viel.

Ze hielden stil bij een sado, een klein open rijtuig, getrokken door een enkel paard, met een elegant stoffen dakje tegen de zon. Anna nam plaats op de leren, gecapitonneerde zitting en de man ging op de bok zitten. Toen het rijtuig zich schommelend en enigszins achteroverhellend in beweging zette, waardoor ze zich moest vasthouden aan een reling, vroeg ze zich pas af waarom haar echtgenoot haar niet zelf had afgehaald. Hij zou haar vast opwachten in het huis.

Ze reden eerst langs oude pakhuizen, statige bankgebouwen en handelskantoren en daarna over een stoffige, lange weg langs woningen met gebroken ruiten en ongeverfde gevels en deuren. In de benedenstad hing een weeïge zoete walm van verrotte bladeren, bloemen en vruchten in de lucht, doorsneden met prikkelende wierook.

Naarmate ze langer reden en hoger klommen, maakten de kleine straatjes plaats voor bredere lanen, pleinen, parken met bloeiende bomen en immense zuilenvilla's met oprijlanen en weelderige tuinen. Ze haalde diep adem; ook hier bevatte de lucht de humusachtige, dierlijke geur van aarde. Dit moest Weltevreden zijn, de bovenstad waar haar echtgenoot het in zijn brief over had gehad.

Het rijtuig draaide van de grote weg af en sloeg een grindpad in, omzoomd door een gazon met varens, rozen en chrysanten, naar een vierkant landhuis dat minder groot was dan veel andere huizen die ze onderweg had gezien. Witte pilaren ondersteunden een kleine voorgalerij, met aan weerszijden gekalkte potten met planten die hun reuzenbladeren breed en hoog lieten uitwaaieren.

Toen een van de bedienden haar hielp uitstappen, zag ze dat er in de schaduw van de galerij mensen plechtstatig op een rij op haar stonden te wachten. Ze gingen allen gekleed in traditionele Javaanse kledij; dit moest het huispersoneel zijn. Haar echtgenoot, of iemand van wie ze kon vermoeden dat hij het was, zag ze nergens. Wat werd er van haar verwacht? Hoe moest ze hen begroeten volgens de etiquette?

Ze besloot vriendelijk te knikken en goedendag te zeggen in het Maleis dat ze geleerd had, maar waarschijnlijk verkeerd uitsprak. Er waren drie jongens in kabaais, die strak naar de grond bleven kijken en met hun handen gevouwen diep door de knieën gingen toen ze voor hen stond, een forse vrouw met een schort om en een oudere baboe in sarong en kabaja die glimlachend haar hoofd boog en de indringende geur van pruimtabak verspreidde.

Anna liep door de open deuren naar de binnengalerij en nog verder door naar waar het koeler en donkerder werd. Toen haar ogen gewend waren aan de schaduw zag ze tegels op de vloer, bescheiden mahoniehouten meubels, hoge ramen met jaloezieën, een toonkast met Delfts blauwe sierborden en een enkele gravure aan de muur. De baboe liep met haar mee, een paar stappen achter haar. Anna keerde zich om en keek haar aan alsof ze zeggen wilde: 'En nu?'

Ze was de vrouw des huizes, maar net zo goed een vreemde bezoeker. Bovendien ging ze, zoals iedereen had kunnen zien, gekleed in een eenvoudige grijze jurk en hoed die haar bescheiden afkomst verrieden en ze zat onder het stof.

De vrouw glimlachte weer. Anna keek naar haar mooie zwarte haar, dat licht kroesde en grijsde bij haar slapen en dat in een brede wrong gedrongen was die laag in haar nek was vastgezet. De vrouw maakte een voorzichtig, uitnodigend armgebaar naar de rieten meubels met rolkussens op de voorgalerij en Anna knikte dankbaar. Even later bracht een djongos half buigend een glas met een lichtgele drank met grote brokken ijs erin en een schaal met Indische koekjes, die hij op een tafel neerzette, waarna hij achterwaarts schuifelend en buigend wegging.

De drank smaakte zoet, zurig en fris tegelijk. Ze zou willen dat iedereen haar gewoon in de ogen keek, rechtop bleef staan en een praatje maakte, maar aan alles was te merken dat ze de verhoudingen zou verstoren als ze er iets over zei. Ze zou moeten wachten tot haar echtgenoot en zijn dochters zich lieten zien.

Niet veel later klonken er van een afstandje hoge, vrolijke stemmen. Anna stond op, liep door het huis en ging lukraak kamers binnen op zoek naar waar het geluid vandaan kwam. Uiteindelijk belandde ze op wat het achtererf moest zijn en waar palmen en exotische bomen voor schaduw zorgden. Op de achtergalerij, onder de pilaren, stond een jonge inheemse vrouw op uit haar hurkende houding, broos en fijn met donkere haren en ogen. Ze droeg haar haren als een zachte golf over haar voorhoofd en had de rest van haar haren met een witte bloem opgestoken. Ze maakte een sembah en sloeg haar ogen neer, maar keek toen direct weer op met een vrolijke felheid die haar onderdanigheid leek te logenstraffen.

Achter haar verschenen twee meisjes met een mahoniekleurige huid en zwart haar, gekleed in Europese jurken met strikjes – de een nog echt een meisje, de ander al een jonge vrouw. Het verbaasde Anna dat de meisjes Indisch bloed in zich hadden. Ze was ervan uitgegaan dat hun moeder, net als zij, Europees was geweest.

'U bent de nieuwe vrouw van papa,' zei het jongste meisje.

Anna glimlachte om hoe onwerkelijk dit klonk en beaamde het.

'Ik ben Lin,' zei het meisje en ze stak haar hand uit.

Anna schudde haar hand en stelde zich voor.

'Minah,' zei de oudste zonder haar direct aan te kijken en ze maakte een reverence.

Anna stak ook een hand uit naar de gouvernante, die even verbaasd met haar ogen knipperde, maar hem daarna schudde. Ze heette Marie, zei ze in perfect Nederlands met een licht accent en ze was de gouvernante die de meisjes na schooltijd bijles gaf en piano leerde spelen.

Lin bleef haar aankijken, onderzoekend en in afwachting van iets waarvan Anna niet zeker was of ze het kon leveren. Haar oog viel op de kan met de bleekgele drank waarvan ze eerder gedronken had.

'Wat is dit voor iets verrukkelijks?' vroeg Anna.

Lin wees naar een grote, groene boom die roodbruine vruchten in de vorm van peulen droeg.

'Dat is assemsiroop van de tamarindeboom,' zei ze, met trots in haar stem.

'Ik heb nog nooit zoiets heerlijks geproefd,' zei Anna.

Marie schonk haar een groot glas in.

Lin liet haar de tuin zien en leerde haar de namen en eigenschappen van de andere bomen – de angsanaboom, de boengoer, die een weelde van paarsrode bloemetjes over het gras uitstrooide, de sandelboom, die bij een kerf in zijn bast een kleverig rood sap losliet dat hielp tegen keelpijn. Ze wees haar de waringinboom, de nootmuskaatboom waarin slangen konden zitten en waarschuwde haar voor de bintaroboom, die giftige vruchten droeg.

Minah sloeg hen al die tijd vanaf de achtergalerij gade. Anna moest zich inhouden niet steeds geruststellend naar haar te glimlachen om duidelijk te maken dat ze het haar niet kwalijk nam dat ze op afstand bleef. Ze bleven in de tuin ronddwalen totdat Marie de meisjes kwam halen om zich op te frissen en om te kleden voor de avondmaaltijd.

De baboe kwam tevoorschijn om Anna naar haar slaapvertrek te brengen, alsof ze al die tijd had staan wachten. Toen ze de kamer binnenging, zag ze haar kistje staan en met een schok merkte ze op dat hij al was uitgepakt. Haar bijbel lag op het nachtkastje en de rest was uitgestald op een hoog dressoir. Het was natuurlijk goed bedoeld, maar ze schaamde zich vanwege de eenvoud van haar bezittingen. Ze knikte naar de baboe, die zich uit de voeten maakte.

De kamer lag aan de achterkant van het huis en de ramen, uitkijkend op het achtererf, konden worden afgesloten met luiken van houten latjes. Een gaasdeur hield insecten buiten. De lucht in de kamer was warm en drukkend. Aan de deur van de linnenkast hing een jurk, waarvan ze aannam dat die voor het diner bedoeld was. Het was een witte piqué jurk met een wit satijnen lint voor om haar middel. Ze opende de deur en zag haar eigen kledingstukken aan knaapjes hangen, naast een nieuwe witte matelot met een satijnen strik, een beige linnen blouse met een entre-deux, een kleurige sarong en een kabaja.

Ze trok haar jurk en onderjurk uit en schonk lauw water uit de porseleinen lampetkan die voor haar was klaargezet in een kom. Ze waste haar gezicht, oksels en handen en droogde zich met een katoenen doek. Daarna stapte ze in de jurk, die ruim om haar heupen hing, en strikte het satijnen lint om haar middel. Ze vond een houten doosje met haarspelden en broches op de kaptafel, weifelde even omdat die waarschijnlijk van de overleden moeder van de meisjes waren geweest, maar bedacht toen dat ze in haar kamer moesten zijn neergezet om ze te gebruiken en stak haar haren ermee op.

Ze bekeek zichzelf in de spiegel en zag een meisje, niet heel veel ouder dan de oudste dochter des huizes, met een verwarde uitdrukking in de ogen. Ze kon niet tot zichzelf doordringen, hoe ze ook in haar eigen ogen keek, zoals ze ook niet tot deze nieuwe realiteit kon doordringen.

De kamer vertoonde geen sporen van haar echtgenoot, maar het ijzeren bed was ruim genoeg voor twee personen. Al met al leek het erop dat deze kamer alleen voor haarzelf bedoeld was. Ze schoof het dunne gaas van de klamboe opzij en ging op de rand van het bed zitten, afwachtend, tot ze bedacht dat er geen teken zou komen dat het avondmaal opgediend werd, geen bel die klonk zoals in het weeshuis en op het stoomschip, maar dat ze gewoon een kijkje kon nemen.

Aan de kop van de eettafel zat een man met zijn rug naar haar toe. Hij sloeg juist de pagina van een krant om. Ze schuifelde naar binnen tot ze naast hem stond. Toen de man opkeek, schoof hij de krant opzij en stond hoffelijk op. Hij was aan de kleine kant, zij was een tikje langer, zo stelde ze direct vast, terwijl ze bijna zeker wist dat hij hetzelfde concludeerde.

'Goedenavond, mevrouw,' zei hij met een hoofdknikje. Hij keek er niet onvriendelijk bij.

'Goedenavond, meneer,' zei ze.

'Het verheugt me u dan eindelijk te ontmoeten,' zei hij, hoewel niets in zijn gelaatsuitdrukking die uitspraak ondersteunde. 'Ik zie dat u de japon gevonden hebt. Baboe vond het een goed idee om alvast wat tropenkleding aan te schaffen, omdat Europese dracht hier een last kan zijn.'

'Veel dank, ik ben er erg blij mee,' bracht ze uit.

De man had dik, donkerbruin haar dat golvend naar achteren was gekamd, een snor en een slank, maar getekend gezicht. Alleen in zijn dichte wenkbrauwen was grijs te zien. Hij droeg een wit linnen pak met een boordje en een das.

Hij monsterde haar van top tot teen, nauwgezet en onbeschaamd, alsof ze een paard was op de markt. Anna werd zich er opnieuw bewust van hoe ruim de japon viel en vroeg zich af of ze in zijn ogen misschien te mager was. Aan boord had ze goed gegeten, wat haar buik wat ronder had gemaakt, maar nog steeds had ze smalle schouders en heupen.

'Gaat u toch zitten,' zei hij eindelijk en hij wees naar het andere uiteinde van de tafel.

'Hoe hebt u de reis ervaren?' vroeg hij, iets harder om de afstand te overbruggen.

Hij fronste, maar ze begon te begrijpen dat de frons permanent was en geen emotie uitdrukte. Ze vertelde hem over de prettige hut en de overvloedige maaltijden aan boord. Ze verzweeg de misselijkheid en de verveling, alsof hij dat als een persoonlijke aanklacht zou kunnen beschouwen omdat hij de reis had geregeld en betaald.

Er klonk gedempt gelach en de meisjes kwamen de kamer binnen. Onmiddellijk leek het of de frons van de man zachter werd, zijn pose minder formeel. Ze gingen met een soort majestueuze traagheid en vlinderachtigheid tegenover elkaar zitten. Lin schonk Anna een glimlach, die ze dankbaar beantwoordde. Meteen daarna kwamen de djongossen binnen, die hen vlug en geruisloos bedienden door hen op te scheppen uit witte porseleinen schalen. Haar glas werd volgeschonken met rode wijn uit een karaf en ze durfde niet te zeggen dat ze nooit eerder in haar leven wijn had gedronken.

De meisjes vouwden hun linnen servetten open en legden deze over hun schoot. Anna imiteerde hen. Zo vocht ze zich door de maaltijd heen. Ze bootste na, gaf antwoord als haar iets werd gevraagd, at van de sudderlapjes en gebakken aardappelen en dronk van de wijn, die ze bitter vond smaken.

Haar echtgenoot zag er goed uit, hij deed vriendelijk tegen haar, er was moeite voor haar gedaan door kleding te kopen. Ze had een goede beslissing genomen. De alcohol maakte haar wat losser, minder op haar hoede. Net toen de eerste verlegenheid oploste, stond haar echtgenoot abrupt op en veegde zijn mond met zijn servet af.

'Ik heb nog wat werk af te maken,' zei hij. 'Meisjes, jullie mogen van tafel. Anna, je zult wel moe zijn na zo'n reis. Slaap wel.'

Die nacht, welbeschouwd haar huwelijksnacht, sliep ze alleen. Haar bruidegom liet haar vast met rust om te wennen, redeneerde ze. Dat was beschaafd van hem, want ze had zich, boven op alle nieuwe indrukken, geen raad geweten met een vreemde man in haar bed. Hij had haar aan de ene kant niet lastig willen vallen, maar hij had aan de andere kant ook nauwelijks moeite gedaan om haar gerust te stellen. De ontvangst voelde op zijn best als het begin van een proefperiode als dienstmeid in een familie. Het gezin was niet vijandig, er werd haar vooralsnog het voordeel van de twijfel gegund. Het oordeel over haar werd opgeschort tot het moment dat ze zich in de kaart liet kijken.

Liggend op het stromatras, dat hard en ongelijkmatig aanvoelde, met de klamboe over zich heen als een beschermend tentdoek, voelde ze zich uitgeput, maar ook opgewonden. Bij elk nieuw geluid schrok ze op en probeerde het thuis te brengen om het zo van zijn dreiging te ontdoen. Het waren vast geluiden van dieren buiten, dacht ze, van gonzende krekels, vleermuizen en trippelende veldmuisjes in het geboomte en struikgewas rond het huis. Er was alleen ook geritsel dat uit haar kamer zelf leek te komen, waardoor ze de lieve Heer dankte voor de klamboe. Ze onderscheidde het knetteren van nagloeiend vuur en de traag tikkende druppels uit een lekkende kraan, waarin de leegte van een heel huis galmde.

Het duister leek haar van een afstandje toe te grijnzen: wacht maar, ik ben er ook nog. Ze overwoog haar oude lappenpop te pakken om zichzelf te troosten, maar vond dat voor een getrouwde vrouw onacceptabel en klemde in plaats daarvan een rolvormig kussen tussen haar benen en tegen haar borst. Het bood een comfortabel gezelschap. Het eerste daglicht dat door de kieren van de luiken stroomde kwam als een opluchting. Toen de hemel begon te verbleken hoefde ze niet langer waakzaam te zijn en ze viel in een bodemloze slaap.

Toen ze wakker werd, kwam dat door de toenemende hitte in haar kamer, niet omdat ze uitgeslapen was. Ze waste haar gezicht en overwoog even de sarong te pakken die ze de Europese vrouwen aan het einde van de bootreis had zien dragen in de ochtend, maar ze wist niet hoe ze dit vormeloze kledingstuk om haar lichaam moest knopen. Uiteindelijk trok ze de jurk van de avond ervoor aan.

Het huis was leeg, alleen de baboe snelde toe. Haar echtgenoot en de meisjes zouden al wel naar school en werk zijn. Ze liet zich door de vrouw naar de voorgalerij leiden, waar een jongen haar exotische vruchten, sterke thee en plakken van zurig smakend brood met zoute boter serveerde. Ze at en dacht na over alle zaken die ze het hoofd moest bieden.

Ze moest te weten komen wat haar dagelijkse bezigheden zouden zijn, hoe ze die merkwaardig afstandelijke echtgenoot dichterbij moest halen, hoe ze in de gunst zou kunnen komen bij de meisjes, vooral bij de oudste. En ze zou moeten leren hoe ze zich diende te gedragen op recepties, visites, gelegenheden waarvan ze aannam dat ze die zou bezoeken en waar ze andere vrouwen kon leren kennen, misschien wel baren zoals zij die pas uit Europa waren gekomen.

Ze keek voor zich uit, naar het gazon waar een van de jongens eerst de varens water gaf en daarna de perken met rode canna's. Om te beginnen moest ze het huis maar eens in kaart brengen en het personeel dat er rondliep. Ze begon door de kamers te dwalen en belandde in de keuken, waar het marmer van de vloer overging in blauwe en witte tegels. De baboe trippelde onrustig achter haar aan.

Gaandeweg begon de vrouw mensen aan haar voor te stellen, niet bij hun namen, maar bij hun functie. Ze wilde haar eigen naam ook niet zeggen, maar stond erop gewoon 'baboe' genoemd te worden. Ze bracht haar naar kokkie (de kokkin), twee djongossen, de kebon (tuinjongen) en de koesir (chauffeur). Zij en kokkie woonden in het kleine bijgebouw op het achtererf en hadden daar een kamer om zich overdag terug te trekken. De jongens kwamen 's ochtends vroeg naar het huis en gingen bij zonsondergang terug naar de kampong. Marie, de gouvernante die ze wel bij naam mocht aanspreken, woonde met haar moeder in de stad.

Het huis had enkele slaapkamers, een keuken, een salon, een werkkamer en een eetkamer. In de werkkamer van haar echtgenoot stond een boekenkast waarin ze, tot haar grote vreugde, behalve wetboeken een behoorlijke verzameling Nederlandse literatuur en poëzie vond.

De rest van de ochtend bracht ze door met Louis Couperus en Top Naeff in de rotan leunstoel op de achtergalerij, haar voeten op de latten. Ze las totdat een drukkende warmte haar het lezen onmogelijk maakte. De kippen woelden zich onder bomen en in kuilen in de grond, met opgestoken veren om alle warmte te laten ontsnappen, de meeste bedienden trokken zich terug in het bediendenverblijf, geen haan kraaide, geen vogel floot. Ze ging naar haar kamer en liet zich op haar bed vallen.

Die avond was de tafel alleen voor haar gedekt. Meneer liet zich excuseren omdat hij in de sociëteit at en de meisjes hadden eerder gegeten met hun gouvernante. Het dineren in stilte gaf haar een merkwaardig gevoel van triomf. Er klonk geen gebed, geen getik van het bestek van tientallen andere meisjes, geen bel die haar liet weten wanneer ze weer van tafel mocht.

Later, toen ze zich weer op de galerij op het achtererf op een wipstoel installeerde, bleef het al even stil. Alleen de krekels gonsden en het gas suisde in de buizen van de lamp die de djongos voor haar had aangestoken.

Na wat uren leek, hoorde ze slepende stappen naderen. Haar echtgenoot verscheen. Hij had de glazige gezichtsuitdrukking van iemand die gedronken had.

'Goedenavond meneer,' zei ze.

'Noem me maar Willem,' zei hij op een bijna geërgerde toon.

'Dan ben ik Anna,' zei ze kalm en tevreden zag ze een kleine glimlach rond zijn mond verschijnen.

'Was er veel werk te doen?' vroeg ze en ze hoopte dat haar toon alleen blijk gaf van belangstelling en geen verwijt in zich droeg.

Hij ging in de leunstoel naast haar zitten en de frons in zijn voorhoofd werd dieper. 'Werken is hier in de archipel niet altijd een kwestie van achter een bureau zitten, maar veel vaker van handen schudden aan de kletstafel in de soos en je vertonen op recepties en partijen.'

'Je zegt het somber,' zei Anna.

'Het zijn avond aan avond dezelfde praatjes, dezelfde stroopsmerende, op opdrachten en promotie azende lieden, dezelfde roddels en grappen, dezelfde farce van vriendschap en vijandschap. Het is corvee. Als ik het kon vermijden, zou ik me nooit in de beau monde mengen.' Hij schrok op, alsof hij plotseling een ingeving kreeg, leunde naar voren en zei: 'Je zult het nog wel ervaren. Als je hier je draai hebt gevonden, zal ik je aan iedereen tonen.'

Ze knikte – opgetogen, want het gaf haar een tevreden gevoel dat hij haar aan zijn zijde wilde, maar ze voelde ook verwarring, die dieper zat. Ik zal je aan hen tonen, zei hij. Niet: ik zal hen aan jou tonen.

In het uur dat volgde bleef hij zijn minachting voor de archipel, de sociëteit, de Nederlandse bestuursambtenaren, zakenlieden en militairen – 'parvenu's en ijdeltuiten' – en de Indische gezagsdragers en burgers – 'barbaren en nietsnutten' – uiten met een felheid die geleidelijk aan overging in een korzelige vermoeidheid.

Al die tijd had hij niets aan haar gevraagd.

In een plotselinge stilte, waarin de krekels harder leken te gonzen, alsof ze deze pauze gebruikten om zich kenbaar te maken, keek hij haar recht aan. Ze keek terug. Ze sloeg haar ogen niet neer, zoals ze geneigd was te doen door de verlegenheid en angst die ze wel degelijk voelde, maar dwong zichzelf hem aan te blijven kijken. In zijn ogen maakte de wrevel plaats voor opmerkzaamheid. Iets leek in hem te zijn aangestoken. Hij liet zijn ogen naar haar mond glijden en weer terug naar haar ogen, fonkelend nu.

Toen stond hij op en wenste haar een goede nacht.

6

Je bevindt je nooit meteen op een nieuwe plek. Eerst ben je ergens níét. Anna was vooral niet in de eetzaal, het naaiatelier, ze liep niet door de Jordaan met zijn klok-, tuit- en halsgevels en gewelfde bruggetjes. Ze hoefde haar ogen maar te sluiten om de oude slaapzaal voor zich te zien of de aanwezigheid van Fiene te voelen.

Ze kon moeilijk wennen aan het nieuwe ritme: opstaan bij het eerste licht, de hoofdmaaltijd midden op de dag en daarna rusten. Ze schrok van de rajaps, krioelende witte mieren, de forse spinnen, de muskieten, de vleermuizen en de tjitjaks, kleine hagedissen op de muren. Het brood smaakte zurig, het water was troebel, de eieren klein, de groente hard, de rijst droog en de sambal van de rijsttafel schroeide haar gehemelte. Na de eerste avond hadden ze geen aardappelen meer gegeten.

Er was vastberadenheid nodig om vertrouwd te raken met deze nieuwe wereld en daarom vroeg Anna de koesir elke dag om haar rond te rijden. Door haar ritjes en wandelingen in de buurt verzamelde ze gaandeweg herkenningspunten, waardoor haar omgeving meer werd dan een exotisch decor. Ze leerde het Koningsplein kennen, zo uitgestrekt en groen dat het eigenlijk een park was, het drukke treinstation van de Staatsspoorwegen, de monumentale in groen verscholen villa's en het Indische hotel Daendels, waar de beste rijsttafels schenen te worden geserveerd.

Ze liet zich rijden langs het kleinere Waterlooplein, de herensociëteit De Harmonie, waar haar echtgenoot zoveel uren per dag verbleef en het grote, hagelwitte paleis van de gouverneur-generaal, de onderkoning van Nederlands Oost-Indië. Door over de wandelpaden door het groen te lopen hoopte ze meer dan alleen het oppervlak van de dingen te zien, aan de plek iets wezenlijks te ontlokken waardoor ze zich eraan kon uitleveren. Soms, als het lichtgroene gebladerte van de reusachtige boengoerboom ineens begon te ruisen of als er honden aansloegen op een oprijlaan, was ze er volledig, maar die heldere, dwingende aanwezigheid duurde nooit lang.

Op de achtergalerij probeerde ze een begin te maken met een brief aan Aegje. *Doepa,* Chinese wierookstokjes, die een wat muffe geur voortbrachten, moesten de muskieten verdrijven. Er was zoveel om te beschrijven aan vreemde gebruiken, landschappen en indrukken, maar het kwam haar allemaal voor als uitstel van wat ze werkelijk kwijt wilde: haar zoektocht naar een plek in dit land, dit huis en vooral dit gezin.

De laatste keer dat ze Aegje had gezien, was bij het vertrek. Het stoomschip lag onbegrijpelijk groot, hoog en grijs aan de kade. Aegje had afscheid genomen op de kalme en beheerste manier die Anna van haar gewend was en toen ze aan boord ging was Aegje op de kade blijven staan tussen de andere mensen.

'Probeer gelukkig te zijn,' had ze haar voorgehouden. Het klonk als een bezwering.

Een hijskraan hees ratelend de kisten en balen op en liet ze neerploffen in de scheepsbuik, kruiwagens en handkarren werden de loopplank op gereden. De bemanning liep driftig heen en weer, schold, schreeuwde. Van de commandobrug klonken orders en ineens loeide de stoomfluit.

Ze kwamen in beweging, zo langzaam dat ze het eerst nauwelijks merkte, maar het water tussen het schip en de kade werd breder en het schip gleed weg, geleidelijk en onherroepelijk. Een oude paniek maakte zich van haar meester, alsof ze zich te ver van de poort ophield en straf riskeerde. Ze hield haar blik gericht op Aegje en bedaarde. Aegje wuifde met een zakdoek en Anna wuifde mechanisch terug.

Aegje had gehuild, besefte Anna pas nu ze de herinnering terughaalde. De witte zakdoek was beurtelings naar haar gezicht en in de lucht gegaan. De min had zich, bijna als een echte liefhebbende ouder, bij het afscheid grootgehouden om haar kind geen schuldgevoel te bezorgen en het de toekomst te gunnen die het verkoos.

Ze besloot de vrouw die om haar had gehuild te schrijven en niet de vrouw die zo beheerst afscheid had genomen. Ze nam haar in vertrouwen – zoals ze dat altijd gedaan had, deels uit nood, omdat er niemand anders was, niet toen en niet nu, niet hier en niet in Holland. Deels omdat ze wist dat Aegjes adviezen oprecht en onverbloemd zouden zijn. En dus schreef ze over haar echtgenoot die na deze eerste week nog altijd een raadsel voor haar was. Willem was meestal van huis en als hij in haar buurt was, leek hij zich altijd van haar af te wenden, ook al zat hij recht tegenover haar. Elk gebaar, elk woord dat hij wel of niet uitsprak, elke stilte omvatte een magazijn aan betekenissen. Ze raakte verstrikt in het ontcijferen van de gedachten in zijn stiltes, de zinnen die hij niet afmaakte.

Hun huwelijk was nog steeds niet geconsumeerd, maar dat schreef ze maar niet zo op. Hij was onveranderlijk koel en gereserveerd, zo verwoordde ze het. Ze kon geen geschikte toon vinden om tegen hem te praten, en zo bleven ze steken in de beleefde woordenwisselingen van vreemden. Hij leek op te gaan in zaken, rapporten, staten, cijferreeksen, promotie-intriges en sociëteitbezoek.

Die sociëteit, zo begreep ze van Willem, was van groot belang voor wie opdrachten toegeschoven wilde krijgen, voor aanstellingen genoemd wilde worden, op ranglijsten wilde stijgen. Daar, en niet op de kantoren, werden de kaarten geschud. Zijn afkeer van het gekonkel weerhield hem er niet van om er zijn middagen en avonden aan op te offeren.

Ze was er niet zeker van of haar echtgenoot een man was die je behoedzaam moest benaderen of juist brutaal moest overrompelen. Alleen als hij gedronken had, voelde ze zich vrijer om een grapje te maken. Ze schreef over de twee meisjes, vooral over Lin, met wie ze vrolijke gesprekken voerde. Het meisje had er plezier in om haar uitspraak van het Maleis te verbeteren en uit te leggen welke vruchten uit de tuin eetbaar waren. Als er een rijsttafel werd geserveerd, rond vieren, schaterlachte ze als Anna's gezicht vertrok bij al te pittige gerechten. Ze sloot de brief af met vragen over Aegjes leven in Amsterdam en stopte hem in een envelop. De brief zou per schip naar Nederland worden vervoerd, dus ze zou voorlopig geduld moeten hebben.

Ze keek de tuin in. Iedereen had zich teruggetrokken voor een middagdutje, ook de kebon die zojuist nog onkruid aan het wieden was. Haar lichaam volgde nog steeds een Europees ritme en vroeg niet om slaap, maar het brandende zonlicht begon haar te veel te worden en ze liep naar haar slaapvertrek. Ze moest leren om 'om de warmte heen te leven', te rusten als de zon hoog stond en actief te zijn in de vroege ochtend en de avond.

De voortdurende hitte op haar huid maakte haar loom. Ze verwachtte onbewust een koele omslag van het weer, een kilte vlak voordat het ging waaien en regenen, zoals dat in Amsterdam gebeurde na een warme periode. In de afmattende warmte voelde ze zich vloeibaar, niet solide. Het was verleidelijk af te zien van alles wat inspanning vereiste. Morgen, dacht ze vaak, maar dan was het ook warm. Ze trok haar jurk uit en ging in haar onderjurk op bed liggen om te lezen.

Ze had al tientallen boeken uit de boekenkast in Willems werkkamer uitgelezen. Vooral Nederlandse romans en vertalingen van Keats, Yeats en Goethe. Willem maakte er werk van om zijn dochters Europees op te voeden en liet hen met de gouvernante standaardwerken over de vaderlandse geschiedenis en staatsinrichting lezen, maar ook literatuur. Naast school moest dat het verindischen van de meisjes voorkomen.

Willem was al eerder die middag naar zijn slaapkamer gegaan. Zijn dagindeling was zoals het voor ambtenaren en officieren gebruikelijk was: hij deed bureauwerk van acht tot twaalf, kwam soms thuis voor de rijsttafel, een siësta en een wandeling die hij alleen wenste te maken. Daarna vertrok hij naar de sociëteit, keerde terug voor het diner rond achten en ging daarna weer naar de soos, meestal tot een uur waarop zij al lag te slapen.

Ze legde haar boek weg. Zonder dat ze zichzelf toestond erover na te denken, want dan zou ze ervan afzien, stapte ze uit bed en liep de gang op, naar Willems slaapkamer. Ze klopte niet aan, om geen aandacht van het huispersoneel te trekken, maar opende de deur voorzichtig en trad binnen.

Hij lag op zijn rug te slapen. Zijn oogleden trilden op de cadans van onvaste dromen. De frons in zijn voorhoofd was zelfs in zijn slaap niet helemaal weggetrokken, maar zijn mond was ontspannen en losjes. Ze vroeg zich af hoe het zou voelen om door die lippen gekust te worden. Toen ze zo naar hem stond te kijken, had ze het gevoel dat ze in overtreding was. Hem wakker maken leek een nog grotere zonde. Ze keerde om en sloot de deur.

'Njonja?'

Ze moest in slaap zijn gedommeld. Baboe stond naast haar bed, met een verontschuldigende blik op haar gezicht.

'Toean Willem vraagt of u hem vergezelt,' zei ze. Ze had een mousseline japon in haar handen. '*Pesta*,' zei ze opgetogen, 'feest.'

Anna gleed uit bed en pakte de japon met verbazing van haar aan.

'*Terima kasih*, baboe,' zei ze en glimlachte.

Baboe boog en bleef toen even weifelend staan.

'Zal ik u helpen?' vroeg ze toen vriendelijk in het Maleis.

Anna knikte dankbaar. Baboe opende zorgvuldig de kleine, met stof beklede knoopjes van de japon en liet hem toen over haar hoofd en haar onderjurk zakken. Anna stak haar armen door de mouwen. De vrouw streek de delicate stof glad en ging achter haar staan om de knoopjes te sluiten.

Ze troonde haar met zachte dwang naar de kaptafel en zette Anna op de stoel voor de spiegel. Daarna pakte ze een borstel en begon met lange halen haar haren te borstelen. Het was zo'n moederlijk gebaar, uitgevoerd met zoveel rust en aandacht, dat Anna haar ogen sloot. Ze ontspande zich, misschien wel voor het eerst sinds haar aankomst. Baboe pakte wat spelden uit het houten doosje, waarmee ze haar haren vastzette in een kondee, een brede, lage knot achter op haar hoofd. Zonder de middenscheiding die ze altijd droeg, maar met haar bruine haar losjes achterover, kreeg haar gezicht iets zacht vrouwelijks.

'Waren deze spelden van de moeder van de meisjes?' vroeg Anna haar via de spiegel nadat ze de juiste Maleise woorden had gevonden.

'Ja, njonja,' zei baboe en haar gezicht kreeg een treurige uitdrukking.

'Wanneer is ze overleden?' vroeg Anna.

Ze voelde de vrouw verstrakken. Er kwam geen antwoord. Toen ze haar blik zocht in de spiegel, bleef ze geconcentreerd naar de knot kijken.

'Het is klaar, njonja,' zei ze en ze liep na een buiging de kamer uit.

Willem was van zijn wandeling teruggekeerd en kleedde zich nu ook om. Anna stond over de balustrade geleund te kijken hoe het paard voor de sado werd gespannen, toen Marie opdook. Haar tred was licht als die van een vogel.

'Wat ziet u er beeldschoon uit vanavond,' zei ze.

Anna dankte haar voor het compliment. 'Tegen jou kan ik hetzelfde zeggen.'

Marie droeg een lange zijden badjoe en een batik sarong. Aan haar kleine voeten zaten met bloemen geborduurde slofjes met gouden hakken.

'Ik geloof dat er een feest is waarbij ik meneer moet vergezellen,' zei Anna verlegen, omdat ze ook niet precies wist wat de bedoeling was.

'Dat zal dan een receptie zijn op dit vroege uur van de avond,' zei Marie. 'Daar zijn er massa's van hier.'

'Hoe komt het eigenlijk dat je zo goed Nederlands spreekt?'

'Mijn vader was een Hollandse handelsman in de suiker en mijn moeder was zijn *njai*, zijn hoofdhuishoudster met wie hij mij en nog drie kinderen kreeg. Ze kwam uit een aristocratische Javaanse familie. Hij is nooit met haar getrouwd, maar ze zijn altijd samen gebleven. En mijn vader heeft al zijn kinderen erkend en gewettigd.'

In die laatste toevoeging klonk onverholen trots, dus Anna nam aan dat dit niet vanzelfsprekend was.

Willem verscheen, gekleed in een gesteven witte broek met een scherpe vouw, lakschoenen en een hoog wit jasje met gouden knopen die in de zon schitterden. Anna vond hem er knap uitzien.

'Laten we vertrekken,' zei hij bars, 'we willen niet te laat aankomen.'

Hij gaf de gouvernante een kort knikje, dat ze olijk, bijna koket, beantwoordde met een lichte buiging.

'Tabee, toean,' zei ze zangerig.

Anna beklom de trede en installeerde zich op de leren zitting in de schaduw van de overkapping. De sado had de straat nog niet bereikt of Willem verzocht haar op scherpe toon om niet te familiair tegen bedienden te doen, anders zouden ze haar achter haar rug uitlachen.

'Het nut van bedienden is praktisch,' zei hij. 'Verlaag je niet, maar hou je als blanke vast aan je prestige.'

Anna fronste. Opnieuw verwonderde ze zich erover dat ze, vanaf het moment dat zij als eenvoudige wees voet aan wal had gezet, louter om haar bleke huid een hogere status genoot dan iemand als Marie, die van adellijke afkomst was, verschillende talen sprak en kon onderwijzen in rekenen, taal en geschiedenis.

Het geratel van het rijtuig en het getrappel van het paard vulden de stilte.

'Probeer wat te praten met de dames,' zei Willem, al wat vriendelijker, 'en niemand tegen je in het harnas te jagen. Het is stomvervelend, maar het openbare leven is hier een en al opsmuk en etiquette. Er zijn strikte codes.'

'Waar moet ik dan aan denken?' vroeg ze.

'Spreek niemand aan en groet genodigden niet als eerste, maar wacht tot je aangesproken wordt. Dat geldt in het bijzonder voor de residentsvrouw, die met jou zal willen kennismaken.'

Anna knikte.

'En we kunnen pas van de receptie weggaan als de hoogstgeplaatste ambtenaar is vertrokken en daarna de daaronder geplaatsten.' Willem keek haar even onderzoekend en, zo meende ze te zien, bezorgd aan. 'Kun je dat aan, denk je?'

'Jazeker,' zei ze, haar ergernis onderdrukkend, met een zo vrolijk mogelijk gezicht.

Na een korte rit kwam vanachter hoge muren het paleisachtige residentiehuis tevoorschijn, omringd met heesters, palmen en klapperbomen. Ze stapten uit en Willem bood haar zijn arm. Zo liepen ze, terwijl ze zich voor het eerst kon voorstellen hoe het voelde om zijn echtgenote te zijn, tussen twee wachters door, naar een overdekte ruimte in de tuin, los van de regentswoning, die een pendoppo genoemd werd. Er stonden bronzen Japanse vazen op hoge sokkels en boeketten met reusachtige bloemen en takken tot aan het plafond. Op de rechte stoelen langs de wanden zaten de dames naast elkaar, terwijl de heren zich in een hoek ophielden.

'Doe je best, dan komt het wel goed,' zei Willem en hij maakte zich los van haar arm.

Ze had niet begrepen dat ze dit alleen moest doen.

Het voelde alsof Willem haar zojuist in het luchtledige had laten vallen. Met stramme pasjes liep ze naar een van de lege stoelen bij de vrouwen en ging zitten. Ze keek met een vage, ongerichte glimlach voor zich uit om niemand de indruk te geven dat ze als eerste contact zocht.

Ze keek naar Willem, die een stukje verderop stond. Te midden van zoveel hoge ambtenaren en zakenmannen leek hij wat te zijn gekrompen en zich tegelijkertijd op te rekken. Hij was veel aan het woord, kreeg de lachers op zijn hand en stond driftig te knikken. Man en masker waren niet meer van elkaar te onderscheiden – dat wil zeggen, voor anderen. Anna zag het wel en ze vond het even sinister als beschamend.

Het groepje waarvan Willem deel uitmaakte verdween naar een andere ruimte, waar, zo nam ze aan, de resident was. Ze moest zich bedwingen om niet op te staan en rond te dwalen, naar de tuinen of de stille kamers van het residentiehuis. Het voelde belachelijk om zo rechtop in een rijtje te zitten. Vanavond zou ze ongetwijfeld fouten maken. Haar gebrek aan jaren en ervaring zouden zichtbaar worden en ze zou door de dames worden ontmaskerd als ongeschikt. Aan de andere kant, dacht ze: om te kunnen verliezen moest je het spel willen spelen en van dat laatste was ze nog helemaal niet zeker.

Aan het begin van de rij stoelen verscheen een dame in een japon van glimmende lichtblauwe zijde en overdadige sieraden, die de echtgenote van de resident wel moest zijn. Ze liep de vrouwen langs, en boog zich glimlachend naar steeds een volgende dame die op haar stoel bleef zitten en ongemakkelijk omhoog moest kijken. Voor de ene vrouw was meer tijd gereserveerd dan voor de andere en Anna vermoedde dat dit te maken had met geld, afkomst en positie, oudgasten of baren.

Zij als nieuwelinge van twijfelachtige komaf, getrouwd met een, in dit hoogstaande gezelschap, eenvoudige ambtenaar, stond ongetwijfeld onderaan de ladder. Dat gevoel kende ze maar al te goed en het joeg haar geen angst of schaamte aan. Het was iets anders wat haar nerveus maakte: ze voelde weerzin tegen dit schaduwspel, maar tegelijkertijd wilde ze Willem niet teleurstellen.

De residentsvrouw was aanbeland bij de dame naast haar. Het was een kort gesprekje, waarin ze halfbakken informeerden naar elkaars gesteldheid en gangbare complimenten uitwisselden. Toen het gesprek ten einde kwam en de residentsvrouw zich tot haar wendde, voelde Anna hoe haar spieren zich aanspanden.

'Ach, u moet het handschoentje zijn,' zei de residentsvrouw opgewekt. Ze hield een beschilderde waaier tegen haar boezem. Haar opgestoken haren hadden de kleur van hazelnoten.

De opmerking trof Anna en ze stak toen maar haar hand uit, ook al verbrak ze daarmee waarschijnlijk een regel.

'Anna Francken, fijn u te ontmoeten.'

De residentsvrouw schudde haar hand, zonder het nodig te achten haar naam te noemen, want die werd als bekend verondersteld. 'Wat vindt u van ons Weltevreden?' vroeg ze.

'Ik vind het net één groot park,' zei ze naar waarheid.

De residentsvrouw liet een hoog lachje horen. 'Zo is het ook. U komt uit Amsterdam, heb ik vernomen?'

Anna knikte.

De residentsvrouw zuchtte. 'U moet me beloven zeer binnenkort te vertellen wat daar tegenwoordig allemaal gaande is, want het is een eeuwigheid geleden dat ik er was.'

Nog voor Anna antwoord had kunnen geven, liep ze door naar de vrouw naast haar, waardoor Anna begreep dat het verzoek niet te serieus genomen moest worden. Toen Anna zich naar de vrouw aan haar rechterzijde draaide, opgelucht dat de kennismaking min of meer geslaagd was verlopen, bleef deze stralend glimlachend voor zich uitkijken. Daardoor was ze veroordeeld tot het aanhoren van weer een vormelijke dialoog tussen de residentsvrouw en een gaste, waarbij alleen dingen werden gezegd die de ander voor hen zouden innemen of ontzag zouden opwekken.

Er werden glazen port en ijswater rondgebracht. Ze koos voor de port en voelde een onverwachte zoete stroperigheid die brandde in haar keel. Ze nam geen tweede glas, terwijl de anderen maar bleven drinken. De dame naast haar begon bij haar derde glas port zelfs lichtjes te wiegen. Drankzuchtigen zochten een dromerige afwezigheid die zij van nature al had – meer dan haar lief was.

'Ik vrees dat ik geen vriendinnen voor het leven heb gemaakt,' zei Anna toen ze samen met Willem op de trappen van het residentiehuis stond te wachten tot het rijtuig werd voorgereden.

Hij streek over zijn snor met een klein glimlachje. 'Je hebt een goede indruk gemaakt, dacht ik te merken en voor een eerste keer is dat meer dan genoeg.'

'Ik word het handschoentje genoemd.'

Ze was zich ervan bewust dat ze klonk als een gekwetst schoolkind.

'Zo noemen ze dat nu eenmaal hier,' zei hij en haalde verzoenend zijn schouders op.

De sado kwam voor. Ze wilde haar jurk al optrekken om op de trede te stappen toen Willem haar even van opzij aankeek.

'Zullen we naar huis wandelen?' vroeg hij.

Ze stemde in, verheugd over het 'we' en 'huis' in dezelfde zin.

Willem wisselde een paar woorden met de koesir en samen liepen ze de oprijlaan af. Ze merkte dat hij niet zo vast op zijn benen stond, wat haar met hoop vervulde. Alcohol maakte hem zachter, opener. Ze durfde haar arm door de zijne te steken. Het was een vrijpostig gebaar dat hem verraste, maar ook leek te amuseren. Hun passen gingen gelijk op. Ze zwegen, maar ditmaal was het een ontspannen zwijgen.

'Waarom wilde je eigenlijk trouwen?' vroeg ze.

Het duurde even voor hij antwoord gaf. Ze keek omhoog. De maan stond in haar eerste kwartier aan de hemel, alleen een smalle sikkel was te zien, als een liggend kommetje, niet rechtop zoals in Nederland.

'Een man van mijn leeftijd en positie hoort getrouwd te zijn,' zei hij uiteindelijk, met hoorbare tegenzin. 'Met een Europese vrouw.'

Waarom ik? Dat had ze willen vragen. Maar na wat hij had gezegd, de kille berekening ervan, de willekeur van 'een Europese vrouw', vreesde ze voor het antwoord. Toen ze het huis binnenliepen, veel sneller dan ze had gewild, wenste hij haar op afgemeten toon een goede nacht en verdween alleen naar zijn kamer.

Ze had het verpest.

Door het weeshuis te verlaten dacht ze vrijheid te vinden, weg van de eenvormigheid. Nu was ze onderdeel van een samenleving met meer regels dan ooit, vooral van de onbegrijpelijke en ongeschreven soort, en was ze als 'een Europese vrouw' volstrekt inwisselbaar. Was Willems drijfveer om te trouwen wel eenzaamheid geweest, zoals ze had aangenomen, of was het calculerend, omdat zijn carrièrekansen met een Europese echtgenote beduidend hoger lagen dan zonder?

In bed overpeinsde ze hoe het huwelijk zich tot de liefde verhield. Misschien was ze dwaas om te denken dat die twee met elkaar konden vergroeien. Bij zichzelf kon ze ook nog geen liefde voor deze man bespeuren, voor zover ze wist wat dat was, dus ze mocht hem niets verwijten. Bovendien: was zij niet even berekenend geweest toen ze besloot op de advertentie te reageren?

Eenmaal in haar leven was ze verliefd geweest, op Johan van der Sluijs. Ze keek naar hem uit met kloppend hart en als ze hem dan eindelijk zag, wist ze niet meer wat ze moest doen. Tussen de Meisjesplaats en de Jongensplaats in het Burgerweeshuis stond het kamhek, dat ze de rode poort noemden, die hun werelden scheidde. Jongens en meisjes zagen elkaar nooit, behalve tijdens het balspel. Tijdens het speelkwartier van de oudere kinderen van tien tot kwart over tien speelden ze, met de meester, korfbal op de jongensbinnenplaats. Johan leek altijd per ongeluk bij haar in de buurt te staan.

Eén keer was ze door hem gekust. In de kermismaand september, op de extra uitgaansdag die ze die maand kregen, had hij in het feestgewoel op de Dam haar hand gepakt en haar naar de zijkant van het Koninklijk Paleis geleid. Zonder waarschuwing drukte hij zijn lippen op die van haar. Het gaf een vreemd, kriebelig gevoel in haar buik toen ze zijn tong in haar mond voelde. Daarna liet hij haar achter, waarschijnlijk omdat hij ook niet wist hoe het nu verder moest.

Willem gaf op dit moment niet de indruk liefde te zoeken, maar in de contactadvertentie had hij gesuggereerd dat hij een gezin wilde stichten en ze wist genoeg van biologie om te weten dat hij haar daarvoor bezoekjes moest gaan brengen. 'De eenwording' werd dat in de kerk plechtig genoemd. In het evangelie was de lichamelijke liefde net zo goed een gebod als een verbod. Eerst was het een zonde en na de huwelijksvoltrekking veranderde het ineens in een deugd. Het was de vrouw, immers degene die de verleidingen opriep, die moest zorgen dat de eenwording niet te vroeg of te laat plaatsvond.

Ze draaide zich om, ervan overtuigd dat haar weer een slapeloze nacht wachtte, maar ze voelde het randje van de slaap en bood geen weerstand.

7

Ochtendlicht viel door de kieren van de luiken naar binnen. Het moest nog vroeg zijn, want de lucht was koel. Haar stemming was lichthartig, ze wilde de sarong dragen en vroeg baboe om haar te helpen. Ze zou Aegjes 'probeer gelukkig te zijn' in de praktijk brengen. Ze had niet gezegd 'wees gelukkig', maar 'probeer het te zijn', wat impliceerde dat er een inspanning voor nodig was. De dingen zouden zich niet vanzelf naar haar wensen vormen, ze moest er moeite voor doen.

Baboe knikte instemmend toen Anna de lichtblauwe sarong uit de linnenkast haalde. Het was een wijde, vormeloze rok. Met de hand legde baboe er een paar plooien in en maakte het kledingstuk vast met een band, die ze een *oedit* noemde. Hij was van crèmekleurige Chinese zijde en had franjes aan de onderkant. Daarna hielp ze Anna in een kabaja, een kort wijd jakje met een ronde hals van opengewerkte witte stof.

Uit het houten doosje op de kaptafel pakte de oude vrouw drie gouden spelden, voorzien van bloedkoralen knopjes, die met ragfijne kettinkjes aan elkaar verbonden waren en waarschijnlijk van Willems eerste vrouw waren geweest. Daarmee maakte ze de kabaja dicht. Baboe reikte haar slofjes aan van wit satijn, geborduurd met zilverdraad en met vergulde hakjes. Het voelde losbandig om geen kousen en zware rokken te dragen, bevrijdend bijna. Ze durfde nauwelijks in de spiegel te kijken.

'*Saja tida maloe, njonja, bagoes*,' zei baboe.

Anna herkende een paar woorden en begreep dat de oude

vrouw zei dat het mooi stond en haar aanspoorde om niet verlegen te zijn.

'Welkom in Batavia,' zei Marie met een grijns toen ze haar zag.

Lin was meteen op haar afgerend toen ze op de achtergalerij verscheen. Anna grinnikte en stak haar tong uit. Zelf droegen de meisjes op dit uur nog hun bébés, losse katoenen huisjurken. De oudste fixeerde haar blik op de spelden op haar kabaja en wendde daarna met een felle blik haar hoofd af.

'Kom eens bij me, meisjes,' zei Anna, nog steeds in een vrijmoedige stemming, en ze plofte op de rand van de veranda neer.

Lin ging tegen haar aan zitten en Minah een stukje van haar af, maar ze zat in ieder geval. Marie keek even met een scherpe blik naar het tafereel en liet hen toen alleen.

'Wat vinden jullie er nou van dat ik hier ben?' vroeg ze.

De meisjes keken haar geschrokken aan, niet gewend aan zoveel directheid.

'Gezellig,' zei Lin en Anna moest lachen om dat Hollandse woord dat hier zo misplaatst klonk. Ze keek Minah aan, zo nadrukkelijk dat ze wel antwoord moest geven.

'Prima, hoor,' zei het meisje dan maar.

'Ik begrijp het heel goed als jullie je moeder missen. Het moet moeilijk voor jullie zijn geweest toen ze stierf.'

Lin keek haar verbaasd aan. 'O, maar ze is niet dood, hoor,' zei het meisje luchtig. 'Papa heeft haar weggedaan.'

Anna verstrakte.

'Maar ons niet,' ging Lin opgewekt verder. 'Wij waren toen vier en zes en ons wilde hij houden.'

Het lukte Anna nauwelijks om rustig te blijven.

'Maar waar is ze dan naartoe gegaan?' vroeg ze.

'Ze is teruggestuurd naar de kampong, hier even verderop,' zei het meisje.

Al die tijd was Minah met neergeslagen ogen bezig haar jurk

op haar knieën glad te strijken. Anna wendde zich nu tot haar.

'Bezoeken jullie haar daar weleens?' vroeg ze.

Minah trok haar schouders op. 'Dat heeft vader verboden,' zei ze.

Na het ontbijt trok Anna de sarong uit, deed de spelden terug in het houten doosje en sloot het deksel. Hoe kon ze deze sieraden ooit nog dragen nu ze dit wist? Ze kleedde zich om, zette een hoed op en vroeg baboe om het rijtuig te laten spannen. De koesir reed haar naar de Rijkswijkstraat, waar de grootste winkels gevestigd waren en de laatste mode uit Parijs en Londen te koop was. Ze wilde haar eigen kabajaspelden kopen. Het zou de eerste keer zijn dat ze het geld gebruikte dat ze van Willem had gekregen om zich te kleden voor gelegenheden.

In modehuis Van Duyn zag ze alleen Europese japonnen en sieraden, maar bij een Bombay-toko vond ze wat ze zocht. Ze koos zilverkleurige spelden met kleine parelknopjes erop. In warenhuis Gerzon schafte ze Europese modebladen aan, *Vogue* en *Rijk der vrouw*, waarin avondjaponnen stonden afgebeeld die ze op maat kon laten namaken.

Daarna liet ze zich naar het Koningsplein rijden om te wandelen. Het liep al tegen het middaguur en het licht weerkaatste hel op de lichtbruine aarde. Het was of ze door een vuur liep.

Lin en Minah waren ook hun moeder kwijt, net als zij. Maar waar haar moeder uit eigen beweging afstand van haar kind had gedaan, was hun moeder gedwongen om hen te verlaten. Waarom had Willem zich hiertoe verlaagd? Hoe konden de meisjes zich daarbij neerleggen? En hoe kon hun moeder zich zo gemakkelijk laten wegsturen?

Ze begon zich licht in haar hoofd te voelen. Ze ging op een van de houten bankjes zitten en sloot net haar ogen toen ze van dichtbij een bekende stem hoorde.

'Voel je je wel goed, beste Anna?'

Ze keek op en zag een chic geklede dame voor zich staan. Het was de vrouw van de resident. Haar hoed wierp een schaduw over haar gezicht, zodat alles boven haar mond nauwelijks zichtbaar was.

'Jawel, mevrouw,' zei ze, 'de hitte werd me gewoon even te veel.'

'Net van de boot natuurlijk.' De dame glimlachte geamuseerd. 'Probeer genoeg te drinken.'

Anna knikte. 'Dank u wel, mevrouw.'

De residentsvrouw draaide zich van haar af, maar leek zich toen te bedenken.

'Ach, waarom kom je niet even mee naar het hotel waar ik heb afgesproken met een paar vriendinnen? Dan kun je een verkoelend glas drinken en bijkomen in de schaduw op het terras.'

Anna wilde maar al te graag worden afgeleid van de vreselijke vragen die door haar hoofd spookten en nam de uitnodiging aan, voordat ze zich kon bedenken dat ze eerst beleefde pogingen had moeten doen het aanbod af te slaan, zoals het hoorde op Java.

Twee dames op het terras keken met opgetrokken wenkbrauwen toe hoe de residentsvrouw met haar aan haar zijde naderde. Anna had haar verteld over de kanten kraagjes die in zwang waren bij de Amsterdamse dames en de ondeugende liedjes die in de kroegen in de Jordaan werden gezongen. De residentsvrouw wilde telkens meer weten, en werd steeds vrolijker. Anna knapte ervan op.

'Dit is Anna Francken, die een paar weken geleden uit Amsterdam is gekomen,' zei de residentsvrouw tegen haar vriendinnen. 'Een goed geïnformeerde jongedame,' voegde ze er met een knipoog aan toe. 'Anna, dit zijn de weduwe Olieslager en mevrouw De Beijer.'

Anna schudde handen en nam plaats op een stoel die door een ober voor haar werd bijgeschoven.

'Mijn man en ik zijn al acht jaar niet meer thuis geweest,' zei mevrouw De Beijer. Ze droeg een hoed met enorme veren. 'Vertel eens, hoe gaat het daar?'

Anna vertelde over de mode die in Amsterdam gedragen werd en toen ze merkte dat de dames aandachtig luisterden, zette ze haar verhalen over de luidruchtige zaterdagavonden in de Jordaan nog wat vetter aan. Nadat hun nieuwsgierigheid naar het vaderland was bevredigd, wisselden de dames de laatste nieuwtjes uit over mensen in de buurt die stiekeme verhoudingen hadden of met elkaar in de clinch lagen. Het werd Anna snel duidelijk dat roddelen hun favoriete bezigheid was. Deze vrouwen moesten alles weten over Willem, zijn kinderen en hun moeder, in ieder geval meer dan zij.

'De moeder van de twee dochters van mijn echtgenoot...' begon Anna. Ze voelde onmiddellijk de aandacht op zich gevestigd. 'Ik wist bij aankomst niet... ik dacht dat ze was overleden. Dat nam ik aan.'

De residentsvrouw keek haar aan en haar ogen schitterden. 'Ach ja, haar herinner ik me nog. Ze is nooit bij me over de vloer gekomen natuurlijk,' hier liet ze even een hooghartig lachje horen, 'maar het was bekend dat meneer Francken met zijn njai samenleefde.' Anna moest geschokt hebben gekeken, want ze voegde eraan toe: 'Zoals zoveel Europese mannen doen, soms jarenlang. Dat is hier heel normaal, zolang die vrouwen maar naar achteren gaan als er Europees bezoek is.'

'Maar hoe is het mogelijk dat ze zomaar kon worden weggestuurd, terwijl haar kinderen bij hun vader moesten blijven?' vroeg Anna.

'Dat is wettelijk zo geregeld,' zei de dame met de verenhoed droogjes. 'Als een Europese man zijn halfbloed kinderen erkent en wettigt, dan heeft hij het voor het zeggen. De inlandse moeder heeft dan geen recht meer op de kinderen. En ze kan elk ogenblik worden weggezonden, bijvoorbeeld als de man zijn oog op een ander laat vallen, zo is dat nu eenmaal.'

Het gesprek viel stil, ze leken in verlegenheid gebracht.

Anna zag de njai voor zich – een moeder die verbannen werd door haar man, weg van haar kinderen, die moest toestaan hoe een andere vrouw, zijzelf in dit geval, hen dagelijks om zich heen had.

'Die inlanders hebben een ander gevoel,' ging de dame verder. 'Ze kunnen hun kinderen gewoon achterlaten, dat vinden ze niet erg.'

Anna keek haar geschokt aan.

De weduwe gaf een klopje op haar knie.

'Zo gaan die dingen, lieve kind,' zei ze.

Die avond zat ze op een van de rieten stoelen op de achtergalerij. De hitte loste langzaam op. De lucht kleurde amber, oker en goud en werd weerspiegeld op de bladeren in de achtertuin. De schemering was haar lief, net als het eerste licht van de dag. Anders dan bij de platvloerse helderheid van het zonlicht kon ze erbij mijmeren. Het zachte, gedempte licht maakte solide dingen losser en deed ze uiteenvallen in mogelijkheden.

De melkglazen kelken van de lampen werden voor haar ontstoken, zodat ze door kon lezen, maar ze legde haar boek weg en keek op haar wipstoel voor zich uit. Strikt genomen had Willem niet tegen haar gelogen, hij had alleen iets verzwegen. Ze had aangenomen wat voor de hand lag – in Europa dan. Hier lag alles anders. Ze kende de mores van dit land niet goed. De moeder van je kinderen de deur wijzen en haar verbieden haar kinderen te zien vond ze harteloos, ook al keurden de vriendinnen van de residentsvrouw het niet af. De dwaling was in hun ogen eerder om samen te wonen met een inlandse, niet om haar weg te sturen.

Haar gedachten werden onderbroken door het zachte geluid van een deur die achter haar werd geopend. Willems hoofd verscheen om de hoek, met een sigaar tussen de lippen, zijn hemdboord losgeknoopt en een glazig welbehagen in zijn ogen.

'Mag ik je straks bezoeken?'

In zijn woorden klonk een beslistheid die erop wees dat hij het zich had voorgenomen te zeggen, de woorden misschien had gerepeteerd. Ze had de vraag wekenlang zien aankomen en nu hij werd gesteld werd ze erdoor overvallen. Ze wilde hem zijn wandaad voor de voeten werpen, hem vertellen dat ze niet van plan was de surrogaatmoeder voor zijn dochters te spelen terwijl hun echte moeder om de hoek woonde. Maar ze knikte slechts.

Toen ze zeker wist dat hij weg was, liep ze naar haar slaapkamer. Daar stak ze een kaars aan en drentelde heen en weer. Hij zou bezit van haar nemen en daar had hij het volste recht toe. Ze had er bij de huwelijksvoltrekking allang in toegestemd om haar maagdelijkheid aan hem te verliezen. Alleen nu ze wist waartoe hij in staat was, voelde ze walging. Zodra zijn lusten waren gedoofd en hij was uitgekeken op een vrouw, kon hij zich zonder scrupules van haar ontdoen en hun nageslacht opeisen. Zij had Europees bloed en was zijn echtgenote, dus wettelijk lagen de zaken nu anders, maar het veranderde niets aan de man die hij was.

Haar geest was dan wel in verwarring, maar haar lichaam zat op een ander spoor. Het had alle begeerte die ze in haar leven had gevoeld, samengebald in afwachting van wat komen zou. Het voelde niet als een val die zou dichtklappen, maar eerder als een deur van een kamer die eindelijk zou opengaan, nadat ze er weken voor had staan wachten. Ze voelde afkeer voor deze man, wilde niets met hem te maken hebben, maar ze was ook nieuwsgierig.

Ze trok haar japon uit en bleef even in haar onderjurk voor de spiegel staan. Daarna pakte ze de japon weer op en stapte erin, maar ze trok hem niet over haar heupen. Uiteindelijk liet ze hem uit, stapte in bed, gekleed in haar onderjurk, en trok het laken helemaal over zich heen.

Er klonk een zacht klopje op de deur. Ze schoot omhoog en zonk toen weer terug in de halfzittende houding die haar elegant toescheen. Haar afkeer had plaatsgemaakt voor opwinding. Willem kwam in zijn slaapbroek haar kamer binnen. Hij schoof de klamboe opzij en ging op de rand van het bed zitten.

Anna keek hem gespannen aan. Ze was er niet gerust op dat ze zou doen wat er van haar verlangd werd, om de simpele reden dat ze niet wist wat dat dan precies was, maar ze veronderstelde dat hij bedreven genoeg was om haar te leiden.

Toen hij haar niet kuste maar het laken, dat ze nog steeds tot aan haar kin opgetrokken had, van haar af schoof, sloeg ze haar blik verlegen neer. Het volgende moment voelde ze zijn hand op haar been omhoogschuiven. Ze verstijfde toen hij met zijn vinger naar binnen schoof. Daarna was er zijn gewicht op haar, zijn hijgende ademhaling in haar oor en zijn lid dat haar lichaam binnendrong.

Het was voorbij voordat het haar was gelukt om de verkramping los te laten. Het verlies van haar maagdelijkheid was niet erg spectaculair geweest; nauwelijks bloed en een korte pijn toen hij voor het eerst in haar stootte. Haar beduusdheid had meer te maken met het gebrek aan liefkozingen. De beheersing die Willem tot dan toe aan de dag had gelegd, voorspelde geduld, maar alles was zo snel gegaan. Er waren tintelingen in haar onderbuik, ze voelde zich vreemd licht in haar hoofd.

De deur van haar slaapkamer viel achter hem dicht.

8

Een tijdlang probeerde Anna gedachten aan de njai, die zich in haar geest had gevormd tot een elegante Javaanse vrouw met trekken die ze bij de meisjes had gezien, weg te duwen, de vergetelheid in. Soms lukte het haar om zich ertoe te beperken te zien hoe de dagen begonnen, verstreken en uitdoofden, maar als de nacht viel drong het beeld van de vrouw zich steeds opnieuw aan haar op.

Voor haar was de duisternis veel meer dan alleen het ontbreken van daglicht. De nacht bewaarde de gestalten van wat ooit had bestaan en wat nog zou komen, van de altijd aanwezige dreiging en de peilloos diepe afgrond, en had nu de njai toegevoegd. Ze had te weinig omhanden en te veel tijd om te dagdromen. Op zondag woonden ze met z'n vieren de mis bij in de rooms-katholieke kerk en maakten daarna een wandeling over de lanen van 's Lands Plantentuin in Buitenzorg, maar de rest van de week was Willem aan het werk en gingen de meisjes naar school.

Het personeel liet haar niets doen. Als ze haar eigen bed aan het opmaken was, kwam baboe verongelijkt binnen, alsof ze het laatste stuk brood van haar bord had gepakt, en nam het van haar over. Kokkie liet haar nauwelijks toe in de keuken en de boodschappen werden ook door haar gedaan. De zorg voor de meisjes werd waargenomen door baboe en hun opvoeding en bijscholing door Marie. Anna had nooit gedacht dat ze het eindeloze naaien en breien in het weeshuis zou missen, maar nu verlangde ze ernaar.

Als ze zich, op de achtergalerij of in haar slaapvertrek, met een boek terugtrok, zag ze zichzelf soms van een afstandje zitten. Over veel tijd beschikken, waar ze de zussen van de Kloveniersburgwal ooit om had benijd, kwam in het echte leven neer op een zachte, goedmoedige verveling.

Als ze met Lin speelde of met Minah probeerde te praten, was het alsof de geest van de njai hen van een afstandje bekeek. Het voelde alsof ze daarmee het bestaan van de moeder ontkende, bijna uitwiste, terwijl het in werkelijkheid Marie was die het haar moeilijk maakte om tijd met de meisjes door te brengen. Marie was altijd in de buurt, ook als ze niet lesgaf, ook op zondagen, en stelde zich op een charmante, maar dwingende manier tussen hen op.

Haar eigen neiging om afstand te nemen van de kinderen, het terrein gewonnen te geven nog voor ze het had ingenomen, keurde ze in zichzelf af, want ze besefte dat de meisjes dan voor een tweede keer in de steek werden gelaten. De kinderen waren in haar armen gevallen, door toevallige omstandigheden, net als zij lang geleden bij andere mensen op de stoep te vondeling was gelegd.

Een paar keer in haar leven was ze langs het huis gelopen op de hoek van de Prinsengracht en de Oude Looiersstraat. Ze had er voor de deur staan dralen, in de hoop dat er toevallig iemand in of uit kwam lopen, wat nooit gebeurde. Ze durfde ook niet aan te bellen. Elke keer kwam dezelfde vraag in haar op: was er een reden geweest dat ze juist hier was achtergelaten? Hoopte haar moeder misschien dat deze mensen haar zouden opnemen in dit gezin? De vraag was dan misschien interessant, maar ook irrelevant, want dat was niet gebeurd. Ze was door de bewoners afgegeven en er was daarna nooit meer naar haar geïnformeerd.

Na de eerste keer bezocht Willem haar vaker, maar met grote tussenpozen – altijd op een laat uur, altijd als hij gedronken had, zonder de moeite te nemen iets uit te trekken wat gemeenschap niet in de weg stond. Door de snelheid waarmee hij bezit van haar nam, ontbrak het haar steeds aan tijd om klaar voor hem te zijn. Als het achter de rug was vroeg hij haar om zich niet te verroeren, zodat zijn zaad zich in haar buik kon nestelen om een kind te maken en dan verliet hij de kamer. Ze lag alleen, met een beginnend vuur in zich dat pas uitdoofde als ze in slaap viel.

Waarschijnlijk had ze een gefantaseerd, niet aan de praktijk getoetst beeld van hartstocht. Een dwaas idee van iets wat niet bestond, behalve in boeken en verzinsels. Onervaren als ze was, kon ze niet bepalen wat gangbaar was in bed, maar ze had een sterk vermoeden dat het meer moest zijn dan dit. Nu ging de gespannen verwachting van het aangekondigde naadloos over in de melancholie van het zojuist gebeurde.

'Beschaving is beheersing,' zei de naaimoeder altijd tegen haar leerlingen en met een speciale strenge blik naar Anna: 'Zedelijkheid is jezelf onzichtbaar maken.' Bij Willem hoefde ze geen moeite te doen om zichzelf onzichtbaar te maken. Hij keek in haar richting als ze sprak, maar zijn ogen namen haar niet op. Hij kon zwijgen en dan ineens, als hij ervoor voelde, alle tijd nemen om uit te weiden over algemeenheden, zonder ruimte te laten voor een aanvulling of een tegenwerping. Het was alsof hij hardop nadacht, met haar toevallig in de buurt.

Meestal uitte hij zijn grieven over het Indische werkende leven, de dubbelhartige verhoudingen en gekunstelde gebruiken – grieven die hij in de chique kantoren en salons zo overtuigend kon inslikken. Die tweeslachtigheid vond Anna verwerpelijk. Misschien had Willem zich ooit, toen hij net van de boot kwam, weten te distantiëren van het gekonkel, maar gaandeweg had hij de keuze gemaakt om zich erin te hullen, ermee te versmelten, en sindsdien was hij onderdeel van het gordijn van misleiding en afgunst dat hier werd opgetrokken.

Onder al die innerlijke wrevel, die hij met zich meedroeg

door het huis en de tuinen, kon ze een oprechte goedaardigheid bij hem voelen. Zijn geslotenheid deed daar niets aan af. Wat ze niet begreep was dat hij niets nodig leek te hebben, geen tederheid, geen intimiteit. Willem hield van zijn kinderen, maar mengde zich niet echt in hun levens en voor haarzelf had hij een raadselachtig gebrek aan nieuwsgierigheid. En toch moest het mogelijk zijn om hem te bereiken.

Anna was vastbesloten om haar huwelijk betekenis te geven. Ze moest ergens doorheen weten te breken, ze moest begrijpen hoe hij zijn vrouw had kunnen wegsturen. Anders kon ze niet met zichzelf en met hem leven.

Op een ochtend, voordat de heetste uren van de dag aanbraken, ging ze er met het rijtuig op uit om een japon te passen voor een soirée dansante waarvoor zij en Willem waren uitgenodigd. Baboe had haar een Javaanse naaister in de oude stad aanbevolen die Europese avondjaponnen op maat maakte. Toen ze langs de sociëteit reden keek ze onbewust of ze Willem op de trappen of in de wijde rieten stoelen op de voorgalerij zag zitten.

Er passeerde een knappe, elegant geklede Javaanse vrouw die met gebogen hoofd de blikken van een groepje Nederlandse officieren probeerde te ontwijken. Anna ving wat grove woorden op over haar uiterlijk, gedeeltelijk overstemd door gelach. De vrouw, die misschien geen Nederlands verstond – daar rekenden de officieren op – maar wel moest merken dat het over haar ging, versnelde haar pas.

Ze reden verder, langs drankverkopers, kraampjes met gekonfijte vruchten en gebakken vlees. Een geur van kruiden, zoetigheid en rook drong haar neus binnen, gevolgd door de lucht van vis, bloemen en zeewier toen ze de haven naderden. Er joeg een windvlaag uit zee door het rijtuig en ze hield haar zwierige hoed met papavers even vast.

Willem had graag dat ze hoeden droeg, als symbool van elegantie, maar vooral van status, zo besefte ze met tegenzin omdat ze daarmee ongewild meedeed aan het spel van imponeren en domineren. Er scheen zelfs een regel te zijn dat alleen de ambtenaren van de Indische Raden een hoge hoed mochten dragen, wat ze beschouwde als een aanstellerige koloniale deftigheid om de hiërarchie te onderstrepen. Thuis in Amsterdam zouden ze om zoiets moeten lachen.

De bovenlaag leek hier hoe langer hoe meer waarde te hechten aan hiërarchie en protocol. Willem had haar schamper verteld dat het bestuur van de sociëteit bekend had gemaakt dat het bij binnenkomst van de resident in de sociëteit van goede manieren getuigde als de aanwezigen zich van hun plaatsen verhieven. Dat werd eerder alleen gedaan als de resident zich in functie door de stad bewoog.

Al de eerste keer dat de resident met zijn vrouw de soos binnenkwam, ging het mis. Een paar planters, duidelijk beschonken, bleven zitten waar ze zaten toen het echtpaar hen passeerde. Een van hen riep jolig: 'Goedemiddag onze heer en mevrouw de resident.' Toen het echtpaar verder liep, fier en zonder iets te zeggen, riep een ander: 'Ook goedemiddag mijne heren,' en barstte er een luid gelach los. Het verhaal ging rond als vuur in droog gras.

Willems beurs was gevuld, zoveel was duidelijk. Ze kon beschikken over een ruim budget voor kleding en verzorging en dat gaf ze liever aan een plaatselijke naaister dan aan de grote warenhuizen. Ze overhandigde de vrouw een plaatje dat ze uit een van haar tijdschriften had gescheurd. De vrouw lachte, zodat de binnenkant van haar tandeloze mond, rood van het kauwen van sirih, zichtbaar werd. Het nam een halfuurtje in beslag om stof uit te zoeken en haar maten te laten opnemen. Terwijl de vrouw bleef glimlachen, probeerde Anna een gesprek te beginnen, maar ondanks haar deugdelijke Maleis bleef de naaister waakzaam zwijgen.

Bij haar vertrek overhandigde Anna de vrouw meer dan het gevraagde voorschot – niet als aalmoes, maar als blijk van vertrouwen. De naaister pakte het met tegenzin aan. Ineens schoot het geluid van de munten in de collectezak in de kerk door haar hoofd en ze schaamde zich. Ze bedankte de naaister nadrukkelijk, maar leek haar daarmee alleen maar meer in verlegenheid te brengen.

De koesir had het paard nauwelijks halt laten houden op het tuinpad of baboe kwam met een brief in haar hand op haar afsnellen. Anna pakte hem aan en herkende het handschrift op de envelop onmiddellijk. Van blijdschap sloeg ze haar armen om de schouders van baboe en toen de vrouw lachte, zag ze dat haar tanden licht uit elkaar stonden, wat haar gezicht iets kinderlijks gaf. Op de voorgalerij las ze de brief, haastig, alsof ze honger had en een maaltijd naar binnen schrokte.

Aegje schreef over het leven in de Jordaan, de kwaliteit van de paling en wijting die werden aangeboden op de dwarsgrachten, een opstootje in het café op de hoek, een inbraak in de winkel in zee- en rivierbanket. Ten slotte ging Aegje, op die besliste en toch niet-belerende toon van haar, in op Anna's zorgen over haar afstandelijke echtgenoot. Ze zag dat ze er haar best op had gedaan.

Elk huwelijk begint stroef en schuurt op de punten waarop twee mensen van elkaar verschillen, stond er. *Bij de meeste echtelieden zorgt al dat schuren ervoor dat de stukken minder scherp worden en gaandeweg beter in elkaar gaan passen. En andere keren,* zo concludeerde ze laconiek, *brengt die worsteling twee mensen niet dichter bij elkaar en zullen ze daarin moeten berusten of zich van elkaar losmaken. Maar om dat te bepalen is tijd nodig, een tijd gemeten in jaren. Tot dan, lieve Anna, hou moed.*

Ze had niet gemerkt dat Willem er was tot hij vlak bij haar stond. Verbaasd keek ze naar hem op en in haar ogen moest ontroering te zien zijn, want hij keek haar even aan en aaide haar met de rug van zijn hand over haar wang, alsof hij een kind aanhaalde. Ze bewoog zich naar zijn hand.

Toen er een kuchje klonk, schrok ze op. Marie kwam de voorgalerij op lopen, met een uitdrukking op haar gezicht die ze niet kon plaatsen, met achter zich aan de kinderen. Willem schoot achteruit, betrapt. De kinderen waren misschien nog niet klaar voor tekenen van liefde tussen hun vader en een andere vrouw dan hun moeder.

Na het rijsttafelen, waarbij Anna de pittige sauzen, ajam en de sambal die kokkie in een stenen vijzel had gewreven steeds beter aankon, was het tijd voor de middagslaap. Ze vroeg baboe om het bad met lauw water te vullen. Baden in de middag beviel haar goed. Na de intense warmte kon ze het zweet van zich afspoelen en zich opgefrist in haar kamer terugtrekken om te rusten en te lezen.

Met de gajong, de waterschep, goot ze het water over zich uit. Ze zeepte de huid van haar hals, borsten, buik en heupen in en voelde de glooiingen van haar lichaam onder haar vingertoppen. Haar handen bleven haar borsten inwrijven, bevoelden haar tepels, die zich hadden opgericht.

Het leven ontglipte haar nog altijd voortdurend, maar op dit moment voelde ze dat het heel dichtbij was, zo dichtbij dat ze het aan kon raken. Ze haalde diep adem, hield de lucht even vast in haar longen en ademde langzaam weer uit. Haar eigen aanraking, met haar handen over haar natte, schuimende huid, steeds weer op en neer, draaiend van haar schouders via haar buik en rug naar haar enkels, bracht haar tot rust en maakte tegelijkertijd iets in haar wakker.

Ze herinnerde zich dit lome, gelukzalige gevoel van het haren kammen in het Meisjeshuis. In een speciaal vertrek, met tegels op de vloer, werd ze elke woensdag met de stofkam onderzocht op luizen. Sommige meisjes bij wie hoofdluis was ontdekt, gaven zwijggeld aan de assistentes van de kammoeder, maar Anna genoot er in stilte van dat elke pluk haar nauwgezet werd doorgekamd en haar hoofdhuid werd gemasseerd.

Haar gedachten gingen naar eerder die dag op de voorgalerij. Het moest mogelijk zijn om hun intimiteit te verdiepen, te vertragen. Hij had haar wang gestreeld en ook al was het maar kort geweest, hij had het uit eigen beweging gedaan. Het was een liefkozing. Misschien wilde hij ook niet langer met de ruggen naar elkaar toe leven.

In haar peignoir, haar haren los om haar schouders, liep ze niet naar haar, maar naar zijn kamer. Ze ging de kamer binnen zonder te kloppen en toen ze Willem recht in de ogen keek, hij half liggend in het bed en zij staand bij de deur, wist ze meteen dat ze een vergissing had begaan. Haar vrije, sensuele gevoel smolt weg onder zijn strenge blik en ze wist niet meer wat ze moest doen. Hij keek slechts naar haar peignoir.

'Mag ik,' ze haalde adem midden in haar zin, 'even bij je komen liggen?'

'Kun je de deur sluiten?'

Ze deed wat hij vroeg, hopend dat dit hem zou ontspannen. Toen ze zich omdraaide had hij nog steeds dezelfde strenge uitdrukking.

'Het is niet de bedoeling dat je mij zonder aankondiging in mijn privévertrek bezoekt.'

Anna knikte langzaam, ook al vond ze het woord 'privévertrek' onder echtgenoten vreemd klinken.

'Daar hecht ik aan,' zei hij nog eens nadrukkelijk.

'Ik zal eraan denken,' zei ze.

Hij bleef onbewogen liggen, met zijn rug tegen een stapel kussens.

'Als we samen zijn als man en vrouw dan is dat in jouw vertrek.'

In de stilte die volgde, waarbij Willem zijn ogen sloot alsof hij weer wilde gaan slapen, werd het Anna duidelijk dat hij wilde dat ze wegging. Ze voelde, in plaats van schaamte, een onverwachte woede in haar opwellen. 'Je zult wel weten dat er verhalen de ronde doen over de moeder van de meisjes,' zei ze, 'verhalen die mij rillingen bezorgen.'

Nu richtte Willem zich op uit de kussens, met een ijskoude, ingehouden woede.

'Dat zijn niet jouw zaken,' beet hij haar toe. 'Uit jouw mond wil ik daar nooit meer iets over horen. Als je kinderen baart, heb je over hen enige zeggenschap. De rest hoort je niet toe.'

Ze keek hem aan, verbijsterd.

'Je kunt gaan.'

Ze kon zich er nauwelijks toe zetten om aan te schuiven bij het diner. Elke seconde dat ze er langer over nadacht, steeg haar verontwaardiging. Uiteindelijk kleedde ze zich om en verscheen aan de eettafel, waar Willem en de meisjes al zaten. Zodra ze ging zitten, werd de soto ajam geserveerd.

Willem hoorde de meisjes uit over wat ze die dag op school hadden geleerd. Het gesprek ging langs haar heen en ze nam werktuiglijk wat hapjes van de kippensoep.

'Je zou wat meer moeten eten,' zei Willem.

Hij had het vriendelijk of bezorgd kunnen bedoelen, maar het klonk verwijtend, bars.

'Ik heb niet zo'n trek vandaag,' zei ze.

'Schep haar nog maar wat op,' droeg hij de djongos op, die al toeschoot met de terrine met soep.

'Nee, dank je,' zei Anna nadrukkelijk voordat de huisjongen de soep met een pollepel in haar bord kon gieten en ze keek Willem aan met een uitdagende blik.

De djongos keek paniekerig naar Willem, die gelaten knikte. De jongen ging weer in positie staan, opgelucht.

‘Je kunt anders wel wat vet gebruiken,’ zei Willem met een mengeling van spot en ongeduld. ‘Bij een Amsterdamse meid zoals jij zou je Hollandse heupen verwachten.’

Anna keek hem onbewogen aan en stond toen met een ruk op van tafel, en liep de eetkamer uit.

Buiten verdween het licht.

9

Vijf Javaanse dansers en danseressen, gekleed in sarongs met borduursels van goudbrokaat, verschenen in een hoek van de pendoppo. Ze droegen gouden hoofdtooien die leken op kronen. Hun dans was slepend en kalm, in elke pas en elk handgebaar lag gratie. Anna keek toe. Het was alsof ze lucht tekort was gekomen en er nu zuurstof naar haar toestroomde.

De dansers leken een soort hoffelijke verering voor het lichaam uit te beelden, voor het leven, elkaar. Het was een lieflijke, vloeiende vertoning, zonder haast of effectbejag. Er lag een zachte glimlach op hun gezicht die van binnenuit leek te komen. Een muzikant zat geconcentreerd te spelen op een sitar. Toen de dans ten einde kwam, drong het rumoer om haar heen weer tot haar door. Ze klapte, net als een andere enkeling, maar het applausje werd overstemd door stemmen en gelach. De dansers en de sitarspeler verdwenen.

Anna droeg de zachtgroene Europese japon van ruisende zijde en linnen die door de Javaanse naaister was gemaakt. Haar haren waren door baboe sierlijk opgestoken. Ze zou zich mooi moeten voelen. Ze nam een slokje champagne uit een wijd uitlopende kristallen kelk en liet met een kinderlijk genoegen de belletjes in haar mond rondgaan. Naast haar was Willem, gekleed in jacquet, in gesprek met de directeur van een suikerfabriek aan wie zij al eerder was voorgesteld.

Voorstellen gebeurde hier met een gekmakende snelheid en routine. Elke paar minuten hield Willem stil en maakte een lichte hoofdbuiging naar een heer, prevelde iets en stak zijn hand uit. Na de handdruk keek de heer dan welwillend naar haar, waarna ze geacht werd haar hand uit te steken, met de rug naar boven, zodat de heer hem kon vastpakken, waarna ze beiden een lichte buiging maakten. Daarna was de andere dame aan de beurt. Na een korte uitwisseling van het beroep van de heren en de precieze woonplaats van het echtpaar volgde er een gelukwens en een groet, door herhaald gebruik gladgeschuurde zinnen, en maakten ze zich van elkaar los. Daarna begon het hele ritueel bij een volgend stel opnieuw. Ze werd er duizelig van.

Haar blik gleed naar de residentsvrouw, die haar tijd op de soirée dansante vooral besteedde aan de planters, de voornaamste notabelen en de ondernemers. De residentsvrouw had haar alleen een knikje gegeven, weliswaar met vriendelijk toegeknepen ogen waaruit sympathie sprak. Van de dames met wie ze thee had gedronken, zelfs van de weduwe die die middag met haar begaan leek, kreeg ze een lauwe reactie op haar groet.

Willem hield zijn handpalm tegen de onderkant van haar rug, wat haar een beschermd gevoel had kunnen geven als hij haar er niet steeds mee naar voren duwde, naar weer nieuwe mensen om de hand te schudden. Hij keek glimlachend naar haar als ze met hen sprak en de juiste dingen zei. Ze was zich bewust van zijn goedkeuring en die deed haar tot haar eigen ergernis goed. Tegelijk wekte het haar ergernis: het contrast met hoe hij naar haar keek als ze alleen waren was te groot.

De hele schijnvertoning hing haar de keel uit. Bij een volgend praatje bleven de woorden plakken aan haar gehemelte.

'Ik moet even naar buiten,' zei ze tegen Willem toen de mensen weer door waren gelopen.

Hij keek haar niet-begrijpend aan.

'De drukte wordt me wat te veel.'

Hij knikte en maakte geen aanstalten om haar te begeleiden, wat haar de kans gaf om weg te glippen.

Ze liep door de mensenmassa, zonder iemand in de ogen te kijken, naar buiten. Daar vulde ze haar longen met koele lucht. Op dit late uur was er niemand. Vuurvliegjes vlogen als kleine lampjes door de nacht. In het gouden licht van de lampen, insectenzwermen eromheen, lichtten de hoog opwaaiende reuzenvarens en palmen op, met grijze basten die zo dik en stevig leken als olifantenhuid.

Meer dan ooit besefte ze dat zij hier slechts een middel tot een doel was, als de presentabele echtgenote met wie hij zijn kansen verruimde om hogerop te komen. Tegelijkertijd was hij voor haar net zo goed een middel geweest om te ontsnappen aan het wezenbestaan. Ze was met een handschoen getrouwd en had zich nauwelijks verdiept in de hand die hem zou vullen. Misschien was alles zo in een naargeestig soort evenwicht. Het enige verschil tussen hen was dat zij er iets van wilde maken, in de hoop dat er liefde of in ieder geval iets van verwantschap tussen hen zou ontstaan. Hij leek daar geen belangstelling voor te hebben.

Ze schrok op van een discreet kuchje naast haar. Toen ze opzij keek, zag ze tot haar verbazing de residentsvrouw staan.

'Amuseer je je?' vroeg ze beleefd.

'Jazeker, mevrouw,' zei Anna. 'Ik had alleen even behoefte aan frisse lucht.'

De residentsvrouw knikte.

'Het is een geweldig feest,' zei Anna voor de zekerheid toen het stil bleef.

'Je hebt vast gehoord over het incident met de planters op de sociëteit,' zei ze.

Anna knikte.

'Wat zouden ze daarvan in Amsterdam zeggen, vraag ik me af? Het versterkt het gezag van mijn man als mensen opstaan bij zijn binnenkomst.'

'Tja,' zei Anna weifelend.

'Je kunt vrijuit spreken,' zei de residentsvrouw.

'Ik denk dat de maatregel het gezag van uw echtgenoot juist ondermijnt,' zei Anna. 'Op een sociëteit wordt niet gewerkt, veel gedronken bovendien en men is onder elkaar. Dat lijkt me niet de juiste plaats om zo'n protocol strikt in acht te nemen.'

'Juist ja,' zei de residentsvrouw minzaam. 'Zo kun je het natuurlijk ook bekijken.'

Anna zweeg, uit angst nog een ongepaste opmerking te maken.

De residentsvrouw wenste haar een prettige avond en keerde zich om.

Anna bleef nog even staan kijken naar de vuurvliegjes, niet helemaal zeker van wat er zojuist was gebeurd en ging toen terug naar binnen. De rest van de avond lukte het haar om nieuwe introducties uit de weg te gaan en onopvallend aanwezig te zijn.

De hele volgende ochtend bracht ze door in haar slaapkamer. Toen ze haar boek uit had, klapte ze het dicht en bleef nog even lusteloos voor zich uit staren op bed. Daarna liep ze naar Willems werkkamer om een nieuw boek te pakken. Lezen hief haar eenzaamheid op, zoals ze die als kind al had gevoeld. Als de moeders en vaders in het weeshuis in conflicten verwikkeld waren, zag ze in hoe armzalig en onzinnig die waren, een kinderachtig spel van 'respecteer mij' en 'geef mij wat ik wil, dan geef ik jou wat je wilt'. Vanaf dat moment kon ze twee dingen doen: deelnemen aan het spel en erin verstrikt raken of er afstand van nemen. Zij verkoos de kinderlijke blik, het spel opzettelijk te blijven zien als iets onnatuurlijks en troebels. Dat deed ze niet per se vijandig, maar afstandelijk. Lezend in haar romans hoefde ze die afstand niet te bewaren, omdat de drijfveren van de personages haar gul en onomwonden werden getoond.

Ze zette haar boek terug in de kast en keek de werkkamer rond. Alles zag er netjes uit, bestudeerd opgeruimd zelfs. Aan de wanden hingen diploma's en foto's van Willem met, aan hun kleding te zien, hooggeplaatste personen. Willems bureau was massief en vierkant, met een leren bureaustoel erachter. Ze ging er even op zitten om te voelen hoe het moest zijn om een duidelijke opdracht voor de dag te hebben, met klussen die geklaard moesten worden, mensen die zich tot jou wendden met een verzoek.

Haar vingers gleden over het gladde tafelblad. Ze trok een lade open, zonder te weten wat ze zocht. Er zaten potloden in, een vulpen en een inktpot. In de lade eronder zat een stapel documenten. Uit de onderste lade stak een sleuteltje dat ze omdraaide tot de lade openging. Er lag een ingelijste foto in, een geposeerd familieportret. Ze pakte het op.

Een mooie inheemse vrouw zat op een stoel met een baby op haar schoot, die Minah moest zijn. Willem, flink wat jaren jonger, nog zonder frons, stond ernaast. Hij keek schuin opzij naar de vrouw, zij keek in de lens. Haar zwarte haar zat in een brede wrong die aan beide zijden van haar hals zichtbaar was. Ze had sierlijke wenkbrauwen en een open blik, mooi gewelfde lippen. In haar oren zaten donkere knopjes, haar witte kabaja was gesloten met sierspelden.

In de kalme, tevreden blik leek Anna te zien dat de vrouw zich bemind voelde. Op een natuurlijke manier zat ze kaarsrecht, met haar beide handen losjes om het middel van de baby gevouwen. Er was geen onderdanigheid in haar houding te lezen, eerder trots. Ze nam haar plek in. Vervolgens bestudeerde ze het gezicht van Willem. Hij kneep zijn ogen iets toe, als bij een beginnende glimlach. Zijn voeten wezen richting de camera, maar zijn lichaam was naar zijn vrouw en kind toegedraaid.

Ze legde de foto terug in de la en draaide de sleutel weer om. Lukraak pakte ze een boek uit de kast en haastte zich de kamer uit. De schim had contouren gekregen. Deze vrouw had door dit huis gelopen, op deze stoelen gezeten, uit de theekoppen gedronken die Anna aan haar lippen zette. En ze huisde nog steeds in het hart van Willem, die daardoor onbereikbaar was.

Na het incident in zijn slaapvertrek was er tussen Willem en haar iets veranderd. Als hij haar 's nachts bezocht drong hij bijna dierlijk bij haar binnen, nu soms zelfs zonder haar eerst te betasten. En toch, tegen elke verwachting in, waren er momenten dat ze genoot van hun samenzijn en de warmte in zich voelde oplaaien. Het genot verbond ze niet met hem, het was een opwinding die bijna ondanks hem ontstond, niet dankzij hem. Andersom dacht ze hem af en toe te betrappen op eenzelfde genot, dat hij bijna ongewild leek te ondergaan en dan abrupt van zich afschudde, alsof hij het zichzelf niet toestond.

Kwam hij op zulke momenten in gewetensconflict omdat hij nog te veel van zijn vorige vrouw hield? Zijn aandacht was hoe dan ook niet bij haar, maar verder weg, gericht op een herinnering. Hij kon met iets van spijt in zijn ogen naar zijn dochters kijken en op die momenten verbeeldde Anna zich dat hij zich het gezinsleven met hun moeder herinnerde of haar trekken in zijn nageslacht herkende.

Wanneer Anna op de achtergalerij met de meisjes praatte, over het erf liep en onder de afkeurende blik van de tuinjongen wat probeerde te tuinieren of als ze Willem vergezelde naar gelegenheden, had ze het gevoel dat ze de plek van iemand anders innam, die van de njai. Opnieuw stond ze op afstand van haar eigen leven, net zoals in het weeshuis.

Zij zou niet zo naast Willem op een stoel kunnen zitten en zo zelfbewust uit haar ogen kunnen kijken als de vrouw op de foto. Toch leek het haar haalbaar om hem tevreden te stellen. Zijn waardering en toewijding waren dichtbij, ze hoefde alleen nog maar een klein stapje te zetten, een beetje meer haar best te doen, een laatste horde te nemen. Als ze zich smaakvoller kleedde, op gelegenheden de juiste dingen tegen de juiste mensen zei, een hechtere band met de meisjes smeedde, hem in bed zou weten te boeien – hoe, dat zou haar vast duidelijk worden – dan lag zijn liefde binnen haar bereik. Je kon je hele leven in dienst stellen van zoiets, besefte ze tegelijkertijd, en er nooit in slagen.

'Hoe heet ze?' vroeg ze op een ochtend aan baboe, die haar waswater kwam brengen.

Baboe zette de lampetkan in de schaal, legde de droogdoeken ernaast en zei toen: 'Ze heet Srie.'

Anna knikte. Ze waardeerde het dat baboe niet deed alsof ze niet wist op wie ze doelde.

'Was dit haar kamer?'

'Nee, njonja.'

'Het bediendenverblijf dan?'

Baboe schudde haar hoofd en keek naar de punten van haar schoenen.

'Ze sliepen samen in Willems kamer,' stelde Anna hardop vast.

Baboe keek haar aan met een verontschuldigende blik.

De geest moest mens worden om haar te kunnen bezweren. Als schim had Srie een te grote, geheimzinnige macht over Anna. Van Willem zou ze niets te weten komen. De volgende gedachte was in haar opgekomen en was, naarmate ze er meer tijd aan besteedde, van een mogelijkheid tot een voornemen gegroeid: Anna zou Srie kunnen natrekken en bezoeken in de kampong. Buiten haar eigen fascinatie voor deze vrouw en de macht die ze nog steeds uitoefende over Willem, vond ze het een onnatuurlijke situatie voor de meisjes om geen contact te hebben met hun moeder. Als ze Minah over haar moeder hoorde praten, met zo weinig kennis van zaken en die gespeelde nonchalance, deed haar dat pijn.

Het verhaal van haar eigen afkomst was beperkt gebleven tot

een paar simpele feiten. Ze was gevonden door een bakkersknecht die in de vroege ochtend brood aan het bezorgen was. Vanuit de portiek hoorde hij het gehuil van een baby. Hij belde aan bij het hoekpand en de bewoners brachten haar naar de politie, die haar afleverde bij de Inrichting voor Stadsbestedelingen aan de Prinsengracht, zoals gebruikelijk was. Aegje zoogde haar vervolgens en zorgde voor haar tot ze een jaar en een maand oud was en volgens de regels terecht kon in het weeshuis. Aegje vertelde dit verhaal zo vaak als Anna het wilde horen, alsof ze begreep dat het een alternatief was voor een familiegeschiedenis.

Elk detail was van waarde en daarom had Aegje, toen Anna de leeftijd kreeg waarop ze vragen ging stellen, de politie verzocht of ze het dossier mocht inzien. De kleertjes die Anna droeg waren nog in politiebewaring, want ze vormden bewijs dat kon leiden tot de opsporing van de moeder. Anna kon het gedachteloos opsommen: een wollen mutsje, een katoenen jurkje met ajourmotief, een wit katoenen onderjurkje, een spuuglapje en een katoenen luier. Op het jurkje was een briefje gespeld met daarop slechts haar naam: Anna.

Dat haar moeder – of misschien haar beide ouders – haar een naam had gegeven was voor Anna aanvankelijk niet van belang, maar naarmate ze ouder werd besefte ze dat hierin een bepaalde liefde, hoe sober ook, lag besloten. Ze was dan in ieder geval belangrijk genoeg geweest om een naam te krijgen voordat er afstand van haar werd gedaan.

Het was halfzes, het tijdstip van weldadige koelte na een lange hete dag, en er werd thee geserveerd. De meisjes waren zich aan het aankleden na hun middagrust. De pisang goreng gaf een zoetige, karamelachtige geur af die onder het dak van de galerij bij het achtererf bleef hangen. Marie zat op een wipstoel, met het hoofd achterover tegen de leuning. Ze had haar witte leren muiltjes met strikjes erop even uitgeschopt. Haar voeten wipten op en neer, eerst de ene en dan de andere. De nagels waren gevijld en gelakt, de huid glansde.

Anna pakte een kopje van het theeblad op de rieten tafel. Ze keek naar het gezicht van de gouvernante, de gave huid, zonder een spoor van een rimpel, terwijl ze toch een paar jaar ouder moest zijn dan zij.

'Heb jij de moeder van de meisjes eigenlijk gekend?' vroeg Anna in een opwelling.

Marie keek verrast op en schudde toen haar hoofd.

'Ik kwam hier pas werken nadat...' ze pauzeerde even, 'ze ergens anders ging wonen.'

Baboe liep langs en keek naar hen, het fijne net van rimpels rond haar ogen trok samen.

'Ik denk erover om haar eens op te zoeken,' zei ze.

Marie keek geschrokken op. '*Astaga, tidak!*' riep ze uit. 'Een vrouw die weggezonden is, kun je niet zomaar opzoeken. Dat is tegen alle gebruiken in. Onze adat staat dat niet toe.'

'Het zou gewoon een kennismaking zijn,' zei Anna.

'Maar wat wilt u ermee bereiken?' vroeg Marie stug glimlachend. 'Dat ze hier komt rondscharrelen? Dat geeft alleen maar soesa.'

'Ik vind het ongezond en onnatuurlijk dat de dochters hun moeder niet zien,' hield Anna vol.

'Ze hebben hun vader en ze hebben u,' zei Marie snel. 'Hun toekomst is met u, njonja. Die moet zo veel mogelijk kans hebben om vorm te krijgen.'

Anna nam een slok van haar thee en keek peinzend voor zich uit.

'Heus, het zou hen alleen maar in de war brengen.'

Marie voelde zich waarschijnlijk bedreigd door de moeder van de twee meisjes met wie ze zoveel tijd doorbracht. Zij vormden haar inkomen en mogelijk had ze ook een vertrouwensband met ze opgebouwd. Van Anna had ze wat dat betreft niets te duchten, dat moest Marie inmiddels wel duidelijk zijn geworden, maar een vrouw met een bloedband en zoveel invloed op de meisjes, was niet gewenst.

Anna excuseerde zich en stond op. Achter de schuifdeuren botste ze bijna tegen de oudste dochter op. Haar gezichtje zag er verhit uit.

'Als u gaat,' fluisterde Minah, 'mag ik dan mee?'

10

Willems naam zong rond. Een hoge ambtenaar ging met pensioen en keerde, zoals alle gepensioneerden, zo snel mogelijk terug naar Holland voor een toekomst van geld en rust. Op de sociëteiten, de handelskantoren, de werf en de pleinen werd gespeculeerd over de gegadigden. Willem scheen op alle vlakken de voor de hand liggende persoon te zijn om hem op te volgen – in positie, woonduur en leeftijd.

Zijn humeur leefde op nu het ernaar uitzag dat zijn baan als assistent-controleur van het binnenlands bestuur ingeruild zou worden voor die van controleur derde klasse. Meer dan ooit stortte Willem zich op zijn werk – meestal was hij voor het ontbijt al vertrokken. Op sociale evenementen ging hij de schijnvertoningen met hernieuwde geestdrift aan en hij stond erop dat Anna hem, onberispelijk gekleed, vergezelde.

Ze had geglimlacht, maar hem niet ingelicht over haar onderonsje met de residentsvrouw, toen hij haar vertelde dat er een annonce in de sociëteit was verschenen dat 'door een onjuiste interpretatie van de bestuursleden was verzocht zich van de zetel te verheffen bij aankomst en vertrek van de resident, als deze niet in functie is' en dat de maatregel werd teruggedraaid.

Anna begreep Willems verlangen naar de opwaartse lijn, om een steeds hogere plek in de hiërarchie in te nemen – ze begreep ambitie in de zin dat je taken had die pasten bij je groeiende vermogens. Wat ze niet snapte was de bereidheid je daarvoor aan strenge leefregels te onderwerpen die er niets mee te maken hadden. Zij was hierheen gekomen om uit een systeem los te breken, niet om zich vast te draaien in een nog wurgendere orde.

'Heb je een drukke dag vandaag?' vroeg Anna Willem aan de ontbijttafel.

Hij keek haar aan.

'Is het druk vandaag?' vroeg ze nog eens.

'Niet drukker dan normaal,' zei hij en hij pakte een snee brood, 'hoezo?'

'Ik dacht dat we misschien voor het diner een wandeling konden maken,' zei ze, met een stem die ondanks haar vastbeslotenheid steeds zwakker klonk.

Willem besmeerde zijn brood, nauwkeuriger dan nodig was.

'Rond die tijd heb ik een werkafspraak,' zei hij uiteindelijk, zonder haar aan te kijken.

Hij zat hier, bij haar, maar zijn geest was al op kantoor. Alles in hem leunde naar wat zou volgen – de rapporten, de mensen die hij te woord zou staan, de verslagen die hij moest uitbrengen aan zijn meerderen.

Nu hij haar reikende hand opnieuw negeerde, wilde ze hem ermee slaan, om maar een reactie te ontlokken. Haar ergernis groeide, bij elke hap die hij in stilte nam, bij elke seconde die hij in stilzwijgen voorbij liet gaan. Hij hield haar op een afstand die even vernederend als frustrerend was. Ze wilde hem raken, op welke manier dan ook. Ze was bezig iets te bedenken, overwoog zelfs om hem te vertellen dat ze van plan was Srie te bezoeken, maar hij stond al op, dronk staand zijn laatste slok thee en wenste haar een fijne dag. Daarna ontbood hij de djongos om af te ruimen.

Anna liet zich naar de oude stad rijden, zonder te weten wat ze er ging doen, om maar weg te zijn van het weelderige, stille Weltevreden, waar de echtgenotes in kabaja hun man hadden uitgezwaaid en zich in hun luxe landhuizen en buitenverblijven klaarmaakten voor een dag gevuld met niets. Ze bezocht winkels, zonder echt te kijken naar de spullen, hoeden en kleding. Liever liep ze in de richting van de werf, waar ze de oude woningen van de eerste Hollandse kooplieden en notabelen zag liggen, typisch Nederlandse huizen. Ze waren hoog, met verdiepingen, deuren en raamkozijnen zoals die van thuis. Hier leek Amsterdam niet ver weg, niet aan de andere kant van de wereld, niet zes weken reizen, maar om de hoek.

Zou iemand haar missen? Zou het weeshuis haar afwezigheid opmerken? Feitelijk was dat niet het geval: in haar bed sliep al iemand anders, haar uniform werd gedragen door een meisje met een vergelijkbare lengte en postuur. Fiene zou haar missen, dat was voelbaar in elke steek van haar naam op de merklap. Aegje miste haar ook, misschien het hevigst van allemaal. Johan van der Sluijs waarschijnlijk niet, want hem had ze in de jaren erna vaak met andere meisjes gezien.

In het Burgerweeshuis waren ze gewend aan wezen die kwamen en gingen. De wezen die afscheid namen werden er zelden in herinnering gebracht, ook niet door haarzelf. Ze zag de lindeboom voor zich, in het midden van de Meisjesplaats, met eromheen de houten bank waarop ze zo vaak met Fiene had zitten praten. Hij was geplant op de eerste zondag van mei in 1898, de dag van de scheidende wezen, in het kroningsjaar van koningin Wilhelmina. Er was een toespraak gehouden, ze hadden het volkslied gezongen en driemaal 'hoera' geroepen.

Je kunt iets missen, besefte Anna, maar het niet terug willen. Ze wandelde verder, langs de grachten, handelskantoren en vestingmuren en bedacht dat de linde op het plein onveranderd bloeide en zijn bladeren liet vallen, met of zonder haar in de buurt, net zoals de bomen langs de grachten van Batavia dat zouden doen als zij hier weer vertrok.

Thuis zocht ze baboe, die haar meestal tegemoet kwam lopen als ze het huis binnenkwam. Ze keek in haar slaapkamer, op de galerijen en in de bediendenkamer. Uiteindelijk opende ze de deur van de keuken, waar ze baboe aantrof met een inlandse vrouw die ze niet kende. Kokkie was nergens te zien.

'Ach, neem me niet kwalijk, baboe,' zei ze. 'Ik wist niet dat u bezoek had.'

Ze wist dat ze zich moest omdraaien, maar kon niet anders dan kijken naar het merkwaardige tafereel. Baboe stond achter de vrouw, met een hand plat op haar kruin en de andere hand op haar voorhoofd. De vrouw zat op een stoel met haar handpalmen naar boven op tafel en hield haar ogen dicht, alsof ze de laatste sacramenten van een priester kreeg. Baboe keek betrapt, maar haalde haar handen niet van de vrouw af. Op tafel stond een grote kom met water waarin bloemen dreven.

'Ik kom zo bij u, njonja,' zei ze en Anna kon horen dat ze haar best deed om dit zo rustig mogelijk te zeggen.

Anna knikte en sloot de keukendeur achter zich. Ze was er niet zeker van wat ze net had gezien.

Even later keek Anna op van haar boek en zag hoe baboe met gebogen hoofd naar haar toe kwam lopen.

'Is er iets wat ik voor u kan doen, njonja?'

'Ik wilde met u praten over...' Anna viel stil en zocht naar de juiste woorden in het Maleis, 'een plan dat ik heb opgevat.' Ze wees naar de rieten stoel naast haar. 'Misschien wilt u even bij me komen zitten?'

Baboe bleef haar aankijken.

'Dat zou ik op prijs stellen,' drong Anna aan.

Baboe twijfelde, keek even om zich heen, maar schoof de stoel toen een stukje bij haar vandaan en ging erop zitten, met haar handen in haar schoot. Anna begreep dat de verlegenheid van baboe niet alleen kwam door haar vraag om naast haar te gaan zitten, maar ook door het voorval van eerder die ochtend.

'Mag ik eerst vragen wat er net in de keuken gaande was?' vroeg Anna op vriendelijke toon, om dat maar uit de weg te ruimen.

Baboe bleef naar haar handen kijken. 'Ik hielp een vriendin,' zei ze.

'Had ze hoofdpijn?' vroeg Anna.

Baboe zweeg, pulkte aan haar nagels. Anna legde haar hand even op die van baboe.

'Het is niet bedoeld als ondervraging,' zei ze rustig, 'ik ben hier nog maar net en ik wil u niets verbieden. Ik ben gewoon nieuwsgierig.'

Baboe keek op en leek haar opties te wegen. 'Ze kwam om haar hartenpijn te verlichten,' zei ze. En toen, weifelend: 'Ik heb een koele hand.'

'Een koele hand?' vroeg Anna.

'Ik heb geluk met genezen.'

'Dat geloof ik onmiddellijk,' zei ze. De aanwezigheid van baboe had altijd een kalmerend effect op haar gehad.

De kebon kwam de tuin in lopen met een schoffel en keek naar hen, met een enigszins verbaasd gezicht, waarna baboe ongemakkelijk op haar stoel begon te schuiven.

'Ik wilde u iets vragen,' ging Anna verder. 'Het gaat over Srie.'

Baboe knikte, alsof ze zoiets al had verwacht.

'Ik wil haar opzoeken,' zei ze. 'Gewoon, om wat te praten.'

Baboe schudde haar hoofd, maar grinnikte erbij.

'In welke kampong woont ze, weet u dat misschien?'

'Ze woont in een kampong bij de rivier, hier een halfuur lopen vandaan. Alleen', ze pauzeerde even en keek haar recht aan, 'meneer kan maar beter niet weten dat u haar bezoekt. Hij zou dat niet begrijpen.'

'Begrijpt u het wel?' vroeg ze.

Baboe knikte. 'Het verleden neemt hier te veel ruimte in,' zei ze.

Ze werd wakker nog voor het ochtendlicht door de kieren van de houten latjes viel, met een kriebelende onrust onder haar huid. Ze keek naar de voorwerpen in haar kamer die langzaam vorm kregen. Vandaag moest het dan maar gebeuren, meteen na het ontbijt. Ze stapte uit bed en trok haar kabaja aan. In huis heerste complete stilte, maar toen ze de achtertuin in liep, verscheen kokkie in slaaphemd in de deuropening van het bediendenverblijf. Anna groette haar met een knikje, de vrouw knikte terug en schoot naar binnen.

Ze wandelde over het erf, dat nog goeddeels in de schaduw lag, langs de dadelpalmen en kapokbomen, de bloeiende heesters met kelken zo groot als die van lelies. De onrust vloeide weg zodra ze stilstond en luisterde naar het gekir van de perkoetoets, het kraaien van hanen en de ochtendbries die het gebladerte deed ritselen. Ze rook de vage zoetigheid van bloemen, de humusachtige geur van vruchtbare aarde, zoog daarna de frisse ochtendlucht in haar longen. Ongemerkt hadden al die dingen iets vertrouwds gekregen.

Tijdens het ontbijt keek ze de meisjes niet aan uit angst dat haar gezicht haar plannen zou verraden. Vooral Minah zou iets in haar blik kunnen lezen en aandringen om mee te gaan, maar daar was het nog te vroeg voor. Ze moest dit alleen doen, want ze wist niet wat ze aan zou treffen en of Srie er om te beginnen mee zou instemmen haar te spreken zodra ze hoorde wie ze was.

Ze droeg de koesir op de sado in te spannen en riep baboe bij zich.

'Wat trekt een vrouw zoals ik aan als ze naar de kampong gaat?' vroeg ze. Baboe keek haar aan zoals een moeder haar dochter zou kunnen aankijken; berispend en vergoelijkend tegelijk. Anna wilde niemand beledigen, respect tonen voor hun adat door wel of juist niet in inheemse kleding te verschijnen. Ze was als totok, volbloed Europeaan die hier woonde, niet een van hen, maar ze kwam hen wel op hun eigen terrein bezoeken.

Baboe pakte haar witte zomerjurk en meest bescheiden zonnehoed, met alleen een lint als versiering. 'Neem kebon mee,' zei ze, terwijl ze Anna in haar jurk hielp. 'Hij woont daar en hij kent het huisje van Srie.'

Even later stapte ze in het rijtuig en de tuinjongen klom naast de koesir op de bok. *Itoe blanda*, hoorde ze hem zeggen, wat zoiets betekende als 'dat stuk Hollander'. De koesir grinnikte als antwoord en trok hard aan de leidsels. Ze reden de weg op, de wijk uit, tot de landhuizen en verzorgde tuinen plaatsmaakten voor effen groene heuvelruggen, rietvelden, bibitvelden en braakliggende akkers. De verharde weg ging over in een kaneelkleurig paadje met brede karrensporen. Ze reden langs een rails, hier roestig en verderop dof glimmend in het zonlicht, waarop krandjangs suiker vervoerden naar de prauwen die in smalle rivieren dobberden. Tussen bananenbomen met stevige bladeren en lange bamboestengels zag ze runderen met glanzende, bruine huiden voor de karren gespannen op het land staan.

Ze verloor zich in de diepte van het landschap, ontspande zich, tot ze bedacht dat ze straks voor Srie zou staan. Meteen zat ze weer rechtop, alert. Het rijtuig stopte abrupt. Ze zag niets dan klapperbomen en palmen met reusachtige bladeren. De koesir hielp haar uitstappen en klom weer op de bok, met een gezicht dat haar vertelde dat hij hier niets mee te maken wilde hebben. De tuinjongen liep vooruit, zonder te wachten tot ze hem volgde, naar een paadje tussen het dichte geboomte dat ze vanuit het rijtuig niet had gezien. Droge takken kraakten onder haar voeten. Zo liepen ze een paar minuten tot de bomen meer licht doorlieten en er een open plek opdoemde.

Ze betraden land dat in kleine vierkanten was verdeeld, met daarop bamboehuisjes met daken gemaakt van palmbladeren, soms met houten planken deuren, eromheen tuintjes, omheind door lage stenen muren. In een hoek van de nederzetting stonden stallen met honden, kippen en geiten. Hier woonden het werkvolk van de thee- en suikerplantages en de fabrieken, en het personeel van landhuizen zoals die van Willem. Er hing een geur van de rook van houtvuren vermengd met de zoetigheid van vruchten en bloemen.

De tuinjongen liep naast haar. Ze had nooit meer dan een groet met hem gewisseld, maar nu was ze verlegen omdat ze zijn naam niet kende en hem altijd kebon noemde. Hurkende vrouwen boven tobbes en kookpotten keken op naar de ongebruikelijke verschijning die hun land op was komen lopen. Kinderen sprongen om haar heen, raakten haar jurk aan en werden door hun moeder en oudere broers en zussen teruggeroepen. Met onzekere pas liep ze door, dwars door de nederzetting, de kebon achterna. Hij groette hier en daar bewoners, aaide kinderen over hun haar en leek gelukkig te weten waar ze naartoe moesten.

Plotseling kwam er een jongeman van haar leeftijd uit het bamboebos tevoorschijn, ze schrok ervan. Hij had een stok in zijn hand en een scharrige hond aan zijn zijde. Een beige sarong viel glad om zijn heupen en in plooien tot op zijn kuiten, zijn witte hemd was half open. De kebon liep op hem af en begroette hem hartelijk. Ze wisselden een slamat door de palm van hun rechterhand vlug tegen elkaar te strijken en die daarna met een buiging tegen het voorhoofd te brengen. Daarna praatten ze wat en keken daarbij af en toe naar haar.

Anna, in verlegenheid gebracht, keek om zich heen. Ze zag scharminkels van honden rondschooieren, halfnaakte kinderen met hongerbuikjes op de grond spelen met schillen en gedroogde bladeren, vervallen hutten. De jongemannen praatten nog steeds. Ze vreesde voor wat de tuinjongen over haar aan het vertellen was, vermoedde dat het niet al te positief zou zijn, want de andere jongeman keek bijna geschokt naar haar. Hij was tamelijk knap, iets langer dan de meeste jongens, met dichte wimpers en wenkbrauwen en een zachte mond.

Iemand als hij hoefde zich niet af te vragen wie hij was, waar hij hoorde, hoe hij zich moest gedragen. Tegelijk lag er iets strijdbaars in zijn blik, alsof hij ook zoekend was, net zoals zij. De jongen maakte op een gedecideerde manier een einde aan het gesprek en de kebon liep voor haar uit naar het achterste deel van de kampong, bij de grens met het bos en het suikerland.

De kebon wees naar een huisje dat los stond van de andere. Het was het enige huisje van steen, met luiken van bamboevlechtwerk voor de vensters, met witkalk bestreken, het dak bedekt met rode en bruine dakpannen. Eromheen was een smal strookje grond waarop kruiden werden verbouwd en op de lage muur eromheen stonden witte potten met bloemen en planten. Srie had het beter voor elkaar dan de andere bewoners van de kampong en hopelijk had Willem daar iets mee te maken gehad.

Ze keek om naar de kebon, maar hij was alweer in gesprek met een andere bekende. Ze haalde diep adem en liep de tuin in, klopte op de deur. Er gebeurde niets. Ze klopte nog eens en gluurde door een kier naar binnen. Ze zag een tafel met twee stoelen, op de vloer lag een tikar, een slaapmat, en er stond een krukje met een petroleumlamp erop.

'Njonja?' hoorde ze achter zich.

Ze draaide zich om en zag een Javaanse vrouw naast een jongeman staan, statig rechtop, in sarong en kabaja, met een slendang over de schouder en een lichtroze bloem in haar zwarte haar. Anna herkende haar meteen.

11

Haar haren waren misschien een tikje grijzer geworden en haar trekken dieper, maar ze was onmiskenbaar de vrouw van de foto. Anna wist niet wat te doen, stond daar maar. Gelukkig kwam de jongeman haar te hulp door iets tegen de vrouw te zeggen. Toen ze hem haar naam hoorde noemen en de vrouw haar behoedzaam aankeek, deed ze een stap naar voren en knikte beleefd.

'Mevrouw, ik ben Regi,' zei de jongen in onberispelijk Nederlands, wat Anna verraste, 'en dit is Srie.'

De vrouw maakte een buiging en stond daarna weer kaarsrecht en afwachtend voor haar. Ze zei iets in het Maleis wat Anna niet verstond. Haar manier van spreken was fluisterzacht en bedachtzaam, maar beslist. Ze gedroeg zich als een vorst die audiëntie verleende, in plaats van een bewoner die iemand voor haar huisje ontving en dat voelde volkomen natuurlijk.

'Srie begrijpt wie je bent en vraagt waarom je haar bent komen opzoeken,' zei Regi.

'Toen ik hier aankwam...' begon Anna in het Maleis. Regi keek verbaasd toen hij hoorde dat ze de taal sprak. 'Ik wist niet dat de meisjes een moeder hadden... die nog leefde, bedoel ik. Ik wilde weten wie u was en...' Ze maaide met haar handen, alsof ze alle uitgesproken woorden wilde wissen. 'Ik geloof dat uw oudste dochter u graag wil zien,' zei ze.

Het gezicht van de vrouw klaarde op. Ze glimlachte.

'Minah,' zei ze en ze viel even stil voor ze verder sprak.

'Wil je Minah zeggen, en Lin ook, dat hun moeder hen in

haar hart draagt en dat ze hier altijd welkom zijn?' Toen ze uitgesproken was legde ze haar hand op haar hart. Daarna bracht ze haar handen bij elkaar, boog haar hoofd en liep om Anna heen, haar huisje in.

Anna bleef bedremmeld achter.

Op de terugweg vroeg ze zich af wat ze nou eigenlijk bij de njai had gezocht. Misschien was het haar vooral te doen geweest om een indruk te krijgen van wie ze was, zodat ze zou weten wat ze Willem moest geven om bij hem in de gunst te komen. Ze wist het antwoord daarop nog steeds niet. De vrouw had niets prijsgegeven, ze had alleen maar meer vragen opgeworpen. Misschien was dat wel wat ze moest nastreven in haar huwelijk: geheimzinnigheid. Een raadsel blijven voor haar echtgenoot. Bedaard zijn, plooibaar, schijnbaar inschikkelijk en ondertussen iets ongrijpbaars houden. Ze vreesde alleen dat ze daarvoor te uitgesproken was.

Nu was daar de vleesgeworden Srie, als een realiteit die in de plaats kon komen van de illusie. Het was de bedoeling dat de illusie in kracht zou afnemen, maar door de ontmoeting woog zij alleen maar zwaarder. Ze drukte op haar, op haar beeld van haar echtgenoot en dat van de meisjes in wie ze haar sporen had nagelaten. Of ze nu wilde of niet, vanaf nu zou ze deze vrouw overal met zich meenemen.

En ze had Srie ook nog min of meer beloofd om haar oudste dochter bij haar te brengen, net als ze eerder bij Minah had gedaan. Zonder met Willem te overleggen. Zonder over de gevolgen na te denken. Op het moment dat ze het zei, was Anna blij geweest om Srie iets te kunnen geven wat haar komst legitimeerde. Goedbeschouwd had ze Minah ingezet om toenadering te zoeken, om te laten zien dat ze welwillend was, dat ze niet tussen hen in wilde staan. Ze had de dochter gebruikt. En haar echtgenoot gecompromitteerd.

Eenmaal terug in Weltevreden voelde het huis te ruim, de tuin te verzorgd, het voedsel dat ze kreeg voorgeschoteld te overvloedig. Nu ze wist dat er een paar kilometer verderop kinderen woonden met honger, in hutten die bij een regenbui niet droog bleven, voelde het ongepast.

Die avond wendde ze hoofdpijn voor om zich aan het avondeten te kunnen onttrekken en kroop vroeg in bed. Naast de majestueuze Srie dook alsmaar de herinnering aan de jongeman in haar hoofd op, hoe hij naar haar had gekeken, hoe hij daarna even snel was verdwenen als hij was verschenen. Hoe kon het dat Regi zo goed Nederlands sprak? En moest hij niet op de velden werken midden op de dag?

Baboe verscheen met een kamerpot in haar handen.

'U voelt zich niet goed, njonja?'

'Ik had niet zoveel eetlust,' zei Anna, 'dat is alles.' Ze legde haar hand op het matras naast zich. 'Komt u even bij me zitten?'

Baboe keek deze keer minder geschokt dan de laatste keer dat ze het vroeg. Ze schoof de kamerpot onder het bed en ging naast haar zitten.

'Wil u niet weten hoe het was in de kampong?'

'Als u het mij wilt vertellen, ja,' zei baboe.

Anna zuchtte. 'Ze was zo... zo statig.'

Baboe glimlachte.

'Kon Srie niet gewoon terug naar haar familie nadat ze was weggestuurd?' vroeg Anna.

Baboe schudde haar hoofd. 'Ze komt uit een rijke Javaanse familie, iets buiten Batavia. Die kan haar niet terugnemen nadat ze de njai van een Europeaan is geweest, dat zou een smet op de hele familie werpen. Ook al hebben ze natuurlijk wel geld voor haar gekregen toen ze haar aan toean Willem overdroegen.'

'Dus ze is door twee kanten verworpen?' vroeg Anna. 'Door de vader van haar kinderen en haar eigen familie?'

'Door drie kanten,' zei baboe. 'De Javaanse gemeenschap

moet ook niets van een afgewezen njai hebben. Niet voor niets woont ze aan de rand van de kampong. Ze is verstoten.'

Anna zweeg. Toen zei ze: 'Ze hoort daar niet. Ze hoort híér.'

Baboe schudde beslist haar hoofd. 'Hoor ik hier?' Ze wees met haar wijsvinger naar haar borst. 'Ik bén hier. Ik heb alleen hier, niet ergens anders waar ik niet ben.'

Anna legde haar hoofd tegen baboes schouder aan en de vrouw begon haar met een kalmerende regelmaat over haar haren te aaien. Na een tijdje stopte ze en liet haar hand op haar kruin rusten. Anna zag haar weer voor zich in de keuken in die merkwaardige positie. Was ze nu een behandeling aan het geven? Voor ze het kon vragen, stond de vrouw op. Ze glimlachte nog eens voor ze haar goedenacht wenste en de kamer verliet.

Je bént hier, wilde baboe natuurlijk zeggen, dus wees ook maar hier. Dat moest ze proberen en soms voelde ze een begin ervan. Dan was ze aanwezig, op deze plek, met deze mensen. Maar het duurde nooit lang. Ze werd in de realiteit geduwd en er weer uit opgetild, als linnengoed dat door een wasmeid in het sop wordt gedoopt, opgehaald, uitgewrongen en er weer in wordt ondergedompeld.

Ze kon de strelende hand nog voelen en verbeeldde zich dat baboe nog steeds aan haar bed zat. Ze sloot haar ogen. Baboe veranderde in Aegje, in haar moeder, zoals ze haar zich altijd voorstelde, in Regi, waardoor ze weer opschrok uit haar sluimer, terug naar baboe en Aegje, totdat de slaap haar te hulp kwam.

12

Er was een tuinfeest, georganiseerd door een hoge ambtenaar, waar Willem haar bij wilde hebben. Ze waren er al uren, veel langer dan gebruikelijk. De regent en zijn vrouw waren er nog, dus iedereen was volgens de koloniale code gedwongen te blijven. De gasten lieten hun glazen bijschenken. Een vrouw was in slaap gevallen op haar stoel, een andere had wat champagne op haar jurk gemorst, dat ze er halfslachtig van af veegde. Een man stond te wankelen op zijn benen. De regent was een verhaal aan het vertellen en oogstte steeds minder enthousiasme en gelach, maar ging te zeer in zichzelf op om dat in de gaten te hebben. Hij had zijn hand vrijpostig op de heup van andermans vrouw gelegd, wat ze schaapachtig toestond.

Anna wilde slapen en wakker blijven tegelijk. Ze had geen druppel gedronken en keek geamuseerd om zich heen nu het decorum elke minuut verder wegzakte. Eerst viel het voorgewende goede humeur in het gezelschap weg, daarna de beleefdheden. De alcohol en vermoeidheid legden de ware aard van de mensen bloot, niet langer bedekt met welgemanierdheid. Er trad een bepaalde gewichtloosheid op waarin de dingen zichzelf waren, zonder de drang om bewondering te oogsten of zwakheden te verbloemen. Het deed haar denken aan een zin die ze in een boek van Voltaire had gelezen: Alle stervelingen zijn gelijk, maar hun maskers verschillen.

Ze ging naast Willem staan, die glazig voor zich uit stond te kijken. Ze haakte haar arm door de zijne, zoals ze alleen durfde als hij gedronken had. Hij leek het best te vinden. Een man die haar vaag bekend voorkwam, ze was vast eens aan hem voorgesteld, liep met onvaste tred op hen af.

'Zeg Willem,' zei hij met een tong die dik en lui was van de drank, 'heb je eigenlijk al gehoord wie die baan krijgt waar jij op aast?' Hij keek er triomfantelijk bij.

Willem stond met een ruk rechtop.

'Is daar al iets over bekend?' vroeg hij.

'Officieel nog niet, maar ik weet uit de eerste hand dat je collega Van Barneveldt de positie zal gaan innemen.' De man hield Willems reactie nauwlettend in de gaten, leek er plezier in te hebben om hem te ontregelen.

Willem verstarde, maar herstelde zich. 'Een geschikte knaap,' zei hij goedkeurend.

In de koets terug bleef Willem stug voor zich uit kijken. Anna kon niets bedenken om te zeggen en ging daarom maar dicht tegen hem aan zitten, wat hij toestond. Toen ze het huis binnenkwamen liep Willem niet door naar zijn slaapvertrek, zoals ze verwacht had, maar ging hij naar de binnengalerij. Anna besloot achter hem aan te lopen. Hij schonk een glas whisky in, zonder te vragen of zij ook iets wilde, wat ze hem meteen vergaf. Hij bracht het glas naar zijn mond, nam een slok en keek uit over de donkere tuin.

'Ik ben gepasseerd', zei hij.

'Ditmaal misschien,' zei Anna, 'maar de volgende keer ben jij aan de beurt.'

'Begrijp je dan niet dat er geen volgende keer meer komt?' bulderde Willem.

Anna verstijfde.

Willem wreef een paar maal stevig over zijn snor. Op kalmere toon vervolgde hij: 'Als je gepasseerd bent voor een functie waarvoor jij het meest gekwalificeerd bent en de juiste anciënniteit hebt, is dat een stap achteruit. Een smet. Daarna word je niet meer overwogen. Je bent ongeschikt bevonden.'

'Dat wist ik niet,' zei Anna.

'Die Van Barneveldt heeft dezelfde functie als ik, maar hij is hier een paar jaar minder lang en hij is tien jaar jonger dan ik,' zei hij. Uit een koker pakte hij een havanna en beet de punt ervanaf. Hij streek een lucifer af en hield hem tegen het uiteinde, zoog vuur in de tabak tot Anna de punt zag opgloeien in de duisternis. Ze had met hem te doen.

'Hoe kan ik je troosten?' vroeg ze en ze durfde verleiding in haar stem te brengen.

'Een zoon voor me baren,' zei hij onbewogen, 'dan val ik beter bij de invloedrijken en misschien lukt het dan wel.'

Hij keek haar niet aan terwijl hij dat zei, alsof hij wist dat hij niets pijnlijkers had kunnen zeggen.

Ze lag al een tijdje naar zijn ademhaling te luisteren. Haar jurk was nog aan en ze had haar ondergoed weer op zijn plaats geschoven. Hij had geen orgasme kunnen bereiken, leek daar niet van onder de indruk te zijn en had zich van haar af laten rollen. Daarna was hij in slaap gevallen.

Flauw verlichtte het brandende pitje in het glas met klapperolie de kamer. Ze keek naar zijn gezicht, dat nog steeds niet vredig was. Zijn onkenbaarheid, zelfs terwijl ze hadden gedaan wat ze net hadden gedaan, voelde ongerijmd. Alleen zijn eenzaamheid sloot aan op de hare. Ze schrok toen hij ineens begon te mompelen.

'Die totoks hier zijn allemaal hetzelfde,' zei hij en hij opende zijn ogen. Hij staarde voor zich uit. 'Zonder ooit echt te acclimatiseren zijn ze in afwachting van de grote terugkeer naar het vaderland, als doden met verlof. Elke keer een treetje omhoog, door stroop te smeren naar boven en uit te buiten naar beneden, totdat ze zich zorgeloos in hun fortuin kunnen wentelen, terug in Holland.'

Anna maakte een instemmend geluid.

'Er zijn veel mensen die daar zwaar voor moeten boeten,' zei hij, zijn ogen verder opensperrend voordat hij ze weer sloot, 'voor de koloniale code.'

Doelde hij op de moeder van zijn kinderen? Anna durfde het niet te vragen. Een mens kan actief meedoen aan een systeem, dacht ze, maar zich toch slachtoffer voelen omdat hij niet bij machte is het te veranderen. Geen sneeuwvlokje voelt zich ooit verantwoordelijk voor de sneeuwstorm.

Hij had niettemin een keuze gehad. Hij had kunnen handelen zoals de vader van Marie bijvoorbeeld, door bij zijn njai te blijven, en de gevolgen kunnen dragen: geen promotie, een overplaatsing naar een of andere uithoek van de archipel met een uitzichtloze functie, gemeden door de beau monde, met kinderen die lager in status zijn. Maar met behoud van een gelukkig gezinsleven.

Willem richtte zich op, trok zijn broek omhoog en liet zich van het bed afglijden, slingerend op zijn benen en al half in slaap.

'Slaap wel,' zei hij voor hij de deur achter zich dichttrok.

13

Boven de Jongenspoort in de Kalverstraat hing bij de collectebus een reliëf met een witte duif met gespreide vleugels, een symbool voor de Heilige Geest, het zich verheffen van de ziel boven het lichaam. Er stonden vier weesjongens en vier weesmeisjes aan weerszijden van de enorme duif. Eronder stonden de dichtregels van Joost van den Vondel: Wij groeien vast in tal' en last/ en ons tweede vaders klagen/ Ai, ga niet voort door deze poort/ Of helpt een luttel dragen.

De stad Amsterdam moest hen dragen, iedere inwoner een klein beetje. En dat deden de mensen ook, jaar in, jaar uit. Nu Anna een inwoner van Batavia was, een vermogende nog wel, voelde het verkeerd om niet bij te dragen. Het moest anders, het moest beter. Van de welvaart die de Europese nieuwe bewoners zo uitbundig tentoonspreidden, kon best iets worden overgeheveld naar de kampongs.

In tegenstelling tot wat mensen hier geneigd waren te doen – op theevisites gaan die weken van tevoren vastgelegd werden en drie keer werden bevestigd – besloot Anna in de ochtend tot een spontaan bezoek aan de residentsvrouw. Zij was de machtigste vrouw die ze kende, spin in het web van de beau monde en bovendien iemand die haar wel leek te mogen.

Nadat haar rijtuig de hoge muren passeerde, werd ze opnieuw getroffen door de gracieuze weelderigheid van het residentiehuis. De statige palmen langs de oprijlaan, de witgepleisterde hoge façade met het groen van de klimop langs de pilaren ademde een exotische luxe. Nog voordat het rijtuig tot stilstand was gebracht, kwam de huishoudster naar buiten.

'Is uw bezoek aangekondigd, mevrouw?' vroeg ze op neutrale toon.

'De residentsvrouw verwacht mij niet vanochtend,' zei Anna, 'maar zou het haar schikken om iets te bespreken?'

De huishoudster beloofde daarnaar te informeren en liet haar achter met een korte buiging. Anna besloot maar niet uit te stappen. De koesir ademde hoorbaar uit, wat als een zucht klonk.

De residentsvrouw verscheen, gekleed in een kraakwitte zomerjapon met kant aan de mouwen, met verbaasd opgetrokken wenkbrauwen.

'Anna, wat een onverwacht genoegen,' zei ze. 'Helaas moet ik over een halfuurtje naar een afspraak, maar kom even binnen.'

Opgelucht stapte Anna uit het rijtuig en liep naast de residentsvrouw over de marmeren voorgalerij het huis in. Een tuinjongen begeleidde de koesir naar het koetshuis. De binnengalerij, voor het grootste gedeelte gesloten door schuifdeuren, was zo Europees mogelijk ingericht, met gouden kandelaars, schilderijen van landschappen met Hollandse wolkenluchten en een vleugel. Alles deed moeite om een zekere noblesse uit te stralen.

Ze namen plaats op lichtgroene fluwelen stoelen aan een ronde salontafel en de residentsvrouw liet koffie en een schaal met kweekwee komen.

'Vertel eens, Anna, hoe gaat het me je? Is het weer al wat genoeglijker voor je?'

Anna knikte en besloot, gezien de beperkte tijd, de deftigheidjes over te slaan en meteen tot de kern van haar bezoek over te gaan. 'Een paar dagen geleden bezocht ik voor het eerst een kampong, die bij de rivier, en ik verbaasde me over de armoede en honger daar. Ik wilde het met u hebben over hoe we er, misschien door middel van liefdadigheid, voor kunnen zorgen dat dit beter wordt.'

De residentsvrouw liet een schaterlach horen die even ontzet als sarcastisch klonk. 'Nu al een filantroop,' zei ze. 'Er zijn hier een hoop sociale klimmers, beste meid, maar jij moet wel een alpiniste zijn.'

Anna moest lachen, ze vatte de verwijzing naar haar eenvoudige komaf niet op als een belediging. Ze dronk van de koffie, die dik en drabbig was, met veel suiker.

'Wij organiseren elk jaar een benefiet,' zei de residentsvrouw nu ernstiger en een tikje hooghartig, 'en dan halen we geld op voor voedsel en kleding voor de allerarmsten.'

'Dat is heel mooi, alleen,' durfde Anna tegen te werpen, 'als ik de kinderen daar zag is dat niet voldoende.'

'Er was een tegenvallende oogst,' zei de residentsvrouw afgemeten.

Ze zwegen even, Anna keek naar de tegels op de grond. Hoe Europees een inrichting ook was, altijd waren er die gladde vloertegels om de warmte en de insecten het hoofd te kunnen bieden.

'Het kan natuurlijk altijd beter,' zei de residentsvrouw weifelend.

Anna keek op.

'Het is verfrissend dat iemand als jij, net van de boot, iets van belang zou willen doen. Wat had je in gedachten?'

Anna begon hardop na te denken over hoe er kon worden bijgedragen. Kon personeel misschien worden uitgeleend om de hutten en huizen te verbeteren; kon er standaard elke week voedsel opgehaald worden bij de huishoudens van Weltevreden en naar de kampongs worden gebracht?

De residentsvrouw bleef geamuseerd glimlachen, knikken, trok af en toe een wenkbrauw op en leek zowel afgeschrikt en aangetrokken door Anna's directheid. Aan het einde van het gesprek, toen de residentsvrouw zich excuseerde om naar haar afspraak te gaan, kwamen ze overeen om een paar dagen later weer samen te komen.

Bij de avondmaaltijd overwoog Anna even om haar succesje te delen, maar zag ervan af omdat Willem misschien bezwaren zou kunnen uiten voordat ze zelfs van start was gegaan. In de eerste plaats omdat Srie in de kampong woonde. Voor het eerst sinds haar komst voelde ze zich nuttig. Ze wilde iets goeds doen, zowel voor de inlandse bevolking als voor de meisjes die hun moeder moesten kunnen zien.

Minah kauwde op het puntje van haar vlecht en keek bijna vijandig naar haar bord eten. Ze was de laatste dagen opstandig, tegen haar gouvernante, haar vader en ook tegen Anna. Ze gaf pas na enig aandringen en dan nog lauwtjes antwoord op haar vragen en was in staat om haar tijdens een hele maaltijd niet aan te kijken.

'Wat is er, Minah?' vroeg Anna kalm. Ze schraapte mais van haar maiskolf af.

'Er is niets,' zei het meisje afgemeten en ze bleef onafgebroken naar haar bord kijken.

Ze hadden het de vorige avond nog even over haar moeder gehad. Anna had het meisje op het hart gedrukt dat ze bezig was met een ontmoeting en haar gevraagd om geduld te hebben. Minah had er ongelukkig bij gekeken, maar had beloofd te wachten.

'Eet toch iets, Minah,' zei Anna, 'de gebakken vis is heerlijk.'

'Je bent mijn moeder niet,' mompelde Minah, maar ze nam toch een hapje.

'Zo is dat.' Willem mengde zich in het gesprek, op vol volume. Iedereen keek verrast op. 'Anna is jullie moeder niet. Ze zou zelfs niet méér van haar kunnen verschillen.'

Zijn toon was misprijzend en er viel een diepe stilte aan tafel. Het effect van Willems woorden deed Anna denken aan de snelle felle pijn die je voelt als je je aan papier snijdt.

Anna schepte haar vork vol met gebakken rijst, maar het lukte haar niet hem naar haar mond te brengen. 'Gelukkig niet,' zei ze in plaats daarvan.

Minah keek verrast op, met een opgetrokken wenkbrauw. Zij was de enige aan tafel die wist dat Anna haar moeder daadwerkelijk ontmoet had. Steeds vaker bespeurde Anna bij zichzelf de merkwaardige neiging Willems afkeuring te voeden, om de pijn van de afwijzing naar haar hand te zetten en zo in ieder geval de krenking om te buigen naar iets waar zij controle over had.

In het weeshuis was er een meisje geweest dat om een of andere reden, misschien omdat ze met haar snerpende stem wrevel opriep, aldoor de schuld van dingen kreeg en terechtgewezen werd door de binnen- en buitenmoeders. Op den duur ging het kind zich ook echt misdragen. Toen begreep Anna dat niet. Het meisje zou het toch moeten willen ontkrachten? Bewijzen dat het anders zat? Nu ervoer ze de genoegdoening van het beantwoorden aan andermans lage verwachtingen, maar de bevrediging was kort en ijl. Het bracht het soort verlichting dat onmiddellijk wordt gevolgd door berouw. Haar buik stond strak alsof er een knellende band over aangetrokken werd. Willem keerde zich van haar af en de meisjes bogen zich dieper over hun bord.

De volgende dag spraken Anna en de residentsvrouw af dat Anna eerst eens op de kampong zou vragen waar behoefte aan was, zonder de residentsvrouw of andere hooggeplaatste personen erbij, want anders was er minder kans dat de bewoners hun trots en wantrouwen lieten varen.

'Hou je voorkinderen dicht bij je,' had de residentsvrouw haar aan het einde van het gesprek voorgehouden. Anna wist niet dat ze zo genoemd werden. Ze had bekend waarom ze destijds de kampong had bezocht en toen de residentsvrouw dat een slecht idee leek te vinden, had ze maar verzwegen dat ze ook nog van plan was de oudste met haar moeder te herenigen.

'Geef nooit terrein prijs aan de njai,' had ze haar ook op het hart gedrukt, 'daar komt alleen maar ellende van.'

Na de afspraak in het residentiehuis voelde ze zich zo strijdbaar en sterk dat ze besloot zich meteen naar de kampong te laten rijden. Het was niet heel vroeg meer, de hitte begon al toe te nemen, maar het duurde nog even tot de middagrust. Op de velden en sawa's, tussen de bossen met klapperbomen door, zag ze mensen werken. Tegelijk kalm en met een straffe doelmatigheid, alsof ze precies wisten hoe ze hun energie over de dag moesten verdelen.

Ze liet de koesir stoppen bij het pad naar de kampong en vroeg hem op haar te wachten, ze wist nu immers de weg. Hij protesteerde niet. In een opwelling deed ze haar hoed af, haalde het satijnen lint van haar middel en legde ze op de bank van het rijtuig. Haar parasol liet ze ook achter. Ze baande zich een weg over het smalle pad, langs een dicht bos van wilde pisang. De open plek aan het einde van het pad doemde op. Op de zoom van haar gesmokte zomerjurk waren al bruine vegen van de aarde verschenen. Ze was toch nog nerveus, zo zonder de tuinjongen en ze voelde een deel van haar strijdbaarheid wegvloeien, maar ze wist zich te vermannen. Ze had een duidelijk en zinvol doel om hier te zijn, beter dan de vorige keer.

Opnieuw waren alle blikken van de bewoners op haar gericht, maar nu was ze erop voorbereid. Ze keken naar haar zoals je vanuit de schaduw naar een witte muur kijkt waar de zon op staat; behoedzaam, met samengeknepen ogen. Een paar kinderen, kauwend op lange stukken suikerriet, renden om haar heen. Ze moest Regi zien te vinden om te bemiddelen. Ze liep over het terrein, met een bevroren glimlach om haar lippen, zich ervan bewust dat er inmiddels ook wat volwassen mensen achter haar aan liepen, en keek rond.

Ze ademde uit toen ze hem zag zitten bij een kleine hut met een kom rijst in zijn handen, gehurkt op Javaanse wijze, met de voeten plat op de grond, de knieën tegen de borst en het bovenlichaam rechtop. Hij had een beige doek als een soort tulband om zijn hoofd gedraaid, wat zijn gezicht nog voornamer maakte. Toen ze dichterbij kwam keek hij op. Hij leek niet verbaasd haar te zien. Hij zette de kom neer en stond op zonder zijn handen te gebruiken; in een vloeiende beweging, bijna atletisch.

'Welkom terug, mevrouw,' zei hij.

'Noem me Anna, alsjeblieft,' zei ze vriendelijk.

Inmiddels had zich een groepje nieuwsgierige mensen rondom hen verzameld.

'Kunnen we misschien een stukje gaan wandelen?' vroeg ze met een hoofdknikje naar de kleine menigte.

Regi grinnikte. Hij floot zijn hond bij zich en ze liepen langs de hutten en huisjes. Toen ze zich in de richting van de rivier begaven, liepen de mensen niet langer achter hen aan. Aan de oever bleef Regi staan en hij keek uit over het water. Aan de overkant stonden houten latten op schragen waaraan was te drogen hing. De wassers, vooral vrouwen, liepen de rivier in en uit met balen wit katoen in hun armen. Het moest zwaar werk zijn. De paarden, die de was naar deze plek hadden vervoerd, stonden bij elkaar in het water voor verkoeling. Hun zwarte huiden glommen in het licht. Anna voelde de zon in haar ogen schitteren en had spijt dat ze haar hoed en parasol had achtergelaten.

Regi leek geen haast te hebben om te horen wat ze te zeggen had. Ze hadden de hele weg geen woord gesproken. Er hing iets weerbarstigs om hem heen, wat hem zo anders maakte dan de meegaande, plooibare jongens en mannen die ze tot dan toe had gezien.

'Hoe komt het eigenlijk dat je zo goed Nederlands spreekt?' vroeg ze.

Hij grinnikte weer. 'Ik heb op een hbs gezeten,' zei hij. Er school een zekere trots in hoe hij die woorden uitsprak. 'Daar heeft mijn vader voor gezorgd, waarschijnlijk om zijn schuldgevoel af te kopen.'

'Is je vader een Europeaan?' durfde Anna te vragen, want aan zijn lichtbruine huid en lichte ogen was duidelijk te zien dat hij geen volbloed Javaan was.

Regi knikte op zo'n vinnige manier dat Anna niet verder vroeg.

'En jij? Waar kom jij precies vandaan?'

'Uit Amsterdam,' zei ze, terwijl ze zich ervan bewust was dat ook in haar woorden trots moest doorklinken.

Hij herhaalde het woord met een dromerige blik, uitkijkend over de rivier die door de klank in zijn stem voor Anna's geestesoog veranderde in het troebele, olieachtige water van een Jordanese dwarsgracht met een gewelfde brug erover.

Ze zwegen even.

'Ik kom deze keer niet voor Srie, maar voor iets anders,' zei Anna. 'Ik heb je hulp nodig om te weten te komen waar hier in de kampong de meeste vraag naar is.'

'Liefdadigheid?' vroeg hij.

Ze knikte.

'Daar hebben we geen behoefte aan,' zei hij.

Onmiddellijk stond ze aan zijn kant, de kant van de schroom, de gêne, zozeer dat ze bijna vergat dat ze nu de andere partij was.

'Het is hier niet eerlijk verdeeld…' begon ze.

'Dat is het zeker niet,' onderbrak hij haar. 'De totoks kwamen hiernaartoe om de aarde uit te putten en de mensen te onderdrukken. We konden niet langer ons eigen stuk grond bebouwen, maar moesten buigen voor de eisen en tirannie van anderen. Mijn grootouders waren slaven, mijn moeder werd tot eigendom gemaakt door haar werkgever, mijn neven en nichten zijn koelies die zich halfdood werken in fabrieken en op plantages voor een loon waar ze nauwelijks genoeg rijst van kunnen kopen. En jij denkt dat met wat barmhartigheid weer weg te kunnen poetsen?'

Nu pas keek hij haar aan, met een felheid in zijn ogen waarvoor ze weg wilde kruipen. Ze kon er niets tegen inbrengen.

Ze liepen terug, opnieuw zwijgend, maar nu voelde de stilte zwaarder aan. De huisjes van de kampong waren al in zicht, straks zouden ze niet meer alleen zijn, ze merkte dat ze langzamer was gaan lopen om dat moment uit te stellen.

Abrupt stond hij stil. 'Het is niet aan mij om dit af te wijzen namens de anderen. En ik weet,' hij maakte een verontschuldigend armgebaar, 'ik weet dat jij het niet slecht bedoelt.' Hij zuchtte. 'Ik zal eens rondvragen.'

Anna wist niet beter dan hem dommig te bedanken. Bij het pad terug naar de grote weg, waar de koesir stond te wachten, gingen ze uiteen.

'Dag Regi,' zei ze.

'Dag Anna Amsterdam.'

14

Bij de zondagse kerkgang lukte het haar niet te luisteren naar wat er op de kansel werd gepredikt, hoe zalvend de toon ook was. Haar blik gleed van de pilaren, waaraan banieren met geborduurde bloemen hingen, naar de kandelaars aan het plafond en de glimmende pijpen van het orgel. Haar gedachten gingen terug naar de Nieuwe Kerk, waar ze zich met een beetje fantasie kon wanen. Er stonden daar geen enorme planten aan weerszijden van het altaar; dat was onmiskenbaar Indisch. In Amsterdam zou het onbehoorlijk zijn geweest om de zinnelijke natuur zo nadrukkelijk in het huis van God binnen te halen.

Na de dienst liepen ze toevallig tegelijk naar buiten met de resident en zijn vrouw.

'Hoe gaat het met je, Anna?' vroeg de residentsvrouw vriendelijk. 'Al wat inzicht gekregen in de noden van de inlanders?'

Anna knikte en vertelde dat voedsel nu het urgentst was en vooral regelmatiger en gevarieerder moest zijn dan de rijst die ze de laatste maanden in de kampong hadden gegeten. Daarna zouden ze de woningen die er het slechtst aan toe waren kunnen verbeteren. De waterleiding en riolering werkten naar behoren.

'Dan bespreken we binnenkort hoe we dit zullen aanpakken,' zei de residentsvrouw. 'Ik zal eens informeren hoe dames met een behoorlijk huishouden willen bijdragen.'

De resident had geen andere keus dan ook te blijven staan en hij knoopte een gesprek aan met Willem. Er werd door de mensen die de kerk uit kwamen naar hen gekeken. Willem stond kaarsrecht en sprak soepel en zelfbewust.

Ze gingen uiteen en Willem en zij liepen met de meisjes naar 's Lands Plantentuin, waar ze over de brede lanen naar de grootste vijver met de enorme fontein wandelden, zoals ze altijd deden. Het water stoof daar metershoog op en veroorzaakte kleine regenbogen in de lucht.

De conflicten tussen haar en Willem leken opgeschort, niet meer van belang. Ze hadden een afstand tot elkaar ingenomen die passend leek; ver van elkaar af, maar ogenschijnlijk naast elkaar. Toch had ze het nog niet helemaal opgegeven. Ze moest een andere manier zien te vinden om contact te maken. Willem gedroeg zich voorkomend genoeg om de mógelijkheid te suggereren dat ze ooit nader tot elkaar zouden kunnen komen.

Willem was in ieder geval ingenomen met haar vriendschap met de residentsvrouw, ongetwijfeld omdat het hem de achting van de gemeenschap opleverde. Ze had hem over haar toevallige ontmoeting met de residentsvrouw op het Koningsplein verteld, de theevisites en de liefdadigheidsplannen die ze hadden. Ze verzweeg dat ze in haar eentje naar de kampong ging, nota bene die waar zijn oude njai woonde.

De meisjes liepen een stuk op hen vooruit, Lin in een jurkje met matrozenkraag, huppelend naar links en rechts en Minah slenterend, alsof elke stap haar fysieke pijn deed. Willems goede humeur ebde weg. Hij trok een zakdoek uit zijn zak en wiste geërgerd het zweet van zijn voorhoofd.

'Je moet je kop erbij houden hier,' zei hij mompelend, meer tegen zichzelf dan tegen haar, 'anders overmeestert het je, dit land. Dit klimaat is niet voor ons. Het vertroebelt je denken.'

Ze moest toegeven dat de hitte alweer niet te harden was.

'Je moet je rug rechthouden, je eer hooghouden, juist tussen de kerklopers, van die Pilatussen die na zich schoongewassen te hebben meteen weer in zonde leven en die zich beter wanen dan jij.'

Anna keek naar hem, weer eens verrast over hoe gemakkelijk hij van gedaante kon wisselen. Dan weer dweepte hij zichtbaar trots met de resident, het volgende moment doorzag hij het allemaal. Hij was een man die naar de gunst van de wereld dong en zijn hoofd boog voor bureaucratie en hiërarchie, maar hij kon de dikke muren van conventie net zo snel afbreken als aanvaarden, zo het hem uitkwam.

Hij was hier op wilskracht en hij zou hier blijven, onvermoeibaar Europees formeel gekleed in pak met opstaande kraag en das, als een koppige aanklacht tegen de hitte, ook al ebde zijn hoop op een carrière weg. Anna wist het zeker. Hij zou het uitzitten, zich verbijtend, maar uiterlijk onaangedaan, totdat hij een goede oude dag in Holland kon hebben. Net zoals degenen die hij verafschuwde zou hij de jaren tellen die hij nog moest werken. Hij trok zijn horloge uit zijn borstzak en zei dat het tijd was om naar huis te gaan, nog voor ze de fontein hadden bereikt.

De hitte leek de dagen te versmelten tot een lang etmaal. Rond het middaguur, als de warmte toesloeg, lukte het Anna niet om te slapen, zelfs niet na een lauw bad. Ook vandaag lag ze klaarwakker op bed, met haar gedachten cirkelend rond Regi. Ze zag hem voor zich, met zijn gebatikte broek en geamuseerde blik in zijn ogen. Ze dacht aan zijn lichaam en hoe elk deel ervan van elk ander deel leek te houden. Het veroorzaakte een onrust in haar buik die zich verspreidde, afzwakte en weer aanzwol. Hun contact was te ijl om er enige waarde aan te hechten, zo hield ze zichzelf voor, en toch was het op dit moment het wezenlijkste dat zich in haar leven afspeelde.

Hij had iets in haar aangejaagd, een gretigheid.

De laatste keer dat ze Regi had gezien, bespraken ze wat de bewoners van de kampong konden gebruiken en ze had gevraagd of ze misschien een dorpsoudste – of misschien had ze zelfs wel het woord 'stamhoofd' gebruikt, zo besefte ze beschaamd

– om goedkeuring moest vragen voor ze van start gingen. Regi had haar spottend aangekeken, zonder dat er iets boosaardigs in school. Hij had er simpelweg plezier in dat ze de gebruiken zo slecht kende. Hij had haar plagerig *baroe*, nieuw aangekomen dame, genoemd.

Deze keer droeg hij een toetoep, een gesloten jas met een bijpassende pantalon van eenvoudige beige stof, zonder overhemd of stropdas, die ze ambtenaren en winkeliers ook had zien dragen. Toen ze ernaar vroeg, vertelde hij dat hij op sommige dagen als loketbediende op het hoofdpostkantoor in Weltevreden werkte. Vooral zijn vaardigheden als tolk kwamen daar goed van pas.

Terwijl hij praatte keek ze naar zijn gezicht en ze prentte zich elke trek in.

Toen stopte hij met praten en keek haar alleen maar aan. Hij leek door haar heen te kijken, op zoek naar iets wat hen bond. Ze voelde haar huid warm en koud tegelijk worden onder zijn onderzoekende blik. Zo gingen er een paar tellen voorbij, zonder dat ze iets zeiden. Zijn gezicht drukte van alles tegelijk uit; opwinding, verwarring, willen standhouden en willen bezwijken. Ze bewogen niet, het was alsof ze allebei aan het wachten waren tot de ander het contact verbrak. Uiteindelijk was zij het die haar keel schraapte en wegkeek. Ze vroeg zich vandaag af, voor de zoveelste keer, wat er zou zijn gebeurd als ze dat niet had gedaan.

Willem had haar, sinds het nieuws dat hij voor de functie was gepasseerd, minder vaak in haar slaapkamer bezocht. Ze vroeg zich af of hij als man niet tekortkwam. Had de afwijzing in zijn werk zijn mannelijke eer gebroken en hem zijn lust ontnomen? Of zou zij zo weinig begeerte in hem opwekken dat zijn verlangens waren weggeëbd?

Ze strekte zich uit op het matras. Ze zou dat soort dingen wel nooit te weten komen. Ze wist werkelijk niet hoe Willem hun liefdesleven ervoer. In zijn beheerste tirades luchtte hij zijn ongenoegen over het sociale spinnenweb, maar hij sprak nooit over hun huwelijk.

Ze begon te vermoeden dat geluk in de liefde meer gaat over wat je kunt geven aan de ander, wat hij of zij in staat is te ontvangen, dan over wat je krijgt. Ze kon geen genegenheid, geen warmte, niets van haar eigen gedachten, zelfs geen opwinding bij hem kwijt, het bleef allemaal in haar opgesloten. Hij was ongelukkig, wist ze, meer nog dan zij. Het bood geen troost en ze putte er geen kracht uit.

Er was een bedruktheid in haar gekropen die ze kende en vreesde. Ze probeerde hem op afstand te houden, maar wist ook dat dit alleen lukte bij een milde, beginnende somberheid, niet als de duisternis eenmaal volledig om haar heen hing.

De eerste keer dat er iets droefs en zwaars was dat ze niet kon aanwijzen of verklaren, dat maar niet weg wilde, was toen ze een kind was. Ze moest een jaar of tien zijn geweest. Ze liepen twee aan twee in een lange rij naar de klas met een meester die ze aardig vond, er was niets wat verkeerd was, maar ze voelde een stille, aanhoudende beklemming. De kinderen om haar heen fluisterden en giechelden, het was lente, er viel zonlicht door de ramen, dat registreerde ze allemaal en ze verwonderde zich erover dat de kleuren en de warmte eruit waren weggetrokken. Het was grauw en akelig, waar ze ook keek, wat ze ook deed. Juist het besef dat wat ze voelde niet klopte met wat ze zou moeten voelen, joeg haar angst aan.

Het was een kortstondige grauwheid geweest, de kleur keerde binnen een paar minuten weer terug, maar ze was het nooit vergeten. Achteraf zag ze het als een eerste aankondiging van haar moeilijkheden.

Baboe kwam haar kamer binnen met een lampetkan en katoenen doeken over haar arm. Ze bracht haar wastafel in orde met de kalme gebaren van iemand die weet dat de dag nog lang en warm zal zijn.

'Mag ik u iets vragen, baboe?' vroeg Anna terwijl ze rechtop in de kussens ging zitten.

De vrouw knikte en ging door met haar bezigheden.

'Hebt u kinderen?'

Baboe draaide zich om, glimlachend en stak drie vingers in de lucht. 'Ze zijn ouder,' zei ze, 'ze werken en zijn getrouwd.'

'Kleinkinderen?' vroeg Anna.

Baboe stak met een brede grijns vijf vingers in de lucht.

'Weet u misschien, ik bedoel als heler, een manier om niet in verwachting te raken?' Ze had er niet naar willen vragen, de kwestie speelde slechts op de achtergrond van haar gedachten, maar nu ze het had gedaan, voelde ze zich opgelucht.

'U wilt geen kinderen?' vroeg baboe verbaasd.

'Niet van mijn echtgenoot,' zei ze, 'dus dan maar niet.'

Baboe keek bedenkelijk.

'Hoe kan ik een kind krijgen met een man die in staat is om een moeder bij haar kinderen weg te houden?'

'U bent een rare,' zei baboe, maar ze zei het begripvol. 'Ik weet wel een middel, maar daarvoor heb ik bijzondere kruiden nodig. Ik zal het later brengen.'

De andere, minder nobele reden verzweeg ze. Willem zag haar als iemand zonder ziel, een vorm, een aanwezigheid – een bestelling, goed beschouwd. Als ze haar eigen wil kon uitoefenen bij het wel of niet krijgen van een kind voelde dat als een daad van stil verzet. Het maakte haar van een figurant tot een speler.

15

De residentsvrouw had haar landauer gestuurd en de chauffeur hield het portier voor haar open. Zelfs Willem was ervoor uit zijn werkkamer gekomen. Anna stapte in en zag zijn opgetogen gezicht door de autoruit: zijn echtgenote was uitgenodigd voor een liefdadigheidsavond met de vermogendste dames uit de omgeving. Er kwam een hoopvolle gedachte in haar op: misschien zou Willem nu haar kwaliteiten zien en haar erom gaan beminnen. Nog voor ze de oprijlaan af waren, bedacht ze dat het altijd zou gaan om de schijn, om haar positie en het effect ervan op zijn eigen statuur – om de dingen die er voor haar nou juist niet toe deden.

Ze had nog nooit eerder in een auto gezeten. Ze verbaasde zich over de ronkende herrie van de motor en als ze naar buiten keek zoefde de omgeving onbegrijpelijk snel en gelijkmatig aan haar voorbij. Met haar ene hand hield ze zich vast aan het portier en de andere hand lag verkrampt om haar knie.

De bijeenkomst werd bijgewoond door vrouwen die ze kende van de kerkbanken en recepties, maar met wie ze nauwelijks had gepraat. Ze herkende mevrouw De Beijer, een van de vriendinnen van de residentsvrouw. De kamer was ingericht met spiegels in bladgouden lijsten, mahoniehouten kasten en zware, bordeauxrode portières. Ze zaten rondom een grote eettafel, gedekt met een damasten kleed met daarop een pièce de milieu. Gepoetste zilveren kandelaars met grote kaarsen stonden naast een kristallen schaal met bontgekleurde bloemen uit de tuin.

Terwijl er gestoofd lamsvlees, rendang, gebakken vis en groenteschotels werden geserveerd, waarvan nauwelijks werd gegeten, spraken de dames erover hoe ze wekelijks de restjes konden afstaan en zelfs ruimer konden inkopen om de kampong te bevoorraden.

'Toch blijft het gek dat de bruintjes zoiets niet zelf kunnen rondbreien,' zei mevrouw De Beijer, die haar waaier onophoudelijk voor haar gezicht wapperde. Ze begon een monoloog over hoeveel beter de inlanders af waren onder de hoede van de Europeanen.

Anna dacht aan wat Regi had gezegd over de totoks die het land leeghaalden en zijn bewoners onderdrukten en dan vervolgens wilden goeddoen, alsof ze een parfum konden opspuiten om de stank van ongerechtigheid te verdrijven. Ineens schaamde ze zich.

'We zijn hen veel verschuldigd als nieuwkomers in hun land,' merkte Anna op, midden in de woordenstroom van de dame. Mevrouw De Beijer sloot verontwaardigd haar mond. Er viel een stilte.

Een dame met haar in de kleur van mais doorbrak die. 'Ik stuur mijn koesir er wel op uit elke maandag,' zei ze vriendelijk, 'dan is er altijd veel over van de weekendvisites.'

Het was voor de andere aanwezigen het teken om de rest van de weekdagen te verdelen. Ook mevrouw De Beijer zegde haar medewerking toe. De residentsvrouw vertelde dat ze verschillende winkeliers zover had gekregen om restvoorraden mee te geven. Al met al zouden in ieder geval de kinderen van de kampong gevarieerder te eten krijgen.

Een huisjongen bracht hen een plateau met likeuren en een schaal met plakken spekkoek. Anna nam een slok van een drankje dat parfait-amour heette, maar het was zo mierzoet dat ze het liet staan, hopend dat het niemand zou opvallen.

De resident kwam binnen. 'Zo dames,' zei hij met een gulle lach, 'bezig de wereld te redden?' Hij gaf ieder van hen een handkus en deelde hier en daar een complimentje uit. Ook Anna keek hij met een charmante glimlach aan. De residentsvrouw vertelde hem opgetogen wat ze overeen waren gekomen. De resident wachtte, met afgewend hoofd, tot zijn vrouw uitgesproken was en kondigde daarna, zonder op haar woorden te reageren, zijn vertrek naar de sociëteit aan.

'Toe, blijf nog even,' zei de residentsvrouw tegen Anna toen de dames van tafel opstonden.

Nadat ze de dames uitgeleide had gedaan, kwam ze terug. Ze schonk Anna's likeurglas bij en haar eigen glas opnieuw vol.

'Hoe bevalt het leven je als getrouwde vrouw?' vroeg ze rechtstreeks.

'Ik vind het nog niet meevallen,' antwoordde Anna al even onomwonden.

De residentsvrouw keek alsof Anna zojuist een belofte had ingelost.

'Wat valt je zwaar?'

Anna dacht even na. 'Ik dacht altijd dat het tussen man en vrouw vertrouwelijker was, dat je naast elkaar stond, elkaar leerde kennen als geen ander. Maar misschien was dat naïef van mij.'

'Alle liefde moet op naïviteit berusten,' zei de residentsvrouw met een glimlach en ze dronk haar glaasje in een paar teugen leeg.

'Ik ken de vertedering die je kunt voelen voor stugge mannen,' ging ze verder. 'Vrouwen besteden veel tijd aan het ontrafelen van een man. Ze beseffen niet dat mannen zichzelf meestal niet observeren, dat ze helemaal niet bezig zijn zichzelf te ontcijferen zoals wij dat doen. Iemand doorgronden die zichzelf niet heeft doorgrond is een onmogelijke opgave. Bovendien is het riskant je te verplaatsen in de geest van een ander, je hebt het vrijwel zeker niet bij het juiste eind. Vervolgens ga je eraan hechten alsof het de waarheid is en dan ben je niet meer in staat zijn gedrag anders dan op die manier te verklaren.'

De residentsvrouw keek haar peinzend aan en leek haar eigen discretie te vergeten. 'We denken onze echtgenoten na een aantal jaren misschien te kennen, alleen maar omdat we met hen leven. We denken dat we, door ons nog beter naar hen te plooien, hun liefde kunnen verdienen of op hen kunnen inspelen voor ons eigen gewin. We willen hen begrijpen,' en dit zei ze met een zucht, 'zodat wij onszelf minder onbegrepen door hen voelen.' In het licht van de kaarsvlam zag haar gezicht er etherisch uit. Ze verborg een geeuwtje, enkel door haar lippen op elkaar te persen, haar neusgaten trilden.

'Maar wat als er geen liefde in een huwelijk is of zelfs maar kameraadschap?' vroeg Anna.

'Ik ben niet de aangewezen persoon om je advies te geven,' zei de residentsvrouw. Ze praatte voor zich uit, alsof ze hardop nadacht. 'Hij is een man, heb ik tegen mezelf gezegd. Zo zijn mannen. Een huwelijk is een afspraak, alleen verstaan we niet altijd hetzelfde onder die afspraak. We bekleden het met onze illusies van romantiek, tederheid en trouw. Je went eraan te leven in afwachting van echte verbinding, die zich niet voordoet, met een hoop die je belet werkelijk iets te ondernemen en die zo langzaam wegebt dat je het nauwelijks in de gaten hebt. Uiteindelijk ben je niet meer bezig met erin geloven of niet, maar wordt het veiliger er niet meer in te geloven en je eigen leven te leiden.'

Ze keek naar haar glas, opschrikkend uit haar overpeinzing, alsof het haar verbaasde dat ze het nog in haar hand had en nam een slok. De klok sloeg. 'Iemand laat doorgaans al snel zien wie hij is en wat hij voor je voelt. Soms vergeten we dat weer, omdat er iets voor schuift; onze verlangens en behoeften, dat wat wij van die persoon nodig hebben. Het is zo tastbaar dat het haalbaar lijkt – hij moet het alleen nog even aan je geven. Maar wellicht heeft hij het nooit kunnen geven, om de simpele reden dat hij het niet in zich heeft. Mogelijk heeft hij zelfs geen enkele belofte of suggestie in die richting gedaan, wij zijn het zelf in hem gaan zien.'

Daarna rinkelde ze een belletje voor de bediende en zei koeltjes en beleefd, alsof ze zich ineens weer herinnerde wat de verhoudingen waren: 'Kom, we hebben onze nachtrust nodig.'

16

Het pianospel van Lin klonk door het huis en Anna bleef even in de deuropening staan om haar te zien spelen. Het puntje van Lins tong stak uit haar mond. Marie stond naast de piano en gaf het ritme aan. Anna sloot haar ogen en luisterde. Het voelde weldadig aan.

'Trek iets aan je voeten!' hoorde ze Willem zeggen, die vanuit het achtererf in de kamer was verschenen. Lin hield abrupt op met spelen. 'Ik sta niet toe dat je verindischt,' beet hij haar nog toe.

'Ja, papa,' zei Lin en ze dook naar de grond om haar slofjes aan te trekken.

Willem liep intussen op Marie af, die vergoelijkend glimlachte. Hij stak zijn hand uit, hield haar vast bij haar kin en drukte kort en gretig zijn mond op haar lippen, die een moment uiteenweken en zijn tong ontvingen. Daarna giechelde ze.

Het rechtstreekse gebaar, de opwinding die eruit sprak, maakte alles duidelijk. Het besef drong maar moeilijk tot Anna door. Zij was het, Marie, die hem in bed tevreden hield. Willem wilde helemaal niet nader tot elkaar komen, ze moest juist op afstand blijven. Hij was al voorzien. Haar echtgenoot kon wel degelijk opgewonden raken van een vrouw, alleen niet van háár.

Ze liep weg van de deuropening, naar de voorgalerij. Het was of er een stalen val was dichtgeklapt. Zonder het goed en wel te beseffen was ze de oprijlaan af gelopen. Ze liep over de weg, stapte stevig door, alsof ze daarmee haar gedachten kon overstemmen. Er kwamen beelden bij haar op van Willem en Marie, obsceen, pervers. Ze had zich volledig en met alle gevolgen van dien aan deze man verbonden en dat was een fatale vergissing geweest. Het was al tot mislukken gedoemd voordat het was begonnen.

Ze wilde verdwalen, oplossen in het niets en tegelijk wilde ze naar de enige persoon die haar radeloosheid zou kunnen opheffen. Ze liep de stoffige weg af, in de richting van de kampong. Hagedissen schoten weg voor haar voeten. De voertuigen die haar passeerden lieten stofwolken achter.

Ze dacht aan de route die ze vroeger aflegde van het weeshuis naar de Jordaan. Hoe ze liep, hoe haar hart haar vooruitsnelde, naar haar moeder die haar moeder niet was. Hoe ze een verlangen voelde dat met elke stap groeide, ook al wist ze dat ze nadien altijd lichtelijk teleurgesteld was. Ze was er niet helemaal thuis, Aegje was niet helemaal haar moeder. En toch was er elke keer weer dat verlangen, dat net zo hevig opbrandde als de keer daarvoor.

De lucht had een koelere tint blauw aangenomen. Wolken wierpen roestbruine schaduwvlekken op de weg. Het ritselde en kraakte in boomtoppen, ver weg klonk het grommen van donder. Ze liep nu bijna een halfuur. Hier ergens moest het paadje naar de kampong zijn, maar ze zag nog niets wat erop leek. Ze wiste zweet van haar voorhoofd en veegde haar hand af aan haar witte jurk, waardoor ze het stof tot bruine vlekken uitsmeerde. Alles hier leek op elkaar, de plantages, de diepgroene velden waar weggetjes doorheen slingerden, de silhouetten van zachte heuvels en de puntige bergtoppen daarachter.

Ze besloot dat dit het pad moest zijn en sloeg het in. Er waren dezelfde takken die kraakten, hetzelfde dichte, wilde pisangbos. Alleen leek het veel langer te duren voor de open plek van de kampong zichtbaar werd.

Ze struikelde over een boomwortel en viel op handen en

knieën. De aarde voelde hard en droog aan, alsof hij van papier was. Ze krabbelde op en keek recht in het verbaasde gezicht van Regi. Hij droeg een gebatikte broek, een hemd en een jachtgeweer aan een leren band om zijn schouder.

'Wat doe je hier?' vroeg hij bezorgd. 'Gaat het wel?'

'Jawel,' zei ze, omdat ze, nu ze hem zag, vooral opluchting voelde.

De hemel trok dicht, er klonk een plotseling, steeds sneller getik van boven. Anna keek omhoog. Regenwolken had ze hier nog niet eerder gezien.

Regi lachte hardop.

'Waar moet je om lachen?'

'De moesson begint!' zei hij, opgetogen als een kind.

Inderdaad, ze voelde druppels op haar huid, een merkwaardige sensatie, omdat het geen graad was afgekoeld, zoals in Nederland gebeurde vlak voor een regenbui. Regi stond nog steeds breeduit te lachen. Ze keek hem aan en begon ook te lachen. Het borrelde op uit haar buik en het voelde bevrijdend, opluchtend.

Het getik werd gekletter, de druppels veranderden in dik klaterende stralen. Regi's haar hing in natte slierten over zijn voorhoofd. Anna kon niet meer ophouden met lachen, tilde haar gezicht op naar de hemel, liet zich natregenen. Het voelde als schoonspoelen. Ze stampte in de plassen die zich in een mum van tijd vormden, een beetje giechelig, alsof ze elk moment van de buitenmoeder op haar kop zou kunnen krijgen.

Regi joeg achter haar aan en ze rende van hem weg, het water spatte op tegen haar benen. Ze gilde. Hij greep haar bij haar arm, had haar te pakken. Nu ze niet meer renden, wisten ze niet meer wat te doen. Ze waren gestopt met lachen en staarden elkaar aan – rechtstreeks, bijna plechtig.

Ineens voelde ze dat ze precies hiernaartoe was gevlucht, naar deze plek onder zijn blik. Als hij zo naar haar keek, dan was ze hier, viel ze samen met het moment, met haar omgeving. Ze wist dat hij haar ging kussen en dat deed hij ook.

Zijn lippen drukten op de hare, weken uiteen. Hun ademhalingen joegen elkaar op tot hetzelfde ritme. Ze proefde zijn mond, zijn tong, het regenwater op zijn lippen. Iets smolt weg, bij haar en bij hem.

Toen liet hij haar mond los en was het voorbij. Hun gezichten waren nog steeds dicht bij elkaar. In zijn ogen zag ze de schrik die ze zelf ook voelde. Ze zou iets willen zeggen, iets wat alles weer kloppend maakte, maar ze wist niet wat. Daarna draaide ze zich om en rende weg. Hij kwam haar niet achterna.

Baboe kwam haar tegemoet toen ze op soppende schoenen de voorgalerij op kwam lopen. Haar jurk hing zwaar van het water om haar heen, haar haren plakten tegen haar gezicht, ze huiverde onophoudelijk. Baboe nam haar mee, zette haar neer op de stoel in haar slaapkamer en droeg haar op zich uit te kleden, wat ze volgzaam deed.

Baboe wikkelde doeken om haar heen en toen ze haar over haar armen en rug droog en warm begon te wrijven, leunde Anna tegen haar aan. Ze staarde naar de plasjes modderig water die op de vloer waren gedropen. Ze was zo slap als de lappenpop die ze van thuis had meegenomen, en stond toe dat baboe haar in bed legde, dankbaar dat ze niets uit hoefde te leggen.

De volgende ochtend stond Anna te kijken naar de regen die neerraasde, met een geweld alsof hij woedend was dat hij zo lang had moeten wachten op ontlading. Als het even droog was geweest kwam er weer een nieuwe loodkleurige wolkenbank opzetten die gordijnen van water liet vallen. De eerste dag van de moesson had het muffig geroken, naar de lucht van aarde die lang op regen heeft gewacht. Nu stond de tuin blank en rook het fris en humusachtig.

De moesson trad, zo had Anna zich laten vertellen, meestal begin november in en hield een paar maanden aan. Het leven ging door, zo goed en zo kwaad als het ging, zolang de wegen begaanbaar waren en de rivieren in hun bedding bleven.

Ze voelde zich zowel hoopvol als mismoedig. Regi voelde ook iets voor haar, er was wel degelijk iets tussen hen wat ze zich niet had verbeeld. Tegelijk besefte ze dat er voor een betekenisvol huwelijk geen enkele hoop meer was, maar dat ze erin gevangen zat en daardoor geen toekomst had met Regi. Anders dan een njai kon ze niet weggestuurd worden, maar Regi liep gevaar. Hij kon de gevangenis ingaan voor deze ene kus met een getrouwde blanda.

Ze probeerde de situatie met een koele blik te overzien. Ze was nog geen echte grens overgestapt. De kus kon vergeten worden, door hen allebei, of dan in ieder geval gekoesterd en verzwegen en ze had Willem nog niet geconfronteerd met wat ze had gezien tussen hem en Marie.

Het gebladerte en gras in de tuin leefden op bij al dat vocht. Ook het onkruid in de tuin woekerde harder dan de kebon kon bijhouden. Ze keerde zich om en ging naar binnen om een brief te schrijven aan Aegje – niet aan Fiene, zoals ze al weken van plan was. Ze kon zich er niet toe zetten om haar vriendin, die zo fatsoenlijk was, op de hoogte te brengen van haar misstappen en ze wilde niet onoprecht zijn. Ze schreef Aegje over Willems affaire die zich onder haar dak afspeelde, over de verbannen moeder van zijn kinderen die nog steeds in zijn hart zat en over haar eigen gevoelens voor een inlandse jongen. Ze vertelde alles.

Anna had zich door het uitblijven van de seizoenen niet gerealiseerd dat het Sint-Nicolaasfeest naderde. Ze wist ook niet of dat hier werd gevierd, maar in de archipel bleken ze dat nog uitbundiger te doen dan thuis in Holland. Er had een Sint-Nicolaas met Pieten door de straten van Weltevreden gelopen, toegezongen door kinderen. De meisjes geloofden allang niet meer, maar toch hadden ze het willen zien. Daarna smeekten ze Willem om het te vieren.

Op de avond van 5 december aten ze Hollandse pot: draadjesvlees en wortels met aardappelen en jus. Een echte hutspot had kokkie er niet van weten te maken, maar het smaakte naar thuis. Toen ze de juten zak zag, die ze na het eten op de binnengalerij vonden, was Lin ineens toch nog vol ontzag.

'Zijn de Pieten alweer weg?' vroeg ze, half gespeeld, half serieus.

Minah rolde met haar ogen, maar rende desondanks ook op de zak af. Kokkie had zelfs pepernoten gebakken en die op de grond gestrooid.

Ze zongen sinterklaasliedjes, met Marie op de piano, en daarna begon het uitpakken. Lin kreeg een mechaniekje, een tekenblok en tekenspullen, Minah een ketting met steentjes van bloedkoraal en een pen met een potje inkt. Voor Willem was er een banketletter, die Anna door kokkie had laten bakken. Er was ook een pakje met haar naam erop, waar een paar oorbellen in zat.

'Dank u, Sinterklaasje,' zei ze met een blik naar Willem.

Lin was bij haar op schoot gekropen, met haar mechaniekje stevig tegen zich aan gedrukt. Voor het eerst sinds Anna's komst hing er een familiesfeer. Van een afstandje moest het er net echt uitzien. Willem was ontspannen, hij legde zelfs even een hand op haar arm. Ze wilde die hand van zich afschudden, maar deed dat niet.

Hij zou haar vast bezoeken, vanavond. Vastbesloten om een wit kind te verwekken dat de bruine smet van zijn blazoen zou wassen, bleef hij aandringen op gemeenschap die even efficiënt als fantasieloos was. Inmiddels bracht baboe haar elke dag, behalve in de week van haar maandbloeding, een kruidenpapje dat een zwangerschap moest bemoeilijken. Voor ze ervan at, had baboe met haar linkerhand met een bezwerend gebaar over het schoteltje met kruidensmurrie gezwaaid, als een tovenares. Alleen al het idee dat ze Willems doel dwarsboomde gaf haar kracht om te ondergaan wat zo liefdeloos en pragmatisch was.

'Tijd om naar bed te gaan, kinderen,' zei Willem terwijl hij opstond.

Hij stak zijn hand uit naar Lin, die er even verbaasd naar keek voor ze hem pakte en van Anna's schoot gleed. Anna had Willem zijn dochters nog nooit naar bed zien brengen.

'Goedenacht, meisjes,' zei Anna.

Lin omhelsde haar en Minah gaf haar een kus, die haar wang bijna miste omdat Anna dacht dat ze haar, net als haar zusje, wilde omhelzen. Zo ging het altijd; een halve kus, een schutterige omarming. Anna wist nooit waartoe Minah bereid was en daardoor liep het steeds op iets anders uit.

Marie had zich de hele avond op de achtergrond gehouden. Na haar spel was ze op de pianostoel blijven zitten en had met een korzelige blik naar het tafereel gekeken. Nu kwam ze bij Anna zitten, op een van de stoelen.

'De meisjes vonden het leuk vanavond,' begon ze.

Anna knikte, wist zich geen houding te geven.

'Wist jij eigenlijk dat er nog een zoon van meneer Francken in de kampong rondloopt?' Er klonk een lachje door in haar stem. 'Of praat hij niet met jou over dat soort dingen?'

Anna keek Marie verbaasd aan. Haar gedachten gingen razendsnel. Marie wilde haar op haar plaats zetten, laten weten dat dit soort vertrouwelijkheden niet door Willem met haar werden gedeeld, ook al was ze zijn echtgenote. Ze wilde haar ontregelen na een op het oog harmonieuze avond.

'Hoe oud is die jongen dan?' vroeg Anna.

'Hij moet een jaar of negentien zijn nu.'

'En hoe heet hij?' vroeg Anna, terwijl ze bijna niet durfde te ademen.

'Dat weet ik zo snel niet,' zei Marie, die deze vraag niet had verwacht. 'Regi, geloof ik.'

'Dat is goed om te weten, dank je wel,' zei ze, zo beheerst als ze kon. 'Ik ga me even omkleden.'

Er kan een vergissing in het spel zijn, dacht ze nog even toen ze naar haar kamer liep. Maar ze wist beter. Regi wist dat zij de nieuwe vrouw was van zijn vader, nadat hij had geholpen om haar met Srie, met zijn moeder begreep ze nu, in contact te brengen. Een moeder die was verstoten, samen met hem, en die moest toezien hoe haar dochters, zijn zusjes, door gouvernantes en een Hollandse vrouw grootgebracht werden. Zijn vader had hem wel en zijn twee zussen niet verstoten; Anna kon zich nauwelijks voorstellen hoezeer Regi hem moest haten.

Had hij haar daarom gekust? Het zou de ultieme wraak zijn op de man die hem terzijde had geschoven, dat was zeker. De baby op de foto, op de schoot van Srie, was niet Minah, bedacht ze en ze huiverde. Het was Regi.

17

Een gedachte die er niet mag zijn, wint precies zoveel aan kracht als de mate waarin hij wordt onderdrukt. Anna had zichzelf verboden aan Regi te denken. Het was onbestaanbaar, pervers zelfs, dat ze gevoelens had voor de zoon van haar echtgenoot – ook al was hij even oud als zij. Ze verbande de herinnering aan zijn zachte lippen, zijn blik waaronder ze leek op te leven, naar de uithoeken van haar geest. Maar juist als ze over iets totaal anders mijmerde en zich ontspande, stond ze geschrokken stil, overweldigd door de herinnering aan hem.

In haar slaapvertrek, aan het einde van de dag, begon ze erover tegen baboe. 'Willem heeft ook een zoon, hè?'

De oude vrouw keek verrast op.

'Marie heeft het me verteld.'

'Marie heeft een *moeloet boesoek*, een verrotte mond,' bromde baboe terwijl ze de spelden, harder dan nodig, uit Anna's wrong trok. 'Ze doet niets dan kwaadspreken.'

'Maar ze heeft wel gelijk over Regi.'

'Regi Nekcnarf is samen met zijn moeder weggestuurd,' zei baboe alweer kalmer.

'Is Nekcnarf de achternaam van Srie?'

Baboe schudde haar hoofd. 'Gewettigde kinderen dragen de familienaam van hun vader, maar dan achterstevoren gespeld.'

'Willem hield van Srie, denk je ook niet?'

'Ik denk het wel.'

'Maar hij hield meer van zijn carrière.' Anna zuchtte. 'Nou, dat loopt nog steeds niet zoals hij wil. Hij denkt dat een Europees kind alle verschil gaat maken.'

Baboe wreef haar even over haar schouders.

'Regi is heel boos op zijn vader,' zei Anna.

Baboe keek haar aan via de spiegel. Ze had een bittere uitdrukking op haar gezicht en maaide met haar hand door de lucht. 'Al die kinderen die zijn verwekt en die gewoon door hun vaders zijn weggedaan...' Ze sprak nog wat onverstaanbare woorden, binnensmonds, en verliet toen met een verontschuldigend gebaar de kamer.

De tuin was inmiddels een moeras geworden, een bruine zompige derrie bedekte het gras. De warmte voelde nog zwoeler en zwaarder aan dan normaal en door de bijna onophoudelijke regen gingen ze alleen op pad als het niet anders kon. Het kostte de koesir soms een halfuur om de wielen van het rijtuig door de modder te rijden, de oprijlaan op, voor hij Willem wegbracht naar kantoor of sociëteit. In huis hing een bedompte geur van schimmel en roest. Anna's witte japonnen werden groezelig, ook al hingen ze in de kast, de meubels kraakten en op de muren verschenen grillig gevormde vochtplekken.

Mist verhinderde dat je verder kon kijken dan een paar meter. De omgeving sloot zich nauw om haar heen, de vochtige benauwdheid bezorgde haar hoofdpijn. De somberheid die al een tijdje in haar zat, won aan gewicht onder de druk van alles wat ze had ontdekt over Willem en Marie, over Regi. Een grauwe waas hechtte zich aan de dingen en ze wist dat ze moest oppassen.

Ze moest bezig blijven, zoals Aegje haar altijd aanraadde. Ze bemoeide zich met het huishouden, ging in de keuken zitten als kokkie bezig was, dronk ongenadig sterke koffie, speelde met Lin als ze thuiskwam van school. Als ze alleen was zorgde ze voor een boek. Ze las, nog verwoeder dan daarvoor – één, soms twee boeken per etmaal. Ze dompelde zich onder in de stemmen, waarin haar eigen naargeestige gedachten moesten oplossen.

Waar een verhaal haar eerst naar haar eigen geest leidde, een manier was om positie te bepalen ten opzichte van de dingen, zo was het nu een manier om daar zo ver mogelijk vandaan te raken. Weg van de duisternis, weg van de herinnering aan Regi, weg van haar kwade hersenspinsels. Haar eigen gedachten, als ze vrij spel hadden, gingen tegenwoordig veel sneller dan de zinnen in romans, die een traagheid hadden die heilzaam was. Het was bevrijdend om het rad van haar denken te vertragen en het er zo van te weerhouden zich lam te draaien. Lezen was een vorm van respijt.

Deze keer had haar somberte een aanleiding – een onmogelijke verliefdheid – en dat gaf haar hoop dat ze hem de baas kon blijven. Er waren oplossingen. Ze zou het stompzinnige verlangen naar Regi kunnen opgeven, ook al trok het aan haar. Ze dacht dan misschien dat ze hem kende, maar wat wist ze nou eigenlijk van deze jongen? Hij had zijn identiteit moedwillig voor haar achtergehouden, had met haar gespeeld. Maar zelfs als ze dat allemaal tegen zichzelf zei, was er ook een andere stroom van gedachten die tegelijkertijd meedraaide. Dit had niets met Regi te maken. Ze kende deze ellendige spiraal naar beneden maar al te goed, ook zonder tragische verliefdheid om hem aan te jagen.

Toen ze de hele bibliotheek uit had, begon ze weer van voren af aan. Ze las wanneer de anderen sliepen, wanneer de anderen wakker waren. Ze las door tot de woorden geen samenhang meer hadden en ze de boeken versuft op de grond smeet. Ze begonnen door het vocht tussen de bladzijden te stinken, van een paar oude boeken viel het papier uit elkaar. De witte mieren vraten het op.

Toen het even droog was en de lucht geen nieuwe regen voorspelde, stond Minah voor haar. Ze kwam net van school, met haar jas nog aan.

'Ik wil naar mama,' zei ze eenvoudig. 'Het is droog, ik wil niet langer wachten, ik moet haar zien.'

In de verte riep Marie Minahs naam. De stilte die ze er beiden op lieten volgen, was al een samenzwering.

'Je hebt het beloofd,' zei het meisje, nadruk leggend op elk woord.

'Kom mee naar de keuken.'

Kokkie keek even op toen ze binnenkwamen, terwijl haar vingers doorgingen met groenten snijden.

'Heb je deze week al wat eten naar de kampong laten brengen, kokkie?' vroeg Anna luchtig.

De vrouw schudde haar hoofd, zuchtte diep en zette een rieten mand op het aanrecht waar ze groenten, een stuk brood en eieren in begon te stoppen. Al mopperend wikkelde ze *frikadel*, gekruid Indisch gehakt, in krantenpapier.

Ze verlieten de keuken en liepen tegen Marie op.

'Ah, daar ben je,' zei de gouvernante en ze keek daarna met een vogelachtige snelheid van de mand aan Minahs arm naar Anna en weer terug.

'Wij gaan dit voedsel even wegbrengen,' zei Anna.

'Ze heeft huiswerk te doen,' zei Marie.

'We zijn niet langer dan een uurtje weg,' zei Anna monter, 'en dan heeft ze nog wel even voor het avondeten.'

Marie bleef staan, vastberaden. 'Ik weet heus wel waarom ze meegaat,' zei ze beheerst. 'Om haar moeder te zien. Dat gaat Willem,' ze corrigeerde zichzelf, 'meneer Francken, nooit goed vinden.'

Anna glimlachte geruststellend naar Minah. 'Ga maar vast naar buiten, Minah, ik kom er zo aan.'

Toen het meisje buiten gehoorafstand was, richtte Anna zich weer tot Marie. 'Je hoeft het hem niet te vertellen. Ze is haar moeder, zij is haar dochter. Geen mens zou die twee uit elkaar moeten willen houden.'

'Mijn werkgever is meneer Francken,' hield Marie vol, 'niet jij, en ik ben trouw aan hem.'

'Een beetje te trouw, als je het mij vraagt,' zei Anna.

Marie keek haar geschrokken aan. Alle kleur trok uit haar gezicht weg.

'Als jij dit doorvertelt,' zei Anna, terwijl ze zich vooroverboog tot vlak bij Maries gezicht, 'dan zeg ik tegen Willem dat ik weet van jullie verhouding. En dan eis ik, als zijn echtgenote, dat hij je ontslaat.'

'Hij houdt niet van je,' zei Marie met een laatste restje vechtlust.

'Nee,' beaamde Anna, 'maar hij wil wel dat ik zijn kinderen baar.'

Ze bleef de gouvernante recht aankijken en liep toen naar buiten.

Minah was al naar de koesir gelopen, die een paard voor het rijtuig aan het spannen was. Zijn laarzen maakten een zuigend geluid als ze zich losmaakten uit de modder. Even later zaten ze naast elkaar op de leren zitting en klonk het klappen van de zweep. De mand met voedsel zat vastgeknoopt op de bok.

De valleien waren gehuld in een lichte nevel waar gouden zonlicht met moeite in strepen doorheen drong. De lucht was verzadigd van het vocht.

'Meende je dat nou, wat je laatst zei,' begon Minah met zachte stem, 'dat je blij bent dat je niet op mama lijkt?'

Anna sloot even haar ogen, de schaamte verspreidde zich door haar maag. 'Ik zei het omdat ik boos was op je vader. Soms lijkt het of ik niets goed kan doen.'

'Je lijkt ook niet op haar,' zei Minah, 'maar dat is niet jouw schuld. Jij lijkt op jezelf.'

Anna grinnikte.

Het paadje naar de kampong was al net zo zompig als de rest van het land en toen ze het terrein op kwamen lopen, zaten ze onder de modder. Er hing een geur van verrotting, zuur en zout. Minah liep met een gespannen gezicht en opgetrokken schouders, die maar een beetje zakten toen Anna er even geruststellend haar hand op legde. De zon, die nu voluit was gaan schijnen, lichtte de felgroene bladeren op en deed de natte muren glimmen.

Anna liep voorop, eerst naar het verzamelpunt voor het voedsel en daarna naar het huisje van Srie. Ze naderden de rand van de kampong en Anna zag niemand bij het huis. De potten, waar eerder bloemen in hadden gezeten, stonden nu omgekeerd op het muurtje. Anna stond stil en Minah keek haar onzeker aan.

'Toe maar,' zei Anna en ze duwde haar zachtjes naar voren. Minah klopte op de deur, zo halfslachtig dat het bijna leek of ze hoopte dat er niemand thuis was.

De deur zwaaide open en Srie verscheen in de deuropening. Ze stond een moment verstijfd en opende toen haar mond voor wat jammerklachten leken, maar vreugdekreten moesten zijn. Minah deed een stap naar voren en viel in haar moeders open armen. Ze waren precies even lang en dat ontroerde Anna.

Anna bleef op een afstandje staan. Ze merkte dat ze glimlachte. Het voelde bijna onwennig aan, haar gezicht was de laatste tijd ongemerkt zo verstrakt geraakt. Srie keek haar over de schouder van haar dochter een moment dankbaar aan.

In de sado op weg naar huis hing Minah tegen haar aan, uitgeput.

'Ze wist nog wie ik was,' zei het meisje.

'Natuurlijk!' zei Anna. 'Alsof een moeder haar kind ooit kan vergeten.'

Minah bleef onbewogen voor zich uit kijken.

'Je weet dat het niet haar keuze was om zonder jullie te vertrekken, hè?' vroeg Anna.

Minah knikte, zonder veel overtuiging.

'Het moet haar vreselijk veel pijn gedaan hebben,' zei Anna, 'maar ze kon niet anders.'

Het afscheid zojuist was natuurlijk te vroeg gekomen. Toch had ze gezien dat er bij hen beiden iets zwaars was opgeheven. Het zou niet lang duren of Minah zou op eigen houtje naar de kampong gaan, nu ze wist waar haar moeder woonde. Anna voelde dat ook haar eigen gemoed iets was verlicht, maar tegelijkertijd was er teleurstelling. Regi was er niet geweest.

Daarna richtte de teleurstelling zich op haarzelf. Wat was ze een mislukkeling. Ze had gevoelens voor een jongeman met wie ze niet samen kon zijn en ze was getrouwd met een man die haar niet wilde. Haar gedachten, zelfs nu ze net het goede had gedaan, raakten op drift. Ze was hier alleen en onbemind, ze deed alles verkeerd, ze was nutteloos, het zou nooit beter worden. En opnieuw. En opnieuw.

In de dagen erna verdween haar eetlust. Aan tafel liet ze zichzelf weinig serveren en daarvan liet ze nog de helft staan. Haar buik was leeg. Ze voelde zich licht, zweverig en de dingen dreven nog verder van haar weg. De gesprekjes aan tafel gingen goeddeels langs haar heen.

Willem leek het niet in de gaten te hebben. Hij had het te druk met zijn eigen sores. Inmiddels vervulde Van Barneveldt de functie waarvoor hij zelf was gepasseerd en Willem moest aan hem rapporteren. Het lukte hem op de werkvloer ongetwijfeld om die krenking overtuigend in te slikken, maar thuis was hij niet te genieten. Zijn miskenning klonk in elk woord, zijn vernedering uitte zich in tirades over de mensen en de regels van het verderfelijke, wanordelijke Indië. Ook de moesson moest het ontgelden. Hij vervloekte de verdomde vochtigheid die zijn sigaren bedierf.

Aan de watervloed kwam intussen maar geen einde. Straten

kwamen blank te staan, uit de sloten spoelde stinkende viezigheid het land op waar talloze ratten in rondzwommen, die soms tot aan de buitengalerij kwamen. Als je ze probeerde te verjagen, gingen ze niet weg, maar probeerden ze je aan te vallen.

18

Anna was laat opgestaan, iedereen was zijn dag al begonnen. Toen ze aan de ontbijttafel schoof, zag ze een aan haar geadresseerde brief in een schaaltje liggen, in het handschrift van Aegje. Ze sneed de envelop open. De inhoud slingerde haar terug in de tijd. Een paar stappen terug doen, toen ze nog niets wist van Regi's afkomst, opende heel even de mogelijkheid om aan die kennis voorbij te gaan.

In duidelijke bewoordingen schetste Aegje haar ideeën over het gedrag van Anna's man. Die echtgenoot was 'geen knip voor de neus waard'. Ze hoorde haar stem erbij, de kordate toon waarop ze zo'n opmerking kon maken. *Op de derde plaats komen, na twee andere vrouwen*, schreef ze, *dat is geen huwelijk dat toewijding vereist*. Anna las er een goedkeuring in om te blijven omgaan met de jongeman over wie ze had geschreven.

Laat hem je niet kooien, schreef Aegje ook nog. *Wij zijn geen vrouwen die ons laten kooien.*

Ze besmeerde een snee brood met boter en nam er een hap van, waarna ze het bord alweer van zich af schoof. Ze moest erachter komen of Regi haar zag als een vrouw of als een pion om iets met zijn vader te vereffenen. Als dit laatste waar was, waarom was hij dan zo behulpzaam en hartelijk geweest? Misschien had hij haar alleen maar willen helpen met haar vrijwilligerswerk in de kampong omdat hij haar vanaf het begin als een kans zag om zijn vader te dwarsbomen. Weliswaar liep ze de kans op een pijnlijke boodschap, maar alles zou beter zijn dan in het duister te tasten.

Zodra ze zich had aangekleed liet ze zich naar het Hoofdpost- en Telegraafkantoor rijden om te zien of Regi er aan het werk was. Ze had snel een kort antwoord aan Aegje opgekrabbeld, vooral als excuus om een brief te kunnen posten. En ze zou postzegels kopen, ook al hadden ze er nog genoeg op voorraad.

Ze liep het gebouw binnen en wilde van de zenuwen bijna weer vertrekken toen ze Regi achter een van de loketten een klant zag helpen. Ze sloot achter in zijn rij aan. Er waren meer inlanders als postbeambte aan het werk, ook Chinezen. Ze had een keer opgevangen dat ze nog niet de helft betaald kregen van wat blanda's kregen voor hetzelfde werk.

Voor haar stond een gezette dame met een grote hoed achter wie ze zich schuilhield. Toen de dame aan de beurt was, voor haar weg stapte en Regi haar in het vizier kreeg, huiverde ze. Hij hielp de dame een pakje naar Holland te versturen en keek Anna daarbij af en toe schielijk aan. Hij leek blij haar te zien.

Toen ze voor hem stond, legde ze de brief op de balie. Haar keel was droog. Ze moest iets zeggen. 'Ik weet dat je Willems zoon bent,' zei ze met gedempte stem.

Er trok een schaduw over zijn gezicht. 'Dat ben ik en daar kan ik niets aan veranderen,' zei hij.

'Waarom heb je me dat dan niet verteld?'

Nu ging haar stem de hoogte in. Een paar mensen keken nieuwsgierig in hun richting. Een oudere postbeambte kwam naar hen toegelopen. Dit gesprek verliep heel anders dan ze zich had voorgesteld.

'Ik kan nu niet praten,' zei Regi, terwijl hij een blik wierp op de naderende man. 'Kan ik je later op de dag ergens ontmoeten?'

Ze zag schuld en schaamte op zijn gezicht, geen verliefdheid. Maar ze zag ook geen berekening.

'Het heeft geen zin,' zei ze en ze draaide zich om.

Ze stapte in het rijtuig dat de koesir bij de stoep had geparkeerd. Hij liet de zweep klappen op de rug van het paard en ze kwamen in beweging. De hele rit naar huis huilde ze.

Regi moest zich bij nader inzien schuldig voelen. Misschien was hij toch meer op zijn vader gesteld dan hij wilde toegeven of hoopte hij op nog meer financiële steun in de toekomst. Hij had die kus vast spannend gevonden, maar hij woog niet op tegen de zekerheden die zijn vader hem kon bieden. Als zij wat er was gebeurd zou laten rusten, zou hij waarschijnlijk opgelucht zijn.

Ze zou de weg in omgekeerde richting moeten afleggen. Als ze deze liefde al na een paar weken voor Regi was gaan voelen, was het misschien ook mogelijk om dat in een paar weken ongedaan te maken. Ze moest op een nulpunt komen, waar Regi gewoon een jongeman was, toevallig de verbannen zoon van haar echtgenoot. Ze zou zich in die omstandigheid op den duur weten te schikken, zoals het lichaam went aan een hard bed.

Thuis ging ze in haar onderjurk op bed liggen. Ze staarde voor zich uit, in een verte waarin niets te zien was. Ze zweefde naast de dingen. Net als in het weeshuis bekroop haar het gevoel dat haar leven zich ver weg afspeelde, zonder haar, terwijl ze nu zelf ver weg was – op de plek waarvan ze had gedacht dat haar echte leven zou beginnen.

Al die tijd was ze door haar volharding sterk gebleven. Nu voelde ze geen enkele wilskracht meer om tegenwicht aan de duisternis te bieden, een donkerte die niets met Regi te maken had. Hij was slechts een boei geweest waar ze zich aan had vastgeklampt. Ze stopte met vechten – meer was er niet voor nodig.

Ze wilde Regi niet op andere gedachten brengen. Ze wilde geen medelijden opwekken, zich niet wreken of laten gelden. Ze wachtte simpelweg op de zwaarte die haar naar beneden zou drukken en de adem uit haar longen zou persen. Het boek op haar nachtkastje bleef die dag onaangeroerd. Al die geleende gedachten vonden geen grip meer, haar eigen geest was te zwaar en te log om zich erin te verplaatsen.

In de dagen erna trok ze zich terug in haar hoofd, waar vernielzuchtige gedachten heersten. Als ze de ene vernietigende gedachte had teruggedreven en het zwijgen had opgelegd, stak daarnaast een nieuwe de kop op die tegen haar begon te praten: ze was alleen en onbemind. Ze deed alles verkeerd. Ze was ongeschikt voor het leven. Het kwam niet altijd goed, zoals de mensen beweerden.

De rijsttafel sloeg ze over, op de middagthee verscheen ze niet. Toen ze ook aankondigde het diner over te slaan, ging baboe met haar armen over elkaar geslagen voor haar staan. 'Wat is er aan de hand?' vroeg ze.

'Ik heb hoofdpijn,' zei Anna vanaf het bed.

Baboe mompelde iets onverstaanbaars. Ze dompelde een doek in de lampetkan, wrong hem uit en legde hem op haar voorhoofd. Het voelde koud en zwaar aan. Daarna bleef de vrouw nog even staan en keek haar onderzoekend aan. Anna ontweek haar blik. Ze wist dat baboe niet geloofde dat ze alleen maar hoofdpijn had en dat ze haar vermoedens snel genoeg zou delen, maar voor nu was het genoeg. Ze was opgelucht toen de vrouw de kamer verliet en ze weer alleen was. Ze pakte de doek, die haar niet verkwikte, van haar voorhoofd en liet hem op de grond glijden.

Ze voelde zich weerloos, ontdaan van alle houvast. Gevallen zijn voelde in eerste instantie rustiger en minder vermoeiend dan het vallen zelf of de poging niet te vallen, maar het bleek nog niet het eindstation. Het luchtte even op om de hoop te laten varen, totdat de hopeloosheid haar helemaal opslokte en er een nieuwe afgrond dreigde, nog dieper dan de eerste.

Huilen bracht geen opluchting, alleen uitputting. De huilbuien en paniekaanvallen leken van buitenaf te komen, niet van binnenuit. Binnen in haar was niets om wat dan ook in beweging te zetten. Ze onderging de aanvallen tot ze weer ophielden en ze ervan kon uitrusten.

Op de moeilijkste momenten hield ze Fienes merklap in haar handen geklemd. De lap was een steunpunt van iets wat overeind bleef terwijl zij wankelde en weer verder omlaagviel. Ze dacht aan Hedwig de Fontayne uit *Van de koele meren des doods*, die haar eigen naam prevelde als ze de afgronden van haar geest in keek. 'Anna,' zei ze zachtjes, 'ik, ik, ik, ikzelf, ik ben Anna Prinsenhoek.'

Als Anna haar kamer verliet, deed ze dat pas als Willem en de kinderen het huis uit waren. Dan at ze iets, met tegenzin, en ging op de achtergalerij zitten kijken naar de regen, die op de verzadigde aarde viel. Ze staarde naar de bomen op het erf, de djongossen die grapjes met elkaar maakten als ze zich onbespied waanden, de vogels op de takken, maar zonder het allemaal echt te zien.

Er werden haar lekkernijen aangeboden, steeds uitbundiger en exotischer, waarvan ze zich dwong iets te proeven om kokkie een plezier te doen. Baboe was nooit ver bij haar vandaan, kwam met een sarong aangelopen als ze in haar onderjurk liep en stond erop haar loshangende haar op te steken.

Aan Regi dacht ze steeds minder. Elk verlangen naar hem werd opgeslokt door het donker. Het hart raakte leeg. De draadjes tussen haar en de anderen werden dunner en vielen langzaam uit elkaar, dus ook die haar verbond met Regi. Haar leven was teruggebracht tot de wereld in haar hoofd.

Na een paar dagen klonk er een ferme klop op haar deur. Mensen klopten almaar aan tot ze 'binnen' riep en kwamen dan met een bezorgd gezicht en wellevende vragen op de rand van haar bed zitten. Eerst Lin, toen Minah en zelfs Marie. Anna herhaalde elke keer de toverformule 'hoofdpijn', en daarmee leken ze genoegen te nemen.

Deze keer zwaaide de deur onmiddellijk open. Het was Willem, voor het eerst sinds ze zich niet meer in huis had laten zien.

'Wat zie je bleek,' zei hij bij wijze van groet.

'Ik voel me ook niet zo goed,' zei ze.

'Zoiets hoorde ik. Hoofdpijn?'

Anna knikte.

Hij haalde een flesje reukwater uit zijn zak en wreef zijn handen ermee in.

'Of draag je soms een kind?' vroeg hij.

Anna schudde haar hoofd, beschaamd.

Ze zag hoe Willem naar de groezelig geworden merklap keek die naast haar lag.

'Je eet niet goed, vernam ik. Vanavond verwacht ik je bij het avondeten.'

'Ik weet niet of ik daartoe in staat ben.' Haar stem klonk iel.

'Een mens moet eten, anders wordt hij niet beter,' zei hij op een toon die geen tegenspraak duldde. 'Bovendien vragen de meisjes naar je. Ik zie je vanavond aan tafel, in behoorlijke kleding.'

19

Toen ze de eetkamer binnenkwam was ze er niet eens zeker van of ze haar wel zagen, want het voelde of ze uit vloeipapier bestond. Baboe had haar een jurk aangetrokken en haar haren opgestoken. Ze bewoog zich behoedzaam, als op een dun laagje ijs op het water.

Toen Willem en de meisjes opkeken, allemaal tegelijk en met oplettende blikken, schaamde ze zich. Ze wist dat ze haar toestand niet kon verbergen. De lenigheid waarmee iemand als Willem tussen realiteit en verzinsel manoeuvreerde, bezat zij niet.

Ze mompelde een groet en schoof aan tafel.

De djongossen kwamen binnen met schalen rijst met *tjeplok*, spiegelei, maiskolven en gebakken vis. Ze liet zich een hoeveelheid opscheppen die geen argwaan wekte.

'Gaat het al wat beter met je hoofdpijn?' vroeg Minah.

'Niet echt,' zei ze, 'maar het gaat wel.'

'Misschien moet je wat vaker naar buiten,' zei Willem. Het klonk niet als een goedbedoeld advies, maar als een reprimande.

'Dat zal ik proberen,' zei ze.

Ze probeerde een glimlach te forceren, maar het lukte nauwelijks haar mondhoeken op te trekken. Haar hele gezicht voelde alsof er een strak masker overheen gespannen was.

Willem liet zijn ogen geërgerd op haar rusten. Daarna wendde hij zijn gezicht af.

Het gesprek ging een andere richting op, naar de schoolvakken van de meisjes, en het lukte haar niet haar aandacht erbij te houden. De herhalende gedachten in haar hoofd – *je bent onwaardig, een nietsnut* – overstemden wat er besproken werd.

'Anna!' hoorde ze van ver. Ze keek op.

'Wat is er met je?' vroeg Willem ontzet.

Ze merkte dat ze met haar beide handen over haar oren geklemd zat. Ze haalde ze beschaamd van haar hoofd, mompelde iets over hoofdpijn die erger werd.

Het bleef stil en haar dwaling was pijnlijk voelbaar.

'Excuseer me,' zei ze en ze liep van tafel.

Terug in haar slaapvertrek liet Anna zich op het bed zakken. Haar hart klopte, ze ademde, maar verder leek alles in haar tot stilstand gekomen. Haar lichaam harnaste zich. Pas na een tijdje lukte het haar om haar jurk uit te trekken en onder de lakens te schuiven. Alle donkerte die om haar heen hing, had ze in zich opgenomen, zoals zwarte inkt die in vloeipapier trekt.

Die nacht dook haar moeder in haar dromen op, als een vage gestalte, met ook een vaderfiguur erbij. De gedaanten kwamen niet dichterbij, maar liepen langzaam van haar weg zonder om te kijken. Van het wisselen van dag en nacht was ze zich bewust, maar de aanwezigheid van daglicht verlichtte niets.

Baboe en kokkie bezochten haar en stonden dan bij haar bed alsof ze waakten. Baboe gaf haar nog steeds het kruidenpapje dat een zwangerschap tegen moest gaan, ook al had Willem haar al een tijdje niet meer bezocht en zag het er voorlopig niet naar uit dat hij dat zou gaan doen. Ze brachten haar geweekt beschuit met melk, een beetje rijst met mager vlees of een bordje bruine rijst met suiker en daar at Anna van tot baboe iets vrolijker begon te kijken. Ze at nooit genoeg om het lege gevoel in haar maag helemaal op te heffen. De sensatie van gewichtloosheid beviel haar, het benaderde een staat van er-niet-zijn, wat beter was dan er zijn.

Haar herinneringen aan de ziekenzaal van het Burgerweeshuis vermengden zich met het heden, de wanhoop van toen voegde zich bij de wanhoop van nu. De tijd ertussen leek weggevaagd; de scheepsreis, het huwelijksleven, Regi. Ze lag in bed, zoals ze toen ook in bed lag. Apathisch en afgemat.

Op een ochtend stond er een man in haar slaapkamer, gestoken in een zwart kostuum, met een bleek, gladgeschoren gezicht. Hij deed haar denken aan de hulppredikant bij de catechese in het weeshuis. Was nu dan de tijd gekomen om de geloofsvragen te beantwoorden om te bewijzen dat de duivel geen bezit van haar had genomen?

'Wat betekent Christus' nederdaling in de helse smart voor u?' zou hij vragen. En dan zou ze antwoorden: 'Dat Christus mij door Zijn onuitsprekelijke benauwdheid en helse kwelling op het kruis van de helse smart verlost.' De gedachte dat iemand anders haar pijn van haar zou kunnen overnemen, voelde verdorven aan – in het geheel niet christelijk.

Achter de man dook Willem op.

'Dit is dokter Alkemade,' zei hij. 'Hij komt je beter maken.'

'Dat valt nog te bezien,' zei de man streng.

Baboe maande Anna om overeind te komen en legde een kussen in haar rug. Daarna schoof ze een stoel voor de dokter bij het bed. De man zette zijn dokterstas op de grond.

'Ik ga u een paar vragen stellen en een eenvoudig lichamelijk onderzoek doen,' kondigde hij aan. Hij pakte haar pols een tijdje vast en keek daarbij op zijn horloge, bestudeerde haar tong en bevoelde de klieren in haar hals. Hij trok haar oogleden op en vroeg haar naar beneden te kijken. Daarna moest ze zo hard mogelijk in zijn hand knijpen.

'Hoe slaapt u?' vroeg de dokter.

'Licht en niet al te veel,' antwoordde ze.

'Eetlust?'

'Nauwelijks,' zei Willem voor ze iets uit kon brengen.
'Hebt u last van hoofdpijnen en prikkelbaarheid?'
Anna knikte.
'Wordt u geplaagd door angsten en twijfels of niets van dat alles?'
Voor het eerst vroeg een arts haar naar wat in haar hoofd omging en niet alleen naar lichamelijke ongemakken. Ze voelde zich betrapt. Eerlijkheid kon haar misschien wel in een krankzinnigengesticht doen belanden, maar ontkennen zou haar ook niet verder helpen. Ergens voelde het bevrijdend dat ze woorden kon geven aan haar last.
'Dat is me niet vreemd,' zei ze.
'Dwangvoorstellingen?'
'Warrige dromen zou ik die noemen,' zei ze voorzichtig.
De man keek Willem aan.
'Maakt uw vrouw een terneergeslagen indruk, zou u zeggen?'
'Dat zou ik wel willen beweren,' zei Willem.
De dokter zuchtte, stond op en richtte zich op zakelijke toon tot Willem. 'Zenuwziekte, luidt de diagnose. Mevrouw lijdt aan een ernstige vorm van geprikkelde zenuwen. Tropenneurasthenie noemen we dat ook wel. De voortdurende inwerking van het tropische klimaat kan een oorzaak zijn, het overmatige en overdadige licht, het ontbreken van seizoenverschillen, de kortere en lichtere slaap. Heimwee naar huis, de vreemde cultuur, het niet kunnen aarden kan een rol spelen. Tezamen kan het een uitputtingsslag vormen voor het lichamelijke en psychische gestel.'
Willem keek ontdaan.
'Zenuwlijden in de tropen komt bij blanken redelijk vaak voor,' zei de arts in een poging hem gerust te stellen. 'Het kan bovendien erfelijk zijn. We ontraden iemand met een nerveuze aanleg in alle gevallen om naar Indië te komen.' Hij richtte zich tot Anna.
'Is een van uw familieleden belast met zwakke zenuwen?'

'Ik zou het niet weten.' Haar stem klonk breekbaar. 'Ik ben te vondeling gelegd.'

'U weet niet wie uw ouders zijn en wat hun ziektegeschiedenis is?'

Anna schudde haar hoofd.

De dokter zuchtte nog eens, veelbetekenend nu. Hij krabbelde iets op een papiertje. 'Ik schrijf Santogen voor,' zei hij, 'een middel dat zenuwziekte, slapeloosheid en vermoeidheid bestrijdt. Het zwakke zenuwgestel kan erdoor worden aangesterkt.'

Willem pakte het recept van hem aan.

'Voorts geef ik het advies om mevrouw naar boven te laten gaan, naar de koele bergen. Er zijn uitmuntende sanatoria met behandelingen voor neurasthenici.'

'Daar moet ik over nadenken,' zei Willem.

Naar boven gaan, dacht Anna toen ze weer alleen was. Het leek haar het tegenovergestelde van neergedrukt zijn. Tegelijk wist ze dat ze, waar ze ook zou zijn, zichzelf en haar kwaal mee zou nemen. De dokter legde de oorzaak van haar conditie bij dit tropische oord, met hooguit wat aanleg erbij. Zij wist beter. Hoe koel het weer ook was en hoe vertrouwd en veilig de omgeving ook, ze droeg deze aandoening in zich. Hij kon afzwakken en dan koesterde ze de illusie dat ze ervan genezen was, maar hij kon op elk moment in haar leven weer de kop opsteken en haar met zich meesleuren.

Waar er eerst gedachten waren die zich herhaalden, tot vervelens toe, als het motief van een lied, klonk er nu een aanhoudende lage toon in haar, verstoken van elke melodie.

Tegen de middag kwam baboe haar het medicijn brengen. Ze schudde wit poeder in een glas water en roerde tot het troebel was.

'Dit moet u van de dokter opdrinken,' zei ze.

Het smaakte bitter, maar Anna dronk het glas leeg.

'Zou het helpen, denkt u?' vroeg Anna.

‘Doktoren gieten geneesmiddelen waar zij weinig van afweten, om ziekten te genezen waar zij nog minder van afweten, in mensen waar zij helemaal niets van afweten,’ zei baboe toonloos.

De vrouw ging op de bedrand zitten en legde haar hand zachtjes op Anna’s voorhoofd. Zo bleef ze zitten, rustig voor zich uit starend, alsof ze niets beters te doen had. Anna rook de vertrouwde geur van haar pruimtabak en sloot haar ogen, wensend dat baboe nooit meer weg zou gaan. De hand kalmeerde haar.

Er werd geklopt. Baboe schoot overeind en nam haar hand weg.

‘Binnen,’ zei Anna.

Marie trippelde op haar geborduurde slofjes de kamer in.

‘Dag baboe,’ zei ze op lieflijke toon, ‘ik zou even met Anna willen praten.’

Baboe wierp Marie een nadrukkelijk vermoeide blik toe en liep de kamer uit. Marie schoof een stoel bij het bed en keek haar onderzoekend aan.

‘Hoe gaat het nu met je?’ vroeg ze.

De jonge vrouw joeg Anna heel even een lichte, irrationele angst aan.

‘Ik ben vast snel weer beter,’ antwoordde ze.

‘O, maar ik hoorde dat je zenuwziek bent,’ zei Marie, ‘en dat kan jaren duren of soms helemaal niet meer weggaan. Tropenkolder kan een Europese vrouw verwoesten.’

In plaats van Marie weg te sturen, moest ze zo normaal mogelijk met haar om blijven gaan. Als ze de slang in het oog hield, zou de slang haar niet bijten.

‘Maar laten we hopen dat dat niet voor jou opgaat,’ ging Marie verder met een kleine glimlach.

‘Hoe gaat het met de meisjes?’ vroeg Anna om van onderwerp te veranderen. Ze had ze al dagen niet meer gezien, besefte ze ineens.

Maries gezicht klaarde op. ‘We hebben het heel fijn de laatste tijd en ze doen het voorbeeldig op school. Die trouwen later een goede partij, dat weet ik zeker.'

Anna knikte.

'Ik moet weer gaan,' zei Marie terwijl ze opstond, 'want er is nog zoveel te doen. En jij moet rusten.'

Bij de deur draaide ze zich om.

'Er was gisteravond een kring om de maan te zien. Dat voorspelt *tjelaka*, onheil. Doe je wel voorzichtig?'

Anna zakte weer terug in de kussens, ineens uitgeput. Een vertrouwde geur van rook drong door de ramen, de kebon had de bijeengeveegde bladeren aangestoken. De moesson was voorbij.

Het moest koel in de kamer zijn, want het was nacht, maar haar nachtjapon was nat van het zweet. Ze lag al uren wakker, zoals bijna elke nacht. Het gebrek aan slaap maakte haar misselijk en duizelig. Steeds als ze bijna in slaap viel vreesde ze in de holle leegte die in haar was ontstaan te kletteren, alsof ze op de rand van een krater stond en erin zou tuimelen. Met haar koele verstand wist ze dat de angst niet reëel was, maar de gedachte won elke minuut dat ze wakker lag aan kracht.

In de tuin klonken geluiden. Nachtdieren, waarschijnlijk. Het gekraak werd luider en ze hoorde een schel gefluit, of was het de wind door de struiken en klapperbomen? Ze liet zich uit bed glijden en liep naar het raam. Ze opende het luik en tuurde over het erf. Het schijnsel van een net niet meer volle maan, die in de tropen altijd groter en heller scheen dan in Holland, gaf de bomen een raadselachtige melkwitte glans. Ze zag de contouren van de nootmuskaatboom met glimmende wortels als slangen, de bintaroboom, die giftige vruchten droeg. Het leek of hun bladeren zich dreigend naar haar uitstrekten, alsof ze haar naar zich toe wilden halen en verslinden. Onwillekeurig keek ze of er een kring om de maan zat. Er was niets te zien.

Ineens voelde ze zich bekeken. Iets of iemand observeerde haar. Met een klap sloeg ze het luik dicht. Ze zou zweren dat ze een gestalte had zien staan. Hijgend leunde ze tegen de muur. Op dat moment hoorde ze ingehouden geroep. Het klonk als haar naam.

'Ga weg!' riep ze door het dichte luik.

De kreten hielden aan, repeterend, gedempt. Ze waren als echo's die losbraken en van zenuw naar zenuw galmden. Ze legde haar handen over haar oren en hield zichzelf voor dat het Marie was, gefleem van de slang in de Hof van Eden, bedoeld om haar waanzinnig te maken. Maar de stem had niet zoals die van Marie geklonken.

Regi! Zou het Regi kunnen zijn? Maar nee, natuurlijk kwam hij niet naar het huis van zijn vader, naar de vrouw die zijn moeders plaats in had genomen, natuurlijk nam hij dat risico niet. Had ze nu echt haar verstand verloren en waren dit de dwangvoorstellingen waarover de dokter had gesproken?

Misschien was het voorgevoel van Marie juist geweest, stond haar onheil te wachten en waren dit de kwade krachten van de goenagoena, de zwarte kunst waar de mensen hier op fluistertoon over spraken. Misschien was dit het werk van Srie, die vanuit de kampong haar occulte kunsten bedreef omdat ze haar plek in dit huis terug wilde.

Het was een *sètan*, een duistere engel die haar kwam halen, de dood in. Of anders een pontianak, een vogelspook waarover ze had gelezen. Dat was een zwangere vrouw die door een gevallen vrucht was gestorven, spook was geworden en lachte in de nacht omdat ze waanzinnig geworden was. Luister maar, de nachtvogel zong haar naam, als een zwarte kracht die haar tot zich riep.

Nee, nee, onzin. Daar sprak de nacht.

Toch moest ze niemand vertrouwen, niets uitsluiten. Mogelijk werd ze door iemand vergiftigd en was dit een hallucinatie. Iedereen kon het op haar hebben voorzien, ook al lieten ze dat hier niet merken. De oosterlingen waren als de bergen van Java, schijnbaar kalm en rustig, maar inwendig gloeide de lava.

Misschien had Marie een middel in haar voedsel weten te stoppen om haar om te brengen, zodat ze ongestoord met Willem kon zijn. Of misschien was het ondenkbare mogelijk en was het baboe geweest die haar had behekst. God mag weten wat er in de kruidensmurrie zat die zij haar liet eten of wat er gebeurde als ze haar hand op haar voorhoofd legde. Met haar koele hand regeerde ze over leven en dood, over duisternis en licht. Met het kleinste gebaar, een paar gefluisterde toverwoorden, kon een hadjivrouw een vloek werpen.

Misschien was het Willem, die dokter Alkemade had betaald om haar met zijn witte poeder nog verder te verzwakken om van haar af te komen nu hun huwelijk zijn carrière niet verder hielp en ze maar niet zwanger raakte. Iedereen kon het zijn, dichtbij of ver weg. Zij was hier iemand die gemist kon worden, overbodig was. Ongewenst.

Het geroep hield aan. De warme, zwarte lucht om haar heen verdichtte zich en leek zich strak om haar heen te spannen. Angst ademde vanuit de duisternis in haar gezicht. Koortsig, onvast, ging ze op de grond tegen de muur zitten. Ze hield haar ogen wijd open. Strepen zilverwit maanlicht vielen door de kieren van de luiken naar binnen. De meubels in de kamer zagen er anders uit, waren vreemd en onbegrijpelijk, met vormen, kleuren en klanken die niet met elkaar verbonden leken te zijn.

In de duisternis lichtte iets op. Ze zag een immense witte duif voor haar staan. Overal in het weeshuis hadden beeltenissen van duiven met gespreide vleugels gehangen, boven de Jongens- en de Meisjespoort, in de gangen, bij de collectebus en in de eetzaal, als symbool voor de Heilige Geest. De duif spreidde zijn enorme vleugels uit en vouwde ze daarna op zijn rug, kantelde zijn kop iets en bleef haar roerloos aankijken. Deze vogel had niets sinisters. Anna vroeg zich af of de Heilige Geest haar te hulp wilde schieten of juist had verlaten.

De vogel deed een stap in haar richting, verhief zich van de grond en vloog geruisloos weg, vlak over haar hoofd omhoog, de verte in. Hij liet een kalme vrede en een helderheid van geest achter. Het beeld van de duif vervaagde na een paar minuten tot een flauwe herinnering van iets waarvan ze niet meer wist of ze het had gezien of verzonnen. De kreten van buiten waren ook niet meer te horen, maar ze bleef waakzaam, tot ze alleen nog maar ineengedoken kon zitten, knielen, opgerold ging liggen.

20

Baboe knielde bij haar neer, ze keek zorgelijk. Anna kneep haar ogen samen tegen het felle licht. Alle luiken waren opengezet. Haar nek was verkrampt. Tussen haar ogen voelde ze een pijn die zo scherp was dat het leek of ze door een naald werd gestoken.

Ze lag ineengevouwen op de tegels van haar slaapkamer, een paar meter van haar bed. Het kwam haar dramatisch voor, alsof ze in een slecht toneelstuk speelde. Baboe hielp haar overeind en bij elke beweging trokken haar stijve spieren pijnlijk samen.

'Niet zeggen,' bracht ze uit, 'niets zeggen tegen Willem.'

'Dat zal ik niet doen.'

Ze gingen op het bed zitten en Anna kroop tegen haar aan. De vrouw wiegde haar bijna onmerkbaar heen en weer. Anna begon te huilen, met grote uithalen. Deze keer luchtte het huilen haar op, het was alsof ze er een laag verdriet en wanhoop uit kon gooien zodat de emmer niet meer zo vol zat.

'Ik ben zo moe,' snikte Anna na een tijdje. 'Ik hou het niet meer vol.'

Baboe schudde haar hoofd, kalm en gedecideerd. 'Je doorstaat het lijden en wacht tot het jou loslaat,' zei ze. 'Als het regent, moet je wachten op een droge dag.'

Nadat Anna zich had gewassen, liep ze het erf op. Ze moest naar buiten, frisse lucht opsnuiven, om de afgelopen nacht van zich af te schudden. Ze had geen schoenen aangetrokken, haar voeten zonken een stukje weg in de grond. Het kon haar niet schelen. De aarde was nog steeds vochtig, maar de plassen waren verdwenen. Het gras was op sommige plekken terug gegroeid en glom heldergroen in de ochtendzon. Het piepte kriebelig tussen haar tenen door. Ze ademde diep in, voelde een kort moment de mogelijkheid van iets lichters, een glimp ervan.

'Ik begrijp niet wat er in je is gevaren,' hoorde ze achter zich.

Ze draaide zich om en zag Willem staan. Hij keek naar haar en ze realiseerde zich hoe ze eruit moest zien; blootsvoets, met een vormeloze bébé om haar magere lichaam en met loshangend haar. Als een krankzinnige.

'Ik probeer dit te laten slagen,' zei hij, 'dit huwelijk. Maar jij maakt het me onmogelijk.'

Ze dacht niet dat dat waar was, maar ze begreep wel dat hij dat geloofde. Willem had haar altijd al geminacht om haar doorzichtigheid en nu bleek ze ook nog iemand met een zwakke, onevenwichtige geest te zijn.

'Ik kan het niet helpen,' zei ze.

'Je bent hier niet gelukkig,' constateerde hij gelaten.

Ze knikte instemmend met haar hoofd. Willem keek haar aan, behoedzaam, huiverig, voordat hij wegliep. Ze kende die blik. Ze joeg hem angst aan. Die uitwerking had ze vaker op mensen gehad. Ze toonde iets wat mensen wilden overheersen, ook in zichzelf. Ieder mens had het verlangen normaal en evenwichtig te zijn. Het deel van zichzelf dat ze beschamend en verwarrend vonden en liever verborgen hielden, zagen ze in haar, uitvergroot, open en bloot. Dat riep ergernis en vrees op. De naaimoeder in het weeshuis had het ook gezien en willen beteugelen – breken, als het moest.

Anna was net terug in haar kamer om schoenen aan te trekken, toen baboe buiten adem binnenkwam.

'De residentsvrouw is er voor je,' zei ze met lichte paniek in haar stem. 'Wil je haar zien? Ik kan ook zeggen dat je slaapt.'

'Nee, nee, laat haar maar binnenkomen.' Gelet op hoe onverzorgd ze er nu uitzag, was het maar beter als ze als een zieke in bed ging liggen.

Even later werd de residentsvrouw door baboe binnen geleid. Ze droeg een hoed getooid met zachtroze veren, waar haar gezicht bijna geheel onder schuilging. Gelukkig zette ze hem af toen ze op de stoel naast het bed ging zitten.

'Meisje toch,' zei ze. 'Ik hoorde al dat je ziek was.'

Anna knikte.

'Eduard Douwes Dekker was ook een neurasthenicus,' zei ze. 'Dat is niets om je voor te schamen. Het toont juist dat je een grote fijnzinnigheid bezit die niet bestand is tegen het tropengeweld.'

'Dat is heel vriendelijk van u,' zei Anna.

'Je zou naar boven moeten, naar de koele bergen van Java, dan ben je er zo van af. Zou je dat willen?'

Anna dacht na. Dokter Alkemade had dat ook al aangeraden. Het idee om een tijdje uit dit huis en van Willem weg te kunnen, bevrijd te zijn van de hitte, was aanlokkelijk. 'Dat zou ik wel willen,' zei ze.

Willem kwam de kamer binnen snellen en boog diep voor de residentsvrouw.

'Wat een onverwachte eer en genoegen u te mogen ontvangen,' zei hij. 'Excuses voor de sobere ontvangst, als ik had geweten dat u zou komen...'

'Ja, ja, het is al goed,' zei ze, wapperend met haar hand. 'Ik kwam uw echtgenote bezoeken, die hier duidelijk ligt te verpieteren. Ze moet hoognodig naar een herstellingsoord in de bergen. Ik ken een uitmuntende, Hotel Sindanglaya. Mijn man, de resident, heeft er een contract met de directeur gesloten voor zijn ambtenaren. Ik ben er zeker van dat we een plek voor mevrouw Francken kunnen regelen.'

Willem weifelde.

'Zonder bijkomende kosten,' verduidelijkte ze, waarop Willems uitdrukking veranderde.

'Het zou een prachtige mogelijkheid zijn,' zei hij.

'Dat is dan geregeld,' zei de residentsvrouw terwijl ze opstond en haar hoed weer op haar hoofd zette. 'Goedendag.'

21

Velden en akkers gleden voorbij, met erachter rijen bergen. Hun kruinen staken eerst scherp en daarna steeds flauwer af tegen de heldere hemel. Overal bloeide het kruidje-roer-mij-niet met zijn lange, liggende stengels, fijne bladeren en rode bloemhoofdjes. De auto sneed door het groene landschap, over de Groote Postweg, richting Sindanglaya, dat op bijna een dag rijden afstand lag.

Een paar dagen eerder was er een telegram gekomen met het bericht dat Anna in alle vroegte opgehaald zou worden in de landauer, maar het was een verrassing dat de residentsvrouw ook op de achterbank zat. Ze stond erop Anna weg te brengen, om erop toe te zien dat ze een aparte kamer kreeg toegewezen en niet tussen de andere zieken op de zaal kwam te liggen.

Willem en de meisjes hadden haar uitgezwaaid, Marie was erbij gaan staan en zwaaide mee, met haar andere hand rustend op de schouder van Lin. Anna had het gelaten aangezien.

De Javanen liepen al vroeg langs de rand van de weg met een bamboepikolan, een lang stuk bamboe dat steunde op hun schouder met een mand voor en achter, gevuld met koopwaar. Anna zag ijzerwaren, snoepgoed, pantoffels en sandalen en zelfs slaapmatten in de manden liggen. Alles werd hier gedragen, van de lichtste tot de zwaarste last, niets werd gerold, getrokken of geduwd. Zodra de inlanders de auto zagen, maakten ze zo goed en zo kwaad als het ging een sembah. De residentsvrouw reageerde niet op de respectvolle buigingen.

Daarna reden ze dwars door de Chinese wijk. Lange telegraafdraden strekten zich langs de ene kant van de weg uit, langs de andere kant stonden volgestouwde toko's en huizen die eruitzagen als tempeltjes. De Chinezen op de weg, met schuin aflopende manden op hun hoofd, liepen met korte gehaaste pasjes, een stuk sneller dan de Javanen.

De residentsvrouw praatte haar bij over het gezondheidsoord, dat 3600 voet boven de zee lag. Het Nederlands-Indische gouvernement zond er zenuw- en koortslijders heen om de versterkende, koele lucht in te ademen, maar er waren ook gezonde logés die de warmte een paar maanden ontvluchtten en hun intrek namen in kleine paviljoens om het gebouw heen.

'Er is een recreatiezaal en een bibliotheek,' zei ze luid, om boven het geraas van de motor uit te komen, 'er zijn zwembassins met prachtige vergezichten over bergen, dalen en ravijnen. Voor je het weet ben je weer de oude.'

'De oude,' herhaalde Anna weifelend. 'Ik weet niet zeker of de oude wel zo anders is dan wie ik nu ben.'

De residentsvrouw glimlachte. '*La tristesse de la vie.* We moeten doorgaan, beste Anna, ons niet uit het veld laten slaan.'

De uitspraak deed haar aan Fiene denken. Voor mensen zoals zij werkte het om binnen de structuren voorwaarts te gaan, om binnen de kaders te blijven denken. Zij kenden niet het grondeloze, waar niets houvast gaf. Anna liet het zo. Ze was de residentsvrouw dankbaar dat ze zoveel moeite voor haar deed en vreesde tegelijkertijd waar het haar zou brengen. Ze wist instinctief dat bij de residentsvrouw elk vriendelijk gebaar met een tegenprestatie moest worden beloond, zodat al die gulheid een keten zou kunnen worden die haar gevangenhield, alweer.

Ongemerkt waren ze flink gestegen, in de diepte lag Buitenzorg onder groen bedolven, aan de voet van Salak met zijn drietoppige kruin. Anna keek uit op de geelgroene sawa's, met water bedekt en door dijkjes van elkaar gescheiden. Inlanders in kleurige kleding zaten, gehurkt op de dijkjes, jonge rijstplanten uit te planten. Hun verdiensten waren minimaal en de winst ging naar de Europese planters, wist Anna, de heren waar ze op de recepties doorlopend aan voorgesteld werd.

Hier en daar waren langs de weg kampongs gebouwd, met bamboehuisjes die door de moesson waren aangetast en met palen en planken overeind werden gehouden. De luxe van de plek waarnaar zij op weg was, zoals ze nu begreep een herstellingsoord met biljartzalen, zwembaden en leestafels, voelde misplaatst tegenover de ontberingen van de mensen die eromheen woonden.

Ze dacht aan Regi's afkeer van liefdadigheid. Ze had een denkfout gemaakt; er was een wezenlijk verschil tussen de aalmoezen waarmee zij was grootgebracht en de liefdadigheid door de totoks hier. Amsterdamse burgers zorgden voor de wezen uit hun midden, omdat ouders nu eenmaal konden sterven. Hier kwam de behoeftigheid voort uit sociale misstanden en was de filantropie van de blanken een pleister op de wond die ze zelf hadden veroorzaakt. Als zij potjes met eten naar de kampong bracht, deed ze dat binnen een systeem dat haarzelf bevoorrechtte. Ze kromp ineen van schaamte.

'Al dat zware werk van de koelies op de rijstvelden,' peinsde Anna hardop, 'voor zo'n schamel loon.'

De residentsvrouw lachte een schril lachje. 'We zullen leven en sterven in een wereld vol onrecht,' zei ze berustend. 'Niet te manis zijn, Anna. Liefheid wordt hier afgestraft.'

Nadat ze een brug over waren gereden, liet de residentsvrouw de auto stoppen in de berm. De chauffeur haalde een picknickmand uit de achterbak en spreidde een kleed uit in de schaduw van hoge bamboestruiken in het veld. Niet al te ver weg klonk het geruis van een bergstroom die achter de enorme rotsblokken en dicht begroeide hellingen schuil moest gaan. De berglucht was al frisser geworden, merkte Anna. Het was aangenaam om buiten te zijn, zelfs op dit middaguur.

De bekoring van de omgeving die ze met haar verstand opmerkte, drong niet werkelijk tot haar door. Alles bleef flets en betekenisloos en ze voelde zich ondankbaar.

De chauffeur haalde, bij gebrek aan bedienden, zelf brood en marmelade uit de mand, *ikan kring*, gedroogde vis, een fles met suikerwater, bordjes en twee glazen.

'Al heb ik de schijn tegen,' begon de residentsvrouw toen de chauffeur op afstand was, 'ik ben een vrouw die diep voelt. Ik herken mezelf in jou, zoals ik was toen ik een nieuweling was, bedoel ik. Ook ik had moeite om mijn rol hier te vinden, in dit land en in mijn huwelijk.'

Anna zette met een werktuiglijk gebaar het glas aan haar lippen. Ze moest blijven drinken, blijven eten.

'Het was mijn man en mij niet gegeven om kinderen te krijgen,' ging ze verder, 'dus de rol van moeder die me zou hebben geholpen, dat weet ik zeker, heb ik niet kunnen genieten. Jij zult vast snel in verwachting raken en dan vallen de dingen vanzelf op hun plek.'

Anna schudde haar hoofd, niet bij machte om erover te liegen. 'Ik wil geen kinderen,' zei ze, 'niet op deze manier, met deze man.'

De residentsvrouw keek haar ontzet aan. 'Met deze man?' herhaalde ze. 'Maar je bent met hem getrouwd, het is je plicht.' Ze spuwde de laatste woorden uit.

Anna schudde resoluut haar hoofd. 'Hij houdt al van iemand anders, van de moeder van zijn kinderen.' Voor ze kon nadenken voegde ze eraan toe: 'En ik hou ook van iemand anders.'

De ogen van de residentsvrouw werden nog groter. 'En wie mag dat dan wel wezen?' vroeg ze.

Anna wilde niet antwoorden, wat had het voor zin, maar ze

wist dat ze niet meer terug kon. 'Een jongeman van mijn leeftijd,' zei ze ontwijkend.

'Ja, en wat is zijn naam?'

'Regi,' zei ze bijna onhoorbaar. 'Nekcnarf.'

'Francken,' zei de residentsvrouw na een korte stilte, 'ik mag toch hopen dat hij geen familie van je eerbare echtgenoot is.'

'Zijn zoon.'

De residentsvrouw stond met een ruk op van het kleed, liep een paar passen van haar weg en kwam meteen weer terug. 'Dit is ongehoord, Anna. Dit is laakbaar vertier, met een tuinjongen of een *Spado*. We mogen dan niet in Holland zijn, maar er gelden hier ook zedenwetten.'

'Willem brengt zijn nachten ook door met iemand van het personeel.'

De residentsvrouw hief haar handen ten hemel. 'Dat is iets anders, Anna, dat wéét je. Hij is een man, hij heeft een concubine, er zal geen liefde in het spel zijn. Je echtgenoot wil met jóú een gezin stichten.'

Anna hield haar blik gericht op het ruitjeskleed. Ze zwegen een tijdje. De residentsvrouw ging weer zitten, verder van haar af, op de rand van het kleed. 'Heb je met hem geslapen?' vroeg ze.

'Nee,' zei Anna.

'Ik geloof je niet. Daarom ben je nu natuurlijk zo terneergeslagen, uit schaamte en schuldgevoel.'

'We hebben niet met elkaar geslapen,' zei Anna. 'Ik zweer het!'

De residentsvrouw keek haar alleen maar aan, minachtend.

Ze aten van het brood, zwijgend, en voor ze opstonden pakte de residentsvrouw haar beheerst bij de arm en zei met gedempte stem: 'Luister Anna, ik wil hier niets mee te maken hebben. Niets. Dit gesprek heeft nooit plaatsgevonden.'

De rest van de reis dommelde de residentsvrouw op de achterbank, met haar hoofd tegen de leuning en haar handen ineengevouwen op haar schoot. Anna bleef klaarwakker, starend naar het landschap dat steeds bergachtiger werd. De weg ging almaar steiler omhoog, slingerend langs sierlijke pluimen van bloeiend suikerriet, lang uitgeschoten klapperbomen en bamboehuisjes.

Ze sloegen een zandweggetje in en er doemde een huis op, royaal gebouwd op een heuvelrug. Het had een puntdak en houten versieringen langs de balustrade van een lange galerij, waardoor het er Zwitsers uitzag. De residentsvrouw werd wakker toen de auto tot stilstand kwam.

Naast elkaar beklommen ze de brede, overdekte trap naar de entree van het gebouw.

'Wacht hier maar even,' zei de residentsvrouw toen ze het gebouw binnengingen.

Anna nam plaats op een lange houten bank. Na enige tijd keerde de residentsvrouw terug met een gezette heer in een Europees pak.

'Ik vertrouw erop dat u mevrouw Francken goede zorg zult geven,' zei ze ten afscheid tegen hem. En met een korte blik op Anna: 'Een prettig verblijf.' Daarna liep ze, met opgeheven hoofd, de deur uit.

22

De schemering steeg op vanaf de grond. Het was bladstil, honderden krekels lieten van zich horen en vuurvliegjes zwierven als blauwwitte dwaallichtjes door het gras en de lage heesters. Anna zat op een rieten stoel op de galerij voor haar kamer en trok haar wollen omslagdoek wat dichter om zich heen. Baboe had haar warmere jurken ingepakt, met een nieuwe demi-saison erbij en daar was ze haar nu dankbaar voor.

Huiverend liep ze haar ziekenkamer in en schoof de schuifdeur achter zich dicht. Ze stak een petroleumlamp aan en ging op bed liggen. Haar blik gleed over de witte plafonds, witte vloertegels en witte muren zonder een enkele versiering, behalve het houten kruisje boven de deurpost. Er heerste een immense stilte waar een wandklok doorheen tikte, die de stilte in brokjes opdeelde.

Ze schoof met haar hand onder haar hoofdkussen en vond de merklap van Fiene. Vandaag had ze de dag in een verrassende kalmte ondergaan, maar nu de avond viel kreeg de donkerte weer greep op haar. Het was als een koorts die in de avond opvlamde. Haar vingertoppen gleden over de kettingsteken van haar eigen naam en die van Fiene, over het rode hart in kruissteek, de dikke kruizen in platsteek en ze kalmeerde.

Het duister was niet langer ondoordringbaar en massief, maar vloeibaar geworden. Het kon bijna helemaal wegtrekken, zodat ze dacht ervan bevrijd te zijn en haar daarna weer vullen. Het was iets geworden wat bij daglicht goeddeels vervloog en in de nacht weer opbloeide. Zo begon deze ziekte en zo eindigde hij.

Zelfs nu de zwaarte zich weer in haar samenbalde, voelde ze op de achtergrond het vertrouwen dat het straks weer beter zou gaan. Diep in haar was een stil middelpunt waaromheen stormen woedden, en waar ze zich aan vast kon houden. Elke nacht was het sterker aanwezig.

Het zou overgaan. Het was al aan het overgaan.

Ze bracht haar dagen dagdromend door. De tijd gleed door haar handen. Er ontstonden gewoonten, kleine genoegens. Ze wandelde in de omgeving, snoof tintelende, koele lucht op, kon eindelijk weer slapen, zelfs zo vast dat ze niet meer wist waar ze was als ze wakker werd. Ze meed de recreatiezaal en de eetzaal, liet haar maaltijden op haar kamer brengen en dwong zichzelf ze op te eten. Het lukte haar zelfs weer om een paar bladzijden in een boek te lezen.

Elke ochtend moest ze zich melden in de behandelkamer van zenuwarts Rademakers, die haar ondervroeg over haar slaap, lichaamsbeweging, eetlust en gevoelsleven. Daarna vroeg hij haar op de behandeltafel te gaan liggen, luisterde naar haar hartslag en bevoelde haar buik. Een zuster liet haar op een weegschaal staan en noteerde haar gewicht. Daarna kreeg ze een glas met wit poeder erdoorheen geroerd dat ze voor vertrek moest opdrinken.

Ze was op zichzelf, ze wisselde hoogstens wat woorden uit met kamerbewoners die zich na de siësta ook op de zitjes links en rechts van haar op de galerij installeerden. Het waren meestal officieren – want militairen van lagere rangen sliepen in de slaapzaal – die op krachten kwamen na hun ervaringen in de Atjeh-oorlog.

Soms zag ze mensen die gekker waren dan zij – anders kon ze het niet verwoorden – en die vanuit de ziekenzaal buiten werden gezet in een stoel met een dekentje over hun benen. Sommigen keken met een lege blik voor zich uit, anderen waren juist schrikachtig en oplettend. Ze zag schaamte, verwarring, eenzaamheid, schuld op hun gezichten.

Andere keren trof ze rijke mensen, hele gezinnen, die Sindanglaya als een vakantieoord benutten, die in en uit de recreatiezaal zwierden, croquet speelden in de velden, uit paardrijden gingen en zwarte thee dronken op de voorgalerijen van hun luxe paviljoens, schilderachtig tussen het groen verscholen.

Ze onderging de dagen en doorstond de nachten, zich vastklemmend aan baboes volkswijsheid 'als het regent, moet je wachten op een droge dag'. Niets kon haar herstel bespoedigen of opjagen. Ze moest de slagen opvangen, ze ondergaan, zonder verzet.

Ze was de krant aan het lezen toen er een oudere man in de stoel naast haar ging zitten. Ze knikten naar elkaar. Eerder die dag had ze een krant van de leestafel gepakt, met een houten rol tussen de pagina's zodat de papieren bij elkaar bleven. Ze las een artikel over hoeveel guerrillabendes er opnieuw waren uitgeschakeld om de buitengewesten onder Nederlands koloniaal gezag te houden.

'Het is onbegonnen werk,' zei de man.

'Pardon?'

'Ze eronder krijgen en houden,' zei hij, nog steeds dof voor zich uitkijkend.

'Denkt u?' vroeg ze.

'Indië is ogenschijnlijk een volgzame kolonie,' zei hij, zich naar haar toe kerend nu ze belangstelling voor zijn theorie had getoond, 'de mensen lijken zich te plooien naar de Hollanders, ze te gehoorzamen en lijken toch voornaam te blijven, maar diep vanbinnen laten ze zich nooit knevelen. Het blijft lang verborgen voor de westerling die niet wil kijken, voor wie gewend is aan bedienden en koelies die zich onzichtbaar maken, maar de Javaan laat zich niet beheersen. De meester heeft geen dienaren.'

In zijn ogen zag ze wat ze ook bij de andere officieren had gezien. De oorlog was binnengedrongen en had zich in hem genesteld. De guerrillasoldaten lieten al vijfendertig jaar het verzet zien dat bij de rest van de bevolking leefde, maar niet getoond werd. Op Java, en zeker in Batavia, was het relatief rustig, maar op andere eilanden heerste er meer strijd. Ze probeerde zich voor te stellen wat dat woord werkelijk betekende, oorlog, als een realiteit en niet als berichten van troepen die ergens ver weg zijn opgerukt of neergeslagen.

Een djongos kwam de galerij op met een dienblad met geurige koppen thee, zette op elk van de tafeltjes een kop.

'Dank je wel,' zei Anna.

De jongen boog hoffelijk en ging weer verder.

'Het is maar vertoon,' zei de man en hij keek de jongen gelaten na.

'Tropenneurasthenie is eigenlijk een grote doos waarin verschillende toestanden worden opgeborgen,' legde dokter Rademakers uit. 'Het is een zenuwlijden dat bij iedereen een verschillende uitwerking heeft. In uw geval zijn er klassieke symptomen, die ik de afgelopen weken heb zien afnemen.'

Anna luisterde, vrezend dat hij haar uit de inrichting zou ontslaan. De gedachte dat ze deze plek moest verlaten, maakte haar nerveus.

'U moet uzelf opleggen om rustig te blijven en elke emotie en sombere gedachte te vermijden.'

Anna dacht dat hij haar net zo goed had kunnen vragen om haar ogen van kleur te laten veranderen.

'Het is duidelijk dat u een nerveuze aanleg heeft,' ging hij verder. 'Daar zult u mee moeten leren leven. Ik adviseer om, zodra het mogelijk is, verlof op te nemen en naar Holland te reizen.'

'Maar ik kan nergens naartoe, meneer,' zei ze.

Rademakers negeerde haar antwoord en ging verder: 'Een van

de eerste en belangrijkste adviezen aan de Europeaan die naar Indië komt, is nagaan of hij aanleg heeft om neurasthenicus te worden. Als dat het geval is, raden wij hem af om Indiëganger te worden.'

'En als je hier eenmaal bent?'

'Over die vraag zullen u en uw echtgenoot zich moeten buigen.'

Anna keek uit het raam, naar de bergen met hun toppen die nog in nevel gehuld waren.

De dokter stond op, ten teken dat het consult voorbij was. Anna kwam ook overeind.

'U kunt hier nog korte tijd blijven om verder aan te sterken,' zei hij vriendelijk, 'en u bent in de toekomst altijd welkom bij een nieuwe opleving van de ziekte, die ik u uiteraard niet toewens.'

Op een ochtend reikte Anna naar het boek dat op haar nachtkastje lag, maar legde het weer terzijde. Wat was de kamer rustig, wat floten de vogels levendig, wat scheen de zon helder en gelijkmatig. Alles zag er vast en stevig uit, precies op de plek waar het hoorde te zijn. Ze kleedde zich aan, nam zich voor vandaag eens in de eetzaal te ontbijten, maar liep eerst de trap af naar buiten voor een vroege wandeling. Ze sloeg een van de lanen in, omzoomd met kinabomen en een type naaldboom dat ze niet kende. Er dreef een zoete geur van bloeiende rozenstruiken voorbij. Elke keer als ze een bocht omsloeg, werd ze verrast door nieuwe schoonheid. Het verheugde haar dat ze er weer oog voor had. Ze zoog haar longen vol met lucht en richtte haar blik op de hoge, wijde hemel.

Links van de weg lag een veld met kruidje-roer-me-nieten met roodachtige bloemblaadjes. Ze liep het veld in, keek achter zich en zag een donker spoor van waar ze gelopen had. De verdorde zwarte takjes lagen roerloos tussen het groen en rood.

Onder haar voeten gingen de stengels en bladeren in een snelle beweging naar beneden en de bloemblaadjes sloegen dicht. Alle groene delen bedekten elkaar en alleen de donkere uiteinden waren nog zichtbaar.

Ze keerde terug naar het pad en bleef stil staan kijken. Na een paar minuten richtten de stengels en fijne bladeren zich weer op. Als laatste bogen de rode bloemblaadjes zich, schuchter, weer open. Wat ondoordringbaar zwart was geweest, werd weer groen en rood. Ze glimlachte en liep door.

Een briesje schudde aan de takken. In de verte lag de vulkaan Gedeh, met zijn wijd opengesperde krater, waaruit altijd zware rook opsteeg. Ineens voelde ze zich opgenomen in de heuvels om haar heen, de bomen, de lucht, de bloemenstruiken. De randen van haarzelf werden zacht, poreus. Ze stond niet meer los van de dingen, buiten de wereld, maar ging erin op. Zij was in de wereld en de wereld was in haar. Dit moment wilde ze in zich opnemen, want ze wist dat de somberheid weer terug kon keren. Maar het zou lichter en minder massief aanvoelen omdat ze kon terugdenken aan wat ze nu voelde.

Tegelijk met het vermogen te voelen, vlamde haar verliefdheid op Regi op, eerst schoorvoetend en toen in alle hevigheid, alsof die alleen maar had liggen wachten op ruimte. De apathie ebde weg en zijn beeld, dat leek uitgewist, keerde terug in haar bewustzijn. Ze wilde hem zien, vertellen wat ze voor hem voelde zelfs.

Binnen in haar bestond hij nog, niet aangetast door de afgelopen weken van donkerte en ook niet door het besef dat het kansloos en immoreel was. Dagelijks zwierf ze door de herinnering aan hun gesprekken en hun kus in het bos. Soms liet ze iets weg en soms voegde ze iets toe, iets wat haar daad helemaal 'ongehoord' zou maken, in de woorden van de residentsvrouw.

Toen ze tijdens een wandeling langs een van de luxe paviljoens liep, stond er een vrouw vanaf de voorgalerij naar haar te zwaaien. Ze zwaaide terug, waarna de vrouw gebaarde dat ze dichterbij moest komen. Terwijl ze de tuin van het huisje in liep, herkende ze de vrouw als de dame met het maiskleurige haar van het liefdadigheidsclubje. Zij was degene geweest die als eerste had toegezegd om voedsel af te staan voor de kampong. Haar naam schoot haar te binnen. Mevrouw Bisseling.

'Wat een toeval om elkaar hier te treffen!' riep de vrouw uit. 'Kom even bij me op de galerij zitten, dan laat ik thee komen.' De vrouw ging verder zonder het antwoord af te wachten: 'Ben je hier ook om aan de warmte te ontsnappen? Wat een heerlijk oord is dit toch. Geen mens zou altijd in dat benauwde Batavia moeten blijven.'

Anna zag ervan af om over haar toestand te vertellen en knikte.

'Is je gezin er ook?' informeerde de dame.

'Zij zijn nog in de stad. Willem is aan het werk en de kinderen hebben hun school.'

'Heel verstandig om er dan even alleen tussenuit te gaan, lieve kind. Meneer Bisseling wordt ook opgeslokt door zijn werkzaamheden en mijn kinderen, ach, die hebben hun eigen levens. Dus, ziedaar.' Ze maakte een breed armgebaar, naar zichzelf, het huis en de tuin, waar Anna's blik op bleef rusten. De bloemen en planten in de tuin deden in pracht niet onder voor die in de tuin van de gouverneur.

'Zet even een pot groene thee en snijd wat plakken spekkoek af,' instrueerde mevrouw Bisseling de huisjongen. De jongen boog en maakte zich geruisloos uit de voeten.

'Is hij niet schattig?' zei de dame met een blik op de jongen. 'En hij heeft meer talenten dan op het eerste gezicht lijkt, kan ik je vertellen.' Ze knipoogde samenzweerderig.

Anna kreeg een kleur.

'Ach wat,' lachte ze toen ze Anna's geschokte blik zag, 'niemand is een heilige. Je moet toch wat om jezelf bezig te houden op dit slaapverwekkende eiland?'

Anna zweeg.

'Vertel me toch eens hoe je dat doet, Anna, zo tussen alle lagen manoeuvreren. Zo eigenzinnig je gang gaan.'

'Doe ik dat dan?' zei Anna. 'Ik denk daar eigenlijk niet bewust over na.'

'Ach, het zal je leeftijd zijn.' Ze streek een lok geelblond haar uit haar gezicht. 'Ik kan het in ieder geval niet meer opbrengen om me nog ergens druk om te maken. De mannen hier zijn eeuwig weg of bezopen en elk plan dat je zelf hebt smelt weg in de hitte.'

De djongos kwam met een dienblad met thee en zoetigheid en stalde alles op de tafel uit.

'Behalve dan dit soort plezier,' zei ze monter. 'Zeg nou zelf, wie kan zo'n exotische schoonheid weerstaan?'

Anna zag hoe de jongen, die niet ouder dan een jaar of zeventien kon zijn, bij deze opmerking ineenkromp. Hij hield zijn blik op de grond gericht. Hoeveel zou ze hem betalen? Zou hij het geld aan zijn familie in de kampong geven? En zouden zij weten wat hij ervoor moest doen? Ze schaamde zich om hier met deze vrouw te zitten, überhaupt in dit land te wonen waar ze niets te zoeken had. Plichtmatig dronk ze haar thee en at wat van de spekkoek. Toen stond ze op, met een flauwe glimlach.

'Ik moet echt weer terug naar mijn huisje om mijn koffer te pakken, want morgen reis ik weer terug naar huis,' zei ze.

'Och wat jammer,' zei de dame terwijl ze Anna hartelijk de hand schudde. 'Goede reis, beste Anna, en we zien elkaar in de stad!'

Met gehaaste passen liep Anna de weg af, in de richting van het hoofdgebouw. Zij zou geen blanda worden die zich uit verveling met een inlandse jongen vermaakte. Ze had Regi niets te bieden, niet echt. Willem zou zich nooit van haar laten scheiden, want dan lag een promotie helemaal niet meer binnen zijn bereik. Als Regi al gevoelens voor haar had, dan zou ze als getrouwde vrouw misbruik van hem maken. Had hij geen gevoelens voor haar, dan was hun omgang sowieso voorbij. In beide gevallen moest ze hem vergeten, elke herinnering aan hem amputeren.

Ze liep steeds sneller, weerstond de neiging om te gaan rennen. Ze zou terugkeren naar Weltevreden en simpelweg getrouwd zijn. Ze zou haar verliefdheid te boven komen, leren aarden in de archipel en richting aan haar leven geven. Ze kon zich niet in de bergen blijven verstoppen.

23

Willem leek een ander mens geworden; goedgehumeurd en spraakzaam. Hij had alsnog de promotie gekregen. Officieel was Van Barneveldt ontslagen wegens ongeschiktheid, maar het had waarschijnlijk meer te maken met de avond dat hij zich in De Harmonie had misdragen. Er hing een annonce in de soos met de mededeling dat het betoonde gedrag van Van Barneveldt niet 'des sociëteits' was en dat hij, zoals door de algemene ledenvergadering bepaald, niet langer lid was.

Wat het 'betoonde gedrag' precies was, wist ook Willem niet, maar er werd gezegd dat Van Barneveldt zich dronken en luidruchtig had uitgelaten over de handel en wandel van de resident, met name zijn buitenechtelijke avonturen. Anna herinnerde zich de gelaten uitdrukking van de residentsvrouw toen ze het over haar huwelijk had en vermoedde dat het de waarheid was. Maar dat was het punt niet: er luid en duidelijk over spreken was ongeoorloofd.

Willem was opgetogen. Zijn toewijding aan de codes en welvoeglijkheid, zijn inspanningen en geduld hadden hun vruchten afgeworpen. Haar terugkeer daarentegen leek nauwelijks iets in hem op te roepen, geen wrevel of blijdschap. Ze zorgde niet meer voor overlast, vertoonde zich netjes gekleed en gekapt en liet zich bij de maaltijden zien en dat stemde hem tevreden. De meisjes waren blij haar te zien en vroegen belangstellend naar haar verblijf in de bergen, maar als Lin struikelde of zich bezeerde, rende ze naar Marie toe om zich te laten troosten en ook

Minah trok nog wat sterker dan voorheen naar haar gouvernante toe. Alleen baboe gaf haar het gevoel dat ze gemist was.

Toen Anna een dag na haar thuiskomst Willems werkkamer binnen wilde gaan, was de deur op slot.

'Ik wilde wat boeken omruilen,' zei Anna tegen Willem toen hij thuiskwam voor het diner, 'maar de werkkamer was gesloten. Zou je die even kunnen openen?'

'Je bent beter af zonder boeken,' zei hij bars. 'Dokter Alkemade zei me dat romans gevaarlijk zijn voor kwetsbare vrouwen zoals jij, dat ze je stemming beïnvloeden. Je moet je geest laten rusten.'

Ze kon zich niet beheersen. 'Je neemt me mijn boeken af?' Ze deed een stap naar hem toe, wilde hem te lijf gaan, maar bedacht zich net op tijd.

'Je nerveuze staat kan door het lezen van romans verergeren in hysterie, volgens de wetenschap,' hield Willem vol.

'Ik kan mijn hersens toch niet losschroeven of mijn gevoelens uitschakelen? En zelfs al kon ik dat, dan zou ik mezelf toch niet willen reduceren tot een plant?'

Willem deed een stap naar haar toe en keek haar bestraffend aan. 'In mijn advertentie vroeg ik om een vrouw met een gelijkmatig karakter, weet je nog?'

Ze gaf geen antwoord.

'Weet je dat nog?' schreeuwde hij nu.

Ze knipperde met haar ogen, knikte.

'En aangezien jij daar niet uit jezelf aan voldoet, zoals voor iedereen duidelijk is geworden, zal ik de maatregelen treffen die mij goeddunken.'

En dat was dat, dacht Anna cynisch. Als ze nu nog kwader werd, zou dat het bewijs zijn dat ze inderdaad hysterisch was en dan lag de sleutel van de werkkamer nog verder buiten haar bereik. Ze zou niet stoppen met lezen, geen denken aan. Ze moest alleen op een andere manier aan haar boeken zien te komen.

Een paar dagen later vroeg Willem haar op neutrale toon om hem te vergezellen op een soiree bij een hoge ambtenaar, alsof er niets gebeurd was. Ook zijzelf begon niet meer over de boeken. In de sado ernaartoe zat ze kalm voor zich uit te kijken, met prachtig opgestoken haar, een soepele jurk van grijsblauwe zijde en een glinsterende ketting om haar hals. Ze had haar vormen terug en de berglucht had haar huid een gezonde teint gegeven.

Toen een djongos in livrei haar omslagdoek van haar aannam, ontmoetten haar blik en die van Willem elkaar in de spiegel. Hij glimlachte beleefd, alsof hij wilde zeggen: ik weet dat je mooi bent, misschien wel de mooiste van alle vrouwen hier, maar dat maakt helaas geen verschil. Mijn hart is bezet. Srie is mijn grote liefde, Marie mijn maîtresse en jij bent mijn visitekaartje.

Men praatte ontspannen met elkaar in groepjes, ingewijd in de verfijnde, hooghartige sfeer die bij dit soort avonden hoorde. Hier en daar zaten groepjes rondom een speeltafel te kaarten. Willem torste haar mee door de zaal, naar personen die met het oog op zijn nieuwe functie handig waren om te kennen. Na een rondje maakte Willem zich van haar los. Ze was alleen. Even verderop zag ze de dames van de liefdadigheid staan, ook mevrouw Bisseling, met wie ze in Sindanglaya thee had gedronken. Ze ging bij het groepje staan, maar de dames schonken haar slechts een kort, minachtend glimlachje en keerden zich toen weer naar elkaar.

'Bent u ook alweer terug in de stad?' vroeg Anna aan mevrouw Bisseling.

De dame keek haar glazig aan, nipte van haar drankje en staarde daarna voor zich uit.

In verwarring liep ze door. In het onrustige licht van flakkerende kaarsvlammen zocht ze de zaal af naar de residentsvrouw, die ze in een hoek zag staan. Gedecideerd wilde ze op haar aflopen, toen Willem zich bij haar voegde.

'Ik wil de residentsvrouw graag bedanken voor haar bemiddeling bij het sanatorium,' zei ze.

'Is dit daar wel de gelegenheid voor?' vroeg Willem.

'Ik hoef het beestje niet bij de naam te noemen,' hield ze vol.

Willem liet zich meevoeren tot aan de andere kant van de zaal. Anna bedacht zich net op tijd dat het niet gepast was om de residentsvrouw aan te spreken, dus gingen ze zwijgend bij haar staan. De residentsvrouw bleef luisteren naar wat er in het groepje gezegd werd, half van hen afgekeerd.

Willem begon zich ongemakkelijk te voelen. Hij keek Anna nadrukkelijk aan, gegeneerd, klaar om verder te lopen.

Anna schraapte haar keel, zich ervan bewust dat Willem nu ineenkromp. 'Mevrouw de residente, ik zou heel graag een moment de tijd nemen om u te bedanken voor uw recente hulp.'

De vrouw vermeed Anna's blik, keek in plaats daarvan Willem aan en zei toen langzaam: 'Ik stel voor dat u uw echtgenote nog eens uitlegt hoe wij hier met elkaar omgaan.'

Anna opende haar mond om iets te zeggen, maar Willem maakte een buiging, zo diep als een sembah, en liep met haar achteruit, zonder zijn rug te tonen.

'Dit doe je mij nooit meer aan,' zei Willem even later. 'Je denkt bij haar in een goed blaadje te staan, maar kennelijk is dat niet het geval. Op dit soort gelegenheden kun je je niets veroorloven, hoor je? Niets.'

Anna was nog steeds in verwarring.

'Begrijp je dat?'

'Ik heb je gehoord,' zei ze.

Ze was in ongenade gevallen door haar bekentenis over Regi of ze hem nu uit haar hoofd had gezet of niet. De residentsvrouw kon haar sympathie de vrije teugel geven of terughouden. Ze kon even taai als rekkelijk zijn en nu besloot ze taai te zijn. Alle dames in de hogere kringen gingen in haar oordeel mee, ook al kenden ze de reden niet.

De residentsvrouw had haar ooit een alpiniste genoemd. Ze was een ongezekerde klimmer geweest en nu lazerde ze naar beneden. Anna stelde vast dat de residentsvrouw het nieuwtje voor zich had gehouden. Haar uitsluiting was geen bezwaar geweest voor de promotie van Willem. Zij was dan uit de gratie geraakt, maar hij was een degelijke, getrouwde man die in aanmerking kwam voor een carrière. Op de terugweg naar huis had ze de bevrijdende gedachte dat ze nu nergens meer aan hoefde te voldoen.

Na het feest kregen haar dagen hun oude ritme terug, met een enkel uitstapje in de ochtend, een middagslaap en een lange avond. Ze gaf heimelijk het huishoudgeld, waar ze sinds de promotie nog overvloediger over beschikte, uit aan romans die ze in de boekhandel in de oude stad kocht en in haar kledingkast verstopte.

Ondanks haar verbeterde geestelijke gesteldheid ontbrak er iets. Altijd als de sado langs het postkantoor reed, keek ze uit naar Regi, die misschien juist naar buiten liep. Ze zag er steeds van af naar binnen te gaan. Willem had haar in de nachten na haar terugkeer uit Sindanglaya nog niet bezocht, wat te maken moest hebben met het incident op de soiree. Bovendien hing Marie voortdurend in huis rond, nog vaker dan voorheen.

Dus las ze, in het geheim in haar kamer, urenlang en elke dag, hopend iets te vinden wat haar zou vertellen wat ze moest doen met haar onmogelijke verliefdheid en haar al even onmogelijke huwelijk. Moest een mens achter gedroomd geluk aan jagen? Of bestond dat geluk slechts in de verbeelding en zorgde het er alleen maar voor dat je voorbijging aan wat je gegeven was? Kon je beter, zoals de residentsvrouw, in de liefde je ogen weten te sluiten zonder blind te zijn?

Ze vond geen antwoorden. De romanfiguren worstelden bijna zonder uitzondering met de romantische liefde, maakten verkeerde keuzes, waarna ze met de moed der wanhoop doorleefden.

Ze liep over de binnengalerij toen ze vanuit haar ooghoeken een gestalte aan het begin van de oprijlaan zag staan. Ze liep naar de voorgalerij en fixeerde haar blik. Het was Regi. Hij leek onecht, een geestverschijning. Hij keek ook naar haar, vanuit de verte. Hij begon naar haar toe te lopen, met zijn hond naast zich.

Hij was magerder geworden. Zijn pak leek wat ruimer om zijn lichaam te vallen. De uitdrukking op zijn gezicht hield het midden tussen vreugde en vrees. Anna wist niet goed op welke afstand ze hem moest groeten en of ze haar gezicht kon afwenden of hem de hele tijd moest blijven aankijken. Toen Regi de treden naar de voorgalerij opliep en ze nu toch echt iets moest gaan zeggen, het maakte niet uit wat, hoorde ze ineens achter zich: 'Regi? Ben jij het?'

Hij lachte breeduit.

'O, jongen toch,' riep baboe uit, terwijl ze hem aan zijn schouder heen en weer schudde. 'Je bent zo'n grote *tjowok* geworden.'

Anna schoot in de lach, opgelucht dat de spanning werd weggenomen. 'Ga zitten,' zei ze tegen Regi en ze wees op een stoel.

Baboe keek haar geschrokken aan, vermoedelijk omdat ze bang was dat toean Willem thuis zou komen.

'Wil je wat assemsiroop met ijs voor ons halen?' vroeg ze baboe.

Regi nam wat onwennig plaats op de voorgalerij en maande zijn hond met een enkel gebaar te gaan zitten. De hond ging naast zijn baas op de vloer liggen, met zijn kop op zijn poten. Regi keek nauwlettend om zich heen, alsof hij wilde nagaan of hij iets herkende. Dit was zijn ouderlijk huis, besefte Anna ineens.

'Ben je in al die jaren nog weleens terug geweest?' vroeg ze.
Regi schudde zijn hoofd.
Ze zwegen een poosje.
De huisjongen zette de glazen voor hen neer. Regi dronk zijn glas tot de bodem leeg en keek alsof hij nu niet meer wist hoe het verder moest. Toen Anna voorstelde een wandeling te maken, stond hij meteen op.

Naast elkaar lopen ging hen beter af. Ze liepen om het huis heen naar het achtererf en de aangrenzende landerijen, van de grote weg vandaan. De hond rende vooruit, af en toe stond hij stil om te kwispelstaarten. Naarmate ze verder van het huis af raakten, voelde ze Regi ontspannen.
Het ochtendlicht bescheen de heuvels en valleien. Alles baadde in een wonderbaarlijke glans. Ze zag de intense kleuren van de bloemen en bladeren, geuren drongen haar neus binnen. Dat was zo sinds haar terugkeer uit Sindanglaya en ze herkende het patroon: na een donkere periode leek het of alle licht en levendigheid zich had opgespaard om zich over haar uit te storten.
Op een smal paadje ging hij haar voor, op zijn wat scheefgelopen schoenen.
'Denk je er nooit aan dat je mijn stiefzoon bent?' durfde ze zijn rug te vragen.
'In het begin wel,' zei hij. 'Maar toen leerde ik je kennen en voelde ik dat je zo anders bent dan hij.' Zachter voegde hij eraan toe: 'En dat je ongelukkig was.' Hij draaide zich om en keek haar behoedzaam aan.
'Ik had nooit met hem moeten trouwen,' zei ze.
Ze liepen verder, dicht bij elkaar nu.
'Ik heb je opgezocht,' zei hij, 'een keer in de nacht. Ik had aan de kebon gevraagd waar je slaapkamer was, maar je sliep waarschijnlijk al.'
Anna slaakte een zucht, van teleurstelling om de gemiste kans

en tegelijk van diepe opluchting. Ze had geen waanbeelden gehad, ze was niet werkelijk gek geworden en er was geen goena-goena in het spel geweest. 'Weet je waar ik de afgelopen weken geweest ben?' vroeg ze.

Regi knikte. 'Minah heeft het me verteld.'

'Mijn zenuwen waren overspannen,' vertelde ze, 'dat heb ik vaker. Dan wordt alles zwart en valt er niets meer met me te beginnen.'

Hij grinnikte en ze keek hem bijna verontwaardigd aan.

'Je zou me niet herkennen als ik zo ben, echt niet.'

'Jouw buien vrees ik niet,' zei hij, alsof hij begreep dat ze wilde testen of ze hem kon wegjagen. Hij zweeg, maar de stilte was nu bedachtzaam in plaats van schutterig. 'Je bent sterk als een kapokboom,' zei hij, 'nu moet je nog leren om buigzaam te zijn als bamboe.'

De rug van zijn hand gleed langs de hare onder het lopen. Ze stopte even met ademen. Hij bewoog niet verder van haar af.

Ze stonden boven op een heuvel en namen het uitzicht in zich op. Voor hen graasden runderen in glooiende grasvelden met smalle zandweggetjes erdoorheen en schapenschuurtjes, verderop lagen de rietvelden en sawa's. Vogels vlogen plotseling op in een zwarte sliert en weg over een heuvelrug.

Regi trok zijn jasje uit, drapeerde het over het gras en ging er zelf naast zitten, zonder iets te zeggen. Anna ging op de jas zitten. Samen keken ze uit over het dal.

'Ik begrijp het nu,' zei Anna. 'Wat je zei over liefdadigheid. Het is een goedkope manier om jezelf aan de goede kant van de rechtvaardigheid te plaatsen zonder dat je echt iets hoeft te veranderen.'

Regi bleef voor zich uit kijken. De lijntjes rond zijn ogen verdiepten zich, als bij een beginnende glimlach. Hij plantte zijn hand pal achter haar op de grond, ze voelde zijn arm lichtjes tegen haar rug. Ze zou ertegenaan kunnen leunen, als ze wilde.

Het gebaar was subtiel en vrijblijvend genoeg om een eventuele afwijzing op te vangen.

Ze durfde tegen zijn arm te leunen. Hij keek nog even voor zich uit, liet de zaken op zijn beloop, maar daarna wendde hij zich naar haar toe.

Hij keek naar haar gezicht alsof hij het mooi vond en raakte met zijn vingertoppen haar lippen aan. Hij wreef er zachtjes en behoedzaam over, alsof hij ze zou kunnen verkruimelen. Daarna boog hij zich verder naar haar toe. Zijn mond was zacht, net zoals de vorige keer, maar de kus voelde heel anders aan. Hij was teder, onderzoekend, kalm, niet vanuit hartstocht, maar vanuit de behoefte om iets te markeren. De kus diende om te kennen te geven: zo is het tussen ons, niet anders.

'Ik heb je gemist, Anna Amsterdam,' zei hij zacht.

Ze sloeg haar ogen naar hem op. Hun gezichten waren zo dicht bij elkaar dat ze de haartjes van zijn wimpers afzonderlijk van elkaar kon onderscheiden.

24

Bijna onmiddellijk nadat ze afscheid hadden genomen, stelde ze zichzelf de vreselijkste vragen. Wat als Willem erachter kwam? Wat zou hij hen aandoen? Moest ze Regi niet in bescherming nemen omdat hij, in plaats van haar te zien, beter op zoek kon gaan naar een eigen bruid? En dan waren er nog de gebruikelijke vragen van verliefde mensen: wat als hij hun samenzijn anders ervoer dan zij? Wat als hij ineens wegbleef? Stel dat ze er in haar verbeelding te veel van maakte? Kennelijk was het onmogelijk om verliefd te zijn zonder het te bederven met de angst dat het allemaal een verzinsel is.

Na haar misser op de soiree was Willem er niet meer zo op gebrand dat ze meeging naar recepties en partijen en zij vond het best. Willem voelde zich gezien, gevraagd, gevleid. Zijn nieuwe functie gaf hem hernieuwde werklust en in zijn schaarse vrije tijd behandelde hij haar met een vormelijke beleefdheid. Hij gaf zoveel tegenspel als gevraagd werd, zonder ooit zelf naar voren te treden.

Er was wel een zekere gewoonte-intimiteit ontstaan van twee mensen die samen in hetzelfde huis wonen. Bij het ontbijt vroegen ze naar elkaars plannen voor de dag, ze wisselden een glimlach uit als Lin iets grappigs zei en konden zonder spanning in elkaars nabijheid zijn. Omdat ze niet meer in het openbaar kon lezen, had ze borduren opgevat om zich in die uren bezig te houden, om het handwerk opgelucht in te ruilen voor een boek zodra ze weer alleen was. Meer dan ooit waren ze een huwelijk aan het nabootsen; het idee van een huwelijk.

Op een avond, toen Willem eens niet naar de sociëteit ging en wat documenten naar de achtergalerij had meegenomen om door te nemen, zaten ze naast elkaar.

'Heb jij eigenlijk ook een huwelijksceremonie moeten voltrekken voor ik kwam?' vroeg Anna.

Hij keek haar verstrooid aan van boven zijn papieren.

'Ik heb mijn jawoord gegeven aan jou tegen een handschoen,' verduidelijkte ze. 'Heb jij ook zoiets gedaan om mij te trouwen?'

Willem schudde zijn hoofd. 'De handschoen op het altaar van de bruid is al het symbool van de aanwezigheid en instemming van de bruidegom,' zei hij. 'Maar ik heb wel een document ondertekend.'

'Dus je hebt nooit "ja" tegen mij gezegd.'

'Ik geloof niet dat ik begrijp wat je bedoelt,' zei hij.

Daarna zwegen ze samen.

Het was tegen het middaguur toen ze geblaf hoorde. Regi's hond kwam achter de reusachtige waringins vandaan en Anna slaakte een opgeluchte zucht. Onbewust was ze de hele ochtend aan het wachten geweest. De hond rende vooruit en Regi slenterde achter hem aan.

Ze zat op haar hurken op de voorgalerij de hond achter zijn oren te krauwen, vooral om zich een houding te geven, toen Regi hen bereikte.

'Ga je mee naar het Waterlooplein?' vroeg hij achteloos. 'Ik moet nodig mijn haar laten knippen.'

'En een scheerbeurt kun je ook wel gebruiken,' zei ze met een spottende lach.

Binnen pakte ze haar parasol en bedacht dat hij vast met opzet de warmste uren van de dag had gekozen om naar de stadskant te lopen, als de elite stopte met flaneren en hun huizen opzocht voor de siësta.

Op het Waterlooplein, in de schaduw van de tamarindebomen, hadden de buitenkappers niet zoveel te doen. Sommige lagen op een deken in de schaduw te slapen, met hun spullen in bruinleren doktersvaliezen of handkoffertjes naast zich. Op een boom hing een plankje met SALON DE COIFFEUR met daaronder een spiegel en een tafel met een servet, de scharen, scheermessen, tondeuses, potten met crème en de *botol-semprot*. Regi liep doelbewust op de barbier af.

De twee mannen gaven elkaar klappen op de schouder en wisselden wat hartelijkheden uit. De kapper maakte een charmante buiging voor Anna en liep daarna naar een collega om een stoeltje te lenen waar ze op kon zitten. De hond ging naast haar in het gras liggen, kop op de voorpoten, en samen keken ze naar Regi die eerst geknipt en later geschoren werd. De barbier ging achter hem staan en hield met zijn ene hand zijn kin iets omhoog, terwijl zijn andere hand met een mes behendig langs de beschuimde huid streek. Regi hield zijn ogen gesloten.

Ze had alle kans om naar zijn gezicht te kijken, zijn profiel met de iets naar buiten gekrulde lippen, zijn donkerbruine haar dat nu golvend achterover was gekamd en tegen zijn opgeschoren nek aan lag. Ineens zag ze de gelijkenis tussen vader en zoon. Ze wendde haar blik af en begon de hond te aaien.

Op de terugweg stelde Regi voor om een omweg langs het bos te nemen. Hij vond een reusachtig blad voor haar om als waaier te gebruiken. Ze liepen naast elkaar, zwijgend, langs wuivende bamboes en velden vol alangalang, wild hoog gras. Frisgroene varens die scherp waren afgetekend tegen een azuurblauwe lucht hieven hun dunne, gekrulde toppen omhoog. Bij elk briesje rook ze de aardse geur van rottende bladeren op vochtige grond. Soms klonk er hevig geritsel in de bomen, van een aap of een grote vogel.

Ze werd zich bewust van de vitale wereld om haar heen, het

zintuiglijke waar ze in Regi's nabijheid toegang toe had, alsof hij het voor haar vrijmaakte. Ze kon zichzelf in overeenstemming brengen met waar ze was, wat ze aan het doen was. Regi was dan een verschoppeling, maar hij was thuis in de wereld.

'Wat ik je wou vragen,' zei Regi en ze kon horen dat hij zichzelf moest forceren om door te zetten, 'is hoe het nu is tussen jou en Willem.'

Hij bracht haar huwelijk, het grote spook dat tussen hen in hing, naar voren en ze bewonderde hem erom. Zij had het onderwerp vermeden, alsof het daarmee weg te toveren viel. Ze dwong zichzelf hem met de grootst mogelijke eerlijkheid terug te betalen.

'Het is niet zoals ik had gehoopt toen ik uit Amsterdam vertrok,' zei ze, 'al had ik dan niets anders dan een brief om me op te baseren.'

Regi knikte terwijl hij voor zich uit bleef kijken, alsof hij alle aandacht nodig had om zijn voeten te plaatsen.

'Sommige echtgenotes nemen een houding aan,' ging ze verder, 'ze aanvaarden een leugen, volgen de conventie. Maar ik kan mezelf niet voor de gek houden.'

Regi hoorde haar aan en bleef even stil. Ze hield ervan hoe hij de tijd nam om een antwoord te formuleren, om zijn gedachtes te verzamelen voordat hij er uiting aan gaf. Het gaf zijn woorden gewicht.

'Denk je dat het zou kunnen verbeteren, jullie huwelijk? Je bent hier tenslotte nog niet zo lang.'

'Ik heb niet de indruk dat Willem dat belangrijk vindt.'

'En jij?' Hij keek haar recht aan.

Ze schudde haar hoofd.

'Ik hou niet van hem.' Ze zei niet 'zoals ik van jou hou', maar dat hoefde ook niet. Hij had het gehoord.

Regi pakte haar hand en zo liepen ze verder. Het contact met zijn hand bracht haar geen kalmte, maar maakte haar onrustig.

Ze wilde hem dichterbij dan dit, het was te weinig en het was te veel. Hij leek de spanning ook te voelen en leidde haar van het pad af een stuk leeg land in, terwijl hij haar intussen nauwlettend in de gaten hield om zich ervan te verzekeren dat zij dit net zo graag wilde als hij.

Ze liepen op een halfvergaan, houten veeschuurtje af. Voor de deur keek hij haar vragend aan en ze knikte. Hij duwde de deur open, die het onder die druk bijna begaf. Regi beval de hond buiten te blijven en ze gingen er naar binnen. Nadat Anna gewend was aan het duister zag ze oud stro op de grond en lege, stenen voerbakken in de hoek. Het rook er muf, er klonk geritsel van vleermuisjes.

Hij trok haar tegen zich aan, zette zijn lippen tegen de huid van haar slaap, liet ze over haar wang glijden naar haar mond. Zijn handen bewogen over haar lichaam, vonden de vlezige huid van haar borsten door de stof van haar jurk heen. Ze gingen samen zitten, bijna struikelend, half vallend. Hij lag half op haar en tastte met zijn vrije hand onder haar rok. Lucht streek aangenaam langs haar blote benen. Zijn hand ging omhoog over haar dijen, met zijn vingertoppen gaf hij een zachte, vlinderachtige druk tegen haar broekje. Het riep een onmiddellijke opwinding op die zich verspreidde. Er ontsnapte haar een dalend, zuchtend geluid.

Plotseling keerde ze met een schok terug naar de werkelijkheid. Ze zag hen door de ogen van een ander van bovenaf: een getrouwde vrouw met haar rok opgestroopt rond haar blote dijen, op de vloer van een verlaten veeschuur in de armen van haar stiefzoon. Ze dacht aan haar echtgenoot, de naaimoeder die haar oordeel over haar lage karakter bevestigd zou zien, de residentsvrouw die in afschuw van haar weg was gelopen.

Ze sprong op van de grond, griste haar hoed mee. Hij haastte zich ook om op te staan, geschrokken.

'Zie ik je later?' bracht ze uit. 'Kom je me snel weer bezoeken?'

Hij knikte en ze rende weg. Ze hoorde de hond blaffen. Pas toen ze het achtererf bereikte, stopte ze met rennen.

Je kunt berouw voelen om een deugd. In de dagen die volgden, had Anna spijt van haar niet-begane zonde, ze was niet ingenomen met haar deugdelijke zelf. Was het inderdaad deugdzaamheid geweest of gewoon lafheid? Dat vroeg ze zich af in een brief aan Aegje. Ze had zo vaak over hen samen gefantaseerd en een fantasie aan de werkelijkheid toetsen was riskant. Het kon tegenvallen. Als ze het bij een fantasie kon laten, zou het niet kunnen worden aangetast door het banale, door de verwarrende, rauwe werkelijkheid, die altijd minder volmaakt is dan de illusie. Ze had zich als het erom spande altijd teruggetrokken in haar eigen verbeelding.

De enige romantische liefde die ze kende, kende ze uit boeken. Maar wat ze bij Regi ervoer, was niet in woorden uit te drukken. Elke poging leek vals, ontoereikend. Ook in haar brief greep ze ernaast als ze het wilde beschrijven. *Ik ben niet als een pion op een schaakbord heen en weer geschoven*, schreef ze op. *Ik heb zelf voor een blind huwelijk gekozen. Ik ben geen slachtoffer, ook geen medeplichtige; door mezelf aan te bieden ben ik de schuldige.* Ze staarde naar het laatste woord, pen in de hand. Toen schreef ze: *En zelfs met deze wetenschap zou ik willen dat ik de zonde volledig begaan had.*

Haar verhouding met Regi was oneerbaar, excentriek, schandelijk – als je tenminste het systeem van contractuele huwelijksafspraken, dat als iets natuurlijks werd voorgesteld, volgde. In haar eigen ogen was hun liefde hoogstens onverstandig. In de boeken die ze las had liefde nooit iets met redelijkheid te maken, het was een geschiedenis die zich voltrok.

25

'Als Minah haar moeder blijft zien, raakt ze besmet,' zei Marie. De gouvernante stond vlak bij Anna, zodat ze flink omhoog moest kijken, maar haar blik was intimiderend, zo anders dan de zachte glimlach die doorgaans op haar gezicht lag. 'Geen man wil haar straks nog hebben, althans geen Europese man die haar iets te bieden heeft.'

'Volgens mij doet het Minah goed om contact met haar moeder te hebben en draagt dat er alleen maar toe bij dat ze een evenwichtige vrouw zal worden.'

'Je verpest haar kansen, begrijp je dat dan niet?' Haar stem schoot hoog de lucht in.

Achter Marie zag ze Willem de kamer binnenkomen.

'Wat is er hier aan de hand?' vroeg hij.

Marie draaide zich om. 'Mevrouw heeft ervoor gezorgd dat uw oudste dochter regelmatig over de kampong kuiert om naar de hut van Srie te gaan.'

'Dat heb je me al eerder laten weten, ja.' En bij het zien van Anna's verbaasde blik voegde hij eraan toe: 'Er is niet veel dat voor mij verborgen gehouden kan worden.'

Anna keek naar de grond.

'Elke keer dat Minah op de kampong gezien wordt, daalt haar aanzien,' zei Marie op zoete toon. 'Dat moet u toch beseffen, meneer Francken.'

'Soedah!' Willem hief zijn hand om haar tot stilte te manen.

'Ik handel dit verder af met mijn vrouw,' zei hij tegen Marie. 'Je kunt gaan.'

De gouvernante keek hem beledigd aan en verliet met kleine pasjes de kamer.

Hij richtte zich tot Anna. 'Natuurlijk keur ik het niet goed dat je dit soort dingen op eigen houtje doet,' zei hij, 'maar ik ben gaan inzien dat ik misschien te streng ben geweest voor de meisjes.'

'Misschien is het een idee als Srie hier af en toe haar dochters kan komen bezoeken? Dan hoeft Minah niet naar de kampong om haar te zien.'

Willem keek haar aan met een koele waakzaamheid, misschien probeerde hij aanwijzingen te vinden voor een eventuele nieuwe aanval van tropenkolder. Hij was achterdochtig. Daar was niets aan te doen, dat gevoel zou nooit helemaal verdwijnen. Het zou afzwakken of sterker worden, maar altijd blijven bestaan.

Ze keek hem zo onbewogen mogelijk in de ogen.

'Je bent een rare, Anna,' zei hij, niet onaardig.

Na het diner ging ze naar haar kamer om te lezen toen ze iemand gedempt haar naam hoorde roepen. Ze opende een luik en zag Regi erachter staan.

'Ik moest weten of je in orde was,' zei hij. 'Of wij... in orde zijn.'

'O, ja,' zei Anna en haar 'ja' was langgerekt.

Zijn gezicht brak open, elke spanning stroomde eruit weg.

'Kom straks naar het schuurtje,' zei ze in een opwelling.

Hij keek haar ongelovig aan. Toen een glimlach, een halve grijns. 'En als iemand van het personeel je ziet?' vroeg hij.

'Dan zeg ik dat ik even ga wandelen voor het slapen gaan.' Met een klein lachje voegde ze toe: 'Of dat ik uit wandelen ben geweest voor het ontbijt.'

Bij het horen van die laatste woorden werd zijn grijns nog breder. Hij drukte een lange kus op haar mond.

'Ik wacht op je,' zei hij en ze sloot het luik.

Na een kort bad verliet ze het huis via het achtererf. Als dit de enige keer zou zijn wilde ze dit onthouden: de zoele, stille lucht, verzadigd met geuren van bloemen, aarde en rook van kampvuren, de gelige gloed van de ondergaande zon, het gevoel van haar zachte, frisgewassen huid tegen het katoen van haar ruime zomerjurk, de gespannen verwachting in haar stappen.

Ze liep stevig door en was nu op het punt waar het zandpad het landje kruiste. Verderop stond het schuurtje. Bij de laatste paar passen twijfelde ze ineens of hij er wel zou zijn, maar toen ze de deur opende zag ze een gaslamp branden. Het zette de ruimte in een zacht, dansend licht. Regi stond in een soepele beweging op van een kleed dat hij op de vloer had gelegd.

Ze stonden dicht bij elkaar, niet in staat iets te zeggen. Hij legde zijn handen op haar schouders en drukte zijn lippen op die van haar, onbeheerst. Ze voelde hoe zijn handen zich om haar billen sloten. Alles wat nog tussen hen in zat stoorde haar. Ze begon aan zijn kleren te trekken, probeerde haar handen onder zijn hemd te krijgen. Hij deed een stap achteruit, trok zijn hemd over zijn hoofd uit en stapte uit zijn broek.

Hij bleef even staan op die afstand, in die diepe, bedachtzame stilte en ze voelde zich verstijven bij de gedachte dat hij nu verwachtte dat zij zichzelf zou uitkleden. Hij kwam haar te hulp en kuste haar opnieuw tot ze toestond dat hij haar jurk over haar hoofd uittrok. Ze hield haar armen omhooggestrekt als een kind en liet zich daarna uitkleden tot er geen geheim meer over was.

Zijn ogen gleden over haar naakte lichaam, het voelde als een aanraking. Ze reikte naar achteren, waarbij ze zich ervan bewust was dat haar borsten omhoogkwamen, haalde de spelden uit haar knot en liet haar haren over haar schouders golven.

Hij trok haar tegen zich aan. Haar handen dwaalden zijn rug af, naar zijn ronde billen, volslagen vreemd en tegelijkertijd vertrouwd. Zijn mond sloot zich om haar tepel, eerst de een en toen de andere, hij zoog eraan tot ze in het lamplicht glommen van zijn speeksel. Ze moest zich aan hem vasthouden om niet te vallen.

Hij pakte haar hand en leidde haar naar het kleed. Ze strekten zich naast elkaar uit. Hij legde zijn vlakke hand op haar venusheuvel, op de zachte, bruine haartjes en bespeelde haar met zijn vingers. Ze wilde dat hij stopte, dat hij doorging, dat hij stopte, voelde hoe zijn vingers bij haar binnengingen. Ze voelde nieuwe, vreemde verrukkingen, vanuit haar binnenste pulserend, in steeds grotere kringen, over elkaar heen vallend en uit elkaar voortkomend, steeds hoger en dieper, verrukkelijker en ondraaglijker tot ze in vloedgolven naar buiten sloegen.

Hij ging op haar liggen en ze voelde zich aangenaam verpletterd onder het gewicht van zijn lichaam. Hij gleed in haar, zo moeiteloos als ze nog nooit had ervaren. Ze lag daar stil, ademloos, zonder terug te deinzen, maar ook zonder te bewegen. Ze had haar ogen wijd open en hij ook. Hij stootte in haar, eerst een klein stukje en beetje bij beetje steeds dieper. Ze sloot haar ogen en haar lichaam begon vanzelf de beweging te beantwoorden. Alles wat tussen hen in had gelegen, loste op.

Daarna rolde hij van haar af en trok haar op zich. Ze had nauwelijks ervaring en moest zich door hem laten leiden, begreep pas na een tijdje dat hij wilde dat ze op hem ging zitten, dat zoiets mogelijk was. Ze begon vanuit een oerinstinct te bewegen, wonderlijk vrij en schaamteloos. Ze zag haar borsten en buik in het gele lamplicht, zijn gezicht dat naar haar opkeek, aan haar overgeleverd. Het leek of haar kreten door iemand anders werden voortgebracht en zich vermengden met zijn rauwe grom toen hij zijn orgasme bereikte.

Ze lagen naast elkaar, in dezelfde ernstige stilte als waarin ze hadden gevreeën. Ze bestudeerde zijn lichaam en gezicht, alsof de oorzaak van haar verlangen daar te vinden was, alsof ze het als een uurwerk uit elkaar kon halen om te zien waar de tijd vandaan kwam. Haar blik gleed langs zijn zwarte wimpers, lippen, volle wenkbrauwen (waarbij ze de gelijkenis met die van Willem snel van zich afwierp), naar zijn lichaam, de sleutelbenen, een moedervlek, zijn gewelfde armen, de buik die nog jongensachtig was en iets kwetsbaars had.

Regi pakte een deken en legde hem over hen heen. Ze klemde zich aan hem vast, in een wonderlijke vrede. Ze stak haar neus in Regi's haar en snoof de geur op.

Ooit zou ze zich deze nacht herinneren en dan zou ze zich er weer in kunnen verliezen. Ze dacht er al aan in de verleden tijd op het moment dat deze zich voltrok – ook toen ze haar vingers over zijn buik liet glijden en ze zijn ademhaling weer hoorde versnellen. Ook toen hij haar grimmig lachend aankeek en waarschuwde voor wat ze teweegbracht, zich woest op haar rolde, ze gilde en haar benen om zijn middel klemde. Ook toen hij diep in haar drong en ze het uitschreeuwde.

Ze schrok wakker. In het schuurtje waren bleke schaduwen te zien, het moest bijna ochtend zijn.

'Ik moet gaan,' zei ze. 'Ik wil het niet, maar het moet.'

Hij opende zijn ogen, leek verbaasd dat hij was weggedommeld.

'Ik weet het,' zei hij. Hij kuste haar schouder.

'Jij en... je echtgenoot,' begon hij, 'hebben jullie veel omgang?'

'Niet zo vaak meer sinds ik naar boven ging,' zei Anna.

Regi knikte, zichtbaar opgelucht.

'En het is heel anders dan bij ons,' ging ze verder, maar Regi legde haar met een beweging van zijn hand het zwijgen op, pijnlijk lachend.

'Ik wil het geloof ik toch niet weten,' zei hij.

'En jij?' durfde ze te vragen. 'Is er iemand anders?'

Hij schudde zijn hoofd. 'Niemand.'

Ze kleedden zich aan, zonder dat een van hen de moed had

om te vragen hoe het verder moest. Regi opende de deur en Anna stapte naar buiten. De lucht recht boven hen was donkerblauw, met een eerste zachte gloed van achter de bergen.

Toen ze naar huis liep, in een merkwaardig snelle dageraad, leken de deinende bomen het te weten. De varens wisten het en de bedauwde bloemen. Je leeft, leken ze haar toe te seinen. Je doet niets anders dan leven.

26

Anna en Willem zaten binnen aan de rijsttafel, een milde tropische bui sloeg tegen de galerij. Het was een zachtmoedige regen die dof neerplofte. Hij beklaagde zich over Marie.

'Ze krijgt hoe langer hoe meer praats,' zei hij.

Anna wilde zeggen dat het niet vreemd was dat een bediende de gezagsverhoudingen uit het oog verloor als haar baas met haar sliep, maar slikte de opmerking in. Na de afgelopen nacht had ze geen recht van spreken meer.

'Bovendien heeft ze een te grote invloed op mijn dochters. Ze trekt ze naar zich toe als een dier zonder jongen.'

Zo bleef hij kwaadspreken over iemand die haar rivale was, wat haar plaats als zijn geliefde zou moeten verstevigen. Een rechtgeaarde echtgenote zou ervan zijn opgeleefd, maar ze voelde aan dat het niet was bedoeld om haar te vleien of op een voorsprong te zetten. Het was meer alsof hij zijn hart bij een zus of tante luchtte. Anna voelde inderdaad geen jaloezie, zelfs geen spoor ervan en juist dat trof haar. Was het verstandshuwelijk al zo geaccepteerd dat hij openlijk met haar over zijn minnaressen kon spreken?

'De meisjes nemen haar maniertjes over,' ging hij verder, 'haar net niet correcte omgangsvormen, waarmee ze haar Indische afkomst verraadt.'

De sympathie die ze even voor hem had gevoeld, mengde zich met medelijden en afkeer. Het ging hem om de status van zijn dochters in de ogen van anderen. Ze weerstond de neiging om hem te wijzen op de lichtzinnigheid van aanzien, van positie, tegenover geluk. Als de meisjes gesteld waren op Marie, dan wogen zulke dingen daar niet tegenop. Een slaapwandelaar moest je niet plotseling wakker schudden. Hij zou volharden in wie hij was en zij zou ertegenop blijven botsen.

Haar verhouding was Anna aan te zien. Haar wangen bloosden, haar ogen gloeiden, haar bewegingen hadden een nieuwe vitaliteit gekregen. Ze kon niet verder verwijderd zijn van de neerslachtigheid van eerder. Ze leefde voor hun ontmoetingen en de rest van de tijd was ze in afwachting; beschikbaar, in voorbereiding, in gedachten formulerend wat ze tegen hem wilde zeggen. Soms zag ze Regi ineens met een schok voor zich. Tot haar verbazing was ze hem kennelijk toch even vergeten.

Regi en zij spraken af op het land achter het huis op de ochtenden dat hij niet hoefde te werken. Ze wandelden door de velden, pratend en lachend. Ze had het gevoel dat Regi haar hielp om zichzelf te aanvaarden, met al haar schoonheid en lelijkheid. Sinds hun nacht in de veeschuur bleek dat ze in staat waren om een ander te bedriegen; zij haar echtgenoot en hij zijn vader. Het volmaakte beeld dat doorgaans door verliefden wordt voorgespiegeld, was daarmee aan diggelen geslagen nog voor het kon worden opgetrokken. Hun onvolmaakte zelf was voor hen blijkbaar volmaakt genoeg.

Als ze elkaar aanraakten, achteloos of bedachtzaam, in het volle daglicht op een afgelegen plek of 's nachts in het schuurtje, gloeide haar opwinding net zo gemakkelijk op als opgepookte sintels in een dovend vuur. Haar borsten leken te bestaan om zijn handpalmen te vullen, haar huid was gemaakt om door hem te worden aangeraakt.

Als liefde was wat de moeders in het weeshuis erover hadden beweerd, dat je kon leren om van iemand te houden, dat het tijd en inspanning nodig had, dan moest dit wel iets anders zijn

– iets natuurlijks, stormachtigs. Iets wat haar beter beviel. Al haar dadendrang, fantasie en hoop concentreerden zich in haar gevoelens voor hem. De rest – haar huwelijk, de meisjes, haar vrijwilligerswerk – werd wazig, alsof ze haar blik op iets fixeerde en al het andere onscherp werd.

'Is het daar ook zo dat de mensen zijn opgedeeld in dienaars en heersers?' vroeg Regi haar op een ochtend. Ze zaten naast elkaar tegen de wortels en in de schaduw van een grote waringinboom, en keken uit over de landerijen.

Steeds vaker vroeg Regi haar over Amsterdam te praten. Het werd een bijna mythische plek, een oord waar ze wél samen hadden kunnen leven en Anna zette de stad in een voordelig licht om hun fantasie te perfectioneren.

'Er is geen overheerser zoals hier, natuurlijk,' antwoordde ze, 'al zijn er wel klassenverschillen. Maar er is een omvangrijke tussenklasse van burgers met rechten, die redelijk wat geld verdienen met een winkel, een onderneming of een betrekking.'

Haar geest kon zich nog verplaatsen naar haar geboortestad, maar de beelden waren de afgelopen maanden verder van haar verwijderd geraakt en nevelachtig geworden. Als ze er met Regi over praatte trok de nevel op. Terwijl ze vertelde liep ze de poort van het weeshuis al door, over de straten van Amsterdam, met de hoge, smalle huizen die huiverend tegen elkaar stonden aangeleund. Ze rook de walm van een banketbakkerij – vanille, warm deeg, schuimgebak, roomfondant. Vanuit de kiosk op de hoek steeg de geur van drukinkt en verse kranten op. Er lag een dun wit vlies over het grachtwater, de straat was bedekt met een laagje poedersneeuw dat haar voetstappen dempte. Er waren sporen van schoenen, paardenhoeven, vogelpootjes, karrenwielen en fietsbanden in te zien. Over de stad was een zachte stilte neergedaald.

'Sneeuw verdicht de tijd,' zei ze. 'Hij laat alle beweging op een plek zien, van elke fietser, kat, koetsier, wandelaar die er in de uren ervoor was.'

Toen ze afscheid namen en ze naar huis liep, wandelde ze in gedachten verder, langs de Herengracht via de Raadhuisstraat naar de Westertoren, terwijl kleine grijze vlokken naar beneden dwarrelden en op de keien smolten. Ze snoof de vochtige, tintelende winterlucht op, vermengd met de geur van stokvis en traan. Ze kon de kou voelen op haar onderarm, ook al scheen de tropische zon er ongenadig op.

Vlak voor de middagrust overhandigde baboe haar het inlandse kruidenpapje.

'Voor welke man geef ik je deze kruiden?' vroeg ze, terwijl ze handdoeken opvouwde die al opgevouwen waren.

Anna nam kleine hapjes van het mengsel, en keek baboe aan. 'Niet alleen voor toean Willem,' zei ze en daarmee was alles gezegd.

Baboe legde een platte hand op haar buik. Anna hield haar adem in, onder de indruk van de toverachtige geheimzinnigheid die op zulke momenten ontstond. Baboes ogen kregen dezelfde afwezige blik als toen Anna haar in de keuken had betrapt. De geur van pruimtabak prikkelde Anna's neus.

'Er heeft zich nog geen nieuw leven genesteld,' zei ze na een tijdje, 'maar je neemt veel risico.'

Anna knikte schuldbewust.

'Het is mooi en gevaarlijk,' zei baboe met een zucht, 'een man in je bloed hebben. Zo'n liefde kan je helpen te leven of te willen sterven.'

Daarna lukte het Anna niet meer te slapen. Ze pakte een boek uit haar linnenkast en las steeds dezelfde bladzijde zonder de woorden in zich op te nemen. Toen ze voetstappen in de gang hoorde, verstopte ze het boek onder haar kussen. Onmiddellijk daarna verscheen Willem in slaapbroek en kabaai.

De uitdrukking op zijn gezicht was neutraal. Hij kwam binnen als echtgenoot en liep op haar af, terwijl hij zijn kabaai openknoopte.

Hij schoof de klamboe opzij en strekte zich naast haar uit. Zijn hand reikte naar haar borst en hij keek haar aan om haar reactie te peilen. Voor het eerst ging hij niet meteen op zijn doel af. Misschien sliep hij niet meer met Marie, schoot het door haar heen, en zocht hij zijn toevlucht bij haar. Mechanische seks zou ze kunnen doorstaan, maar niet dit, nu haar hart bij Regi lag en ze zo'n groot en akelig geheim voor hem verborg. Ze voelde hoe zijn vingers zachtjes haar borst kneedden, kon hem niet aankijken en sloot haar ogen zodat prompt het beeld van Regi in haar opdoemde. Zijn aanraking werd onverdraaglijk.

Met een onbeheerste beweging duwde ze zijn hand weg. 'Ik kan dit niet meer,' zei ze met dichtgeknepen keel.

Willem keek haar aan met een verbazing die bijna meteen in vastbeslotenheid veranderde. Hij trok haar rok omhoog tot aan haar middel en drong bij haar binnen. Zijn stoten voelden aan als een afranseling, maar ze deden haar geen pijn zoals zijn liefkozing had gedaan, omdat ze het gevoel had dat het klopte: dit was wat ze verdiende. Na een paar laatste doelbewuste stoten kwam hij klaar.

Vermoeid, als een man van honderd jaar, schoof hij van haar weg. 'Blijven liggen,' sommeerde hij. Hij pakte zijn kabaai van de grond en liep met een naakte, gekromde rug de kamer uit.

Dankzij de meisjes kwam ze de rijsttafel ternauwernood door. De avondmaaltijd gebruikte Willem op de sociëteit en Anna had gehoopt dat hij daar de hele avond zou blijven, maar rond een uur of negen schuifelde hij de achtergalerij op. Hij had een sombere dronkenschap over zich. Hij ging naast haar zitten en staarde in de roodgele vlam van de petroleumlamp.

'Er is niet veel wat je aan mij bevalt,' zei hij.

De djongos bracht hen een kruik jenever en twee kelkglazen en verdween schielijk.

'Het spijt me,' zei ze.

'Daar koop ik niks voor,' zei hij met een beschuldigend rukje van zijn hoofd.

'Ik weet niets anders te zeggen. Misschien alleen dat er ook niet veel is wat jou aan mij bevalt.'

In de stilte waarin ze beiden volhardden kwamen er gedachten op aan de naaimoeder die haar 'leugenachtig en eerloos' had genoemd. Haar oordelende woorden waren haar altijd bijgebleven, zoals doorns met hun weerhaakjes in het vel blijven steken, jeukend, schrijnend.

'Er moet een kind komen,' zei hij resoluut.

'Moet dat? Waarom eigenlijk? Waar dient een kind toe als het niet uit liefde geboren is?'

'Ik heb een vrouw uit Holland gehaald om me een blanke zoon te geven.'

'Je hebt al een zoon.' Het ontglipte haar, ze had er meteen spijt van, maar ze voelde ook iets van het gewicht van haar schouders afglijden.

Hij kneep zijn ogen samen.

'Ik weet van zijn bestaan,' zei ze kalm.

Ze zwegen, geen van beiden in staat om hun bitterheid in te houden of die van de ander in te dammen.

'Is hij uit liefde geboren?' durfde ze te vragen.

Hij gaf geen antwoord, wat een antwoord op zich was. Ze keek hem na terwijl hij het huis in verdween. Laat Srie toch terugkeren, naar jou, naar de meisjes, wilde ze zeggen. Maar ze zei het niet en hij keerde zich niet om.

27

Eenmaal per jaar werd er op het Koningsplein een jaarmarkt gehouden, de Pasar Gambir. Inlanders maakten bouwwerken van bamboe, die plaats boden aan winkels, schiettenten, restaurantjes en loterijhokken. Handelaren, satéverkopers en sigarettenfabrikanten uit alle delen van het eiland hadden er stands, die een maand bleven staan. De meisjes keken er al weken naar uit. Willem werd met zijn gezin op de openingsavond verwacht, net als de andere Europese notabelen, ondernemers en officieren.

Anna had zich laten kleden door baboe, die wist wat passend was voor deze gelegenheid. Ze onderging het gelaten, zo anders dan wanneer ze zich kleedde voor ze Regi ontmoette, maar ze zag in de spiegel ook wel dat ze er elegant uitzag in haar lichtgroene zomerjapon met korte mouwtjes afgezet met ruches.

In twee rijtuigen, een voor Anna en Willem en een gehuurde voor Marie en de meisjes, vertrokken ze naar het feestterrein. Van verre zag Anna de lichtjes van honderden petroleumlampjes die sierlijk, in lange slingers langs de contouren van de bouwsels hingen. Iedereen was in een feestelijke stemming. Dames in mooie jurken en heren in wit tropenkostuum flaneerden in de avondlucht naast inlanders in hun beste goed. Rijke Chinese dames in Chinese gewaden, geborduurd met kraanvogels, met bloemen in het zwarte glanzende haar bekeken de waar van Arabieren, Soendanezen en Bombayers.

Uit talloze keukentjes walmden bakluchten en lopend over de markt klonk steeds nieuwe muziek, vooral krontjongliederen begeleid door een gitaar met vijf snaren. Er waren glijbanen en er was een draaimolen, waar Lin een rondje in maakte en Minah zich te groot voor voelde.

Willem was goedgehumeurd, zelfs bijna uitgelaten, en bereid om veel geld uit te geven. Lin en Minah vroegen om waaiers, boeketjes en inheemse koekjes en kregen die ook. Ze passeerden een kraampje met gesuikerde vruchten, zaden en noten. Willem gaf zijn dochters ieder een gulden. Ze staarden een hele tijd naar het kleurrijke aanbod en kozen toen voor stukken gedroogd rood fruit. De kleverige vruchten werden door de verkoper uit de potten gehaald en in vetvrij papier gewikkeld.

Een stroopventer verkocht flessen soesoesiroop, palasiroop en assemsiroop en Willem kocht van alle smaken een fles. Hij droeg Marie op om de aankopen bij de koesir, die in het rijtuig aan de rand van het terrein wachtte, af te geven. Het klonk als een bevel en Anna zag een gekrenkte uitdrukking op Maries gezicht. De opdracht had haar kennelijk op haar plaats gezet – ze was een bediende.

Willem hield stil bij een kraampje waar een zoete drank op een vuurtje stond te koken en bestelde twee glazen *bandrek*. Anna zette het warme glas aan haar lippen en proefde gember met Javaanse suiker. Ze sloot verrukt haar ogen. Toen ze ze weer opende zag ze Willems geschokte gezicht en volgde zijn blik.

Op een paar meter afstand liepen Regi en Srie op hen af. Zij zagen hen nu ook en er was geen mogelijkheid om elkaar te ontwijken. Hoewel Anna er middenin zat, onderging ze de situatie als een scène in een boek. Er was een samenloop, met gevolgen, van alle kanten geladen met betekenis. Ze zat klem in de scène en kon nauwelijks reageren.

Srie was de eerste die zich een houding wist te geven. Ze glimlachte beurtelings naar Willem en naar haar en maakte een gracieuze sembah. Willem pakte haar hand, zoals hij op een receptie bij een dame zou doen, en drukte er een galante kus op. Srie liet het met een zachte blik toe. Minah, die het tweetal inmiddels ook in het oog had gekregen, rende naar haar moeder toe en omhelsde haar. Lin volgde weifelend, maar liet zich toen tegen haar moeder aan drukken.

Willem en Srie wisselden woorden in rap Maleis die Anna niet verstond. Willems gelaatsuitdrukking was even teder als gekweld. Aan Srie kon ze zien dat ze, ondanks alles, nog van hem hield. Aan haar warme houding was niets toneelmatigs en niets onderdanigs. Anna bekeek het tafereel. Het beeld van de twee geliefden met hun kinderen voelde compleet, definitief. Het liet geen plaats voor haar. Zij was overtollig, onnuttig, in dit gezin.

Willem draaide zich om naar Regi, die hij van kruin tot voeten in zich opnam.

'Regi,' zei hij met een niet onaardige, waarderende knik.

'Vader,' zei Regi.

Ze stonden stijf tegenover elkaar. Toen vocht Willem zich uit zijn verlamming en klopte Regi onhandig, maar hartelijk op de schouder. Daarna richtte hij zich weer op Srie.

Anna en Regi durfden dichter bij elkaar te gaan staan nu Willem, Srie en de dochters in elkaar opgingen. Er lag een strijdbare uitdrukking op zijn gezicht.

'Ik wil dat je van mij bent en ik wil de jouwe zijn,' zei hij. Hij keek wanhopig, alsof elke minuut zonder dat dit beklonken was niet te verdragen was.

'Dit is misschien niet het moment...' begon ze.

'Ik hou van jou, Anna Amsterdam,' zei hij.

Ze keek over zijn schouder, recht in de spottende ogen van Marie.

De schemering ging snel over in de nacht. Stilletjes, onder de indruk van het gebeurde, liepen ze naar de rijtuigen die aan de rand van het Koningsplein stonden. De hele weg terug naar huis heerste er een gelaten, maar vredige stilte in de sado. De meisjes lieten zich bij thuiskomst door baboe naar hun kamer brengen en ook Willem verdween naar zijn slaapvertrek. Toen zij ook naar achteren wilde lopen, trok Marie haar aan haar arm.

'Naar de voorgalerij,' zei ze gebiedend.

Anna slenterde achter haar aan, met een zwaar gevoel in haar maag.

'Je doet het met Regi,' constateerde ze triomfantelijk. Met felle bewegingen van een waaier hield ze haar gezicht muskietenvrij.

Anna keek haar zo onbewogen mogelijk aan en zei niets.

'Begrijp je wat er met een njonja blanda gebeurt en niet te vergeten met een inlander, als ik hier amok over maak?'

'Wat wil je?' vroeg Anna geërgerd, om korte metten te maken met dit machtsspelletje.

Marie zuchtte even vergenoegd. 'Dat weet ik nog niet,' zei ze traag. 'Maar ik zal het je gauw laten weten.' Daarna draaide ze zich om en liep naar binnen, niet naar Willems kamer, stelde ze vast, maar door het huis naar het bediendenverblijf op het achtererf.

Bij het ontbijt oogde Willem afgemat, alsof hij de hele nacht niet geslapen had. Hij sneed een gepeld ei in plakjes.

'Dat vrijwilligerswerk van jou, op de kampong,' zei hij zonder op te kijken van zijn bord, 'dat wil ik weleens met eigen ogen zien.'

'Je hebt vast belangrijkere dingen te doen,' zei Anna. 'En bovendien kan ik het goed alleen af.'

'Toevallig is het vanmiddag rustig,' zei Willem onverstoorbaar. 'Dus ik stel voor dat we dan die kant op gaan.' Hij luidde het belletje op tafel en de djongos verscheen. 'Vraag aan kokkie of ze etenswaar wil verzamelen voor de armelui,' zei hij. Voorzien van nieuwe energie verliet hij de tafel.

Meteen na de rijsttafel liet Willem de sado voorkomen. Kokkie was gul geweest nu haar toean erop had aangedrongen. Aan de gevulde mand te zien had ze de bijkeuken geplunderd. Ze reden de grote weg af. De hitte was massief. Anna had er nog steeds geen verweer tegen. Haar jurk plakte tegen haar rug, met een katoenen zakdoekje veegde ze zweetdruppels van haar voorhoofd en hals.

'De warmte went maar niet,' zei ze om zich te excuseren.

'Dat went nooit,' bromde Willem. 'We zijn er niet op gebouwd.'

Ze reden langs het okerkleurige water van de rivier, waar enkele inlanders zich een stukje verderop bij de bedding wasten. De koetsier hield halt en ze stapten uit. Willem pakte de mand en leek daarna niet te weten wat te doen.

Ze begreep dat hij nog niet eerder op de kampong was geweest en ging hem voor, het paadje in. Op dit uur was het rustig op het terrein. De meeste mensen waren nog niet ontwaakt uit hun middagslaap. Anna hoopte maar dat Regi ook nog sliep. God wist of Regi zijn mond kon houden, nu hij zo vastbesloten leek haar op te eisen.

Willem keek belangstellend om zich heen, naar de huisjes en moestuinen. Nadat ze de voedingswaren hadden afgegeven, stelde ze voor naar huis te gaan zodat hij nog een paar uur naar kantoor of de sociëteit kon.

'Srie woont toch ook hier?' vroeg hij quasi-onverschillig.

'Jazeker,' zei ze.

'Laten we haar even een bezoekje brengen. Je weet waar ze woont?'

Anna knikte en ging hem voor. Ze liepen naar de rand van de kampong, waar de stenen huizen stonden. Ze bad dat Regi niet in de buurt was. Srie zat voor haar huis met naald en draad een slendang te herstellen. Toen ze hen zag naderen, stond ze geschrokken op en legde het herstelwerk weg. Willem versnelde zijn pas, terwijl Anna de hare juist inhield. Ze bleef op het pad staan.

Hun begroeting was deze keer gelijkwaardiger. Srie maakte een kleine buiging, zei '*selamat*', welkom, en Willem pakte haar hand om er een lichte kus op te drukken. Srie knikte even naar haar. Willems gezicht oogde ontspannen. De dubbelhartigheid die hem altijd vergezelde, was weggevallen. De schijn en het wezen, het zichtbare en het verborgene, waren nu verenigd. Er was geen fineer, alleen maar vertrouwelijkheid.

Opnieuw voelde ze zich overbodig. Opgelaten liep ze bij het tweetal vandaan. Ze ging naar Regi's hut, waar ze hem eens voor had zien zitten. Besluiteloos bleef ze ervoor staan drentelen. Toen klopte ze aan. Er kwam niemand naar buiten. Hij zou wel in de benedenstad aan het werk zijn. Ze wilde zich net omdraaien toen ze gekraak hoorde.

Regi verscheen slaperig in de deuropening, maar schrok op toen hij haar zag.

'Wat doe jij hier?' vroeg hij verrast. Onwillekeurig keek hij naar links en rechts of iemand hen kon zien.

'We hebben wat voedsel afgegeven en ik wilde je zien. Gewoon om even dag te zeggen.'

'Heb je nagedacht over mijn woorden?' vroeg hij. In zijn toon lag dezelfde vastberadenheid als eerder. Het was geen bevlieging geweest.

'Ik heb aan weinig anders gedacht,' antwoordde ze een beetje onoprecht, want ze was vooral met Maries ontdekking bezig geweest en wat de gevolgen zouden zijn voor hem en haar. 'Maar je maakt me bang. Laten we er nog niet over praten.'

Ze stak haar hand uit, bij wijze van afscheid, maar hij nam hem in de zijne en hield hem vast.

'Ik ben niet geschikt om een bijzit te zijn, hoeveel ik ook van je hou.' Hij onderbrak zichzelf. 'Hou je ook van mij, eigenlijk?'

'O, ja,' zei Anna, 'meer dan goed voor me is.'

Zijn gezicht brak open in een glimlach.

'Anna?' klonk er achter haar.

Ze rukte haar hand uit die van Regi en ze draaide zich om.

'Kom je mee?' zei Willem en hij groette Regi door zijn hand op te steken.

Ze slofte naar hem toe.

Willem keek om. Liep door. En keek nog eens om.

28

Toen ze thuiskwamen waren de meisjes terug van school. Ze zaten in de voorgalerij, aan weerskanten van Marie, over een boek gebogen.

'Papa!' riep Lin toen ze hem in het oog kreeg en ze rende op hem af. Hij tilde haar op, hoog in de lucht, als een energieke, jonge man.

Anna liep door om de lege mand weg te leggen. Toen ze de keuken binnenstapte, glipte Marie mee de ruimte in. Kokkie was er niet.

'Heb jij Willem mee naar de kampong genomen?' vroeg ze met een blik op de mand.

Anna keek haar alleen even aan bij wijze van antwoord.

'*Terlaloe*!' riep Marie uit. 'Je moet wel gek zijn!'

'Hij stond erop,' zei ze langzaam en rustig.

'Om haar te zien, natuurlijk. Srie heeft een *soerat lepas* gehad. En nu probeert ze weer terug te glippen. Het kan jou niet schelen wie zijn bed warm houdt, dat is duidelijk. Als jij maar lekker je gang kunt gaan met Regi.'

'Ik...'

Marie keek haar met fonkelende ogen aan, ineens bedrieglijk kalm. 'Als jij wilt dat ik mijn mond hou, dan zorg jij ervoor dat hij Srie niet meer bezoekt. En de meisjes ook niet.'

'Je kunt je baan hier niet behouden,' Anna sprak 'baan' met ironische nadruk uit, 'ook niet als Willem Srie niet meer ziet. Hij wordt je al beu, je bent te brutaal naar zijn zin.'

Marie liet een schamper lachje horen. 'Dat is mijn voorwaarde,' zei ze.

'Maar dat ligt niet in mijn handen!' zei Anna.

'Dan zorg je er maar voor dat het in je handen komt. Je bent de vrouw des huizes.'

Marie opende de keukendeur, liet Anna voorgaan en ze liepen terug naar de voorgalerij.

'Je kunt gaan,' zei Willem op neutrale toon tegen Marie zodra ze de voorgalerij op kwamen lopen. 'Je kunt de bijles morgen vervolgen.'

'Natuurlijk, toean Willem,' zei ze stralend. Marie zei de meisjes gedag en wandelde het erf af.

Willem keek de jonge vrouw na met de schattende blik van een man die op het punt staat een erfstuk te verpanden. Wat zou hij loslaten? Wat zou hij ervoor terugkrijgen?

Na de avondmaaltijd trok Anna zich terug op de achtergalerij. De tuin geurde naar seringen. Krekels en andere insecten maakten zoemende en raspende geluiden, alsof ze het licht wilden verleiden om langer te blijven.

'Was ik een grote teleurstelling voor je?' klonk het ineens naast haar.

Willem ging in de rieten stoel naast haar zitten. Hij keek kalm voor zich uit, naar het achtererf. Het licht was afgezwakt van een glittering tot een gloed.

Anna ging rechtop zitten. 'Ik heb dingen verwacht waarin je me kon teleurstellen,' zei ze en toen ze hoorde hoe wrang dat klonk, vervolgde ze: 'Maar daar kun jij niets aan doen. Jíj hebt me nooit iets beloofd wat je niet bent nagekomen.'

'Ik neem aan dat we ons beiden hebben verkeken op de risico's van een huwelijk als dat van ons.' Het klonk berustend, vergevingsgezind.

Anna was hem er dankbaar voor.

Hij draaide zich naar haar toe, liet een lange pauze vallen. Hij liet zien dat hij de situatie meester was, dat hij erover had nagedacht. 'De beste manier om dit op te lossen is als je Batavia voor onbepaalde tijd verlaat. Ik zal de overtocht betalen, van jou en van hem.'

Het duurde een moment voor Anna begreep dat hij doelde op Regi. Willem bestudeerde haar gezicht, om zijn vermoedens bevestigd te zien en ze sloeg haar ogen neer.

Opgetogen ging hij verder: 'Van jou zal iedereen het begrijpen. Je bent een blanke vrouw met een fragiliteit die opspeelt in de tropen. Je bent niet bestand tegen deze leefwijze, dit klimaat. Dokter Alkemade en zenuwarts Rademakers zullen dat kunnen bevestigen. Regi zal ik naar Holland sturen om te gaan studeren, als hij dat wil. Dat is hier niet ongebruikelijk voor herenzonen.'

Nadat Regi's naam was uitgesproken, daalde er een diepe stilte neer. De naam riep een luchtige verschijning op die tussen hen in bleef zweven. Het deed Anna besluiten om dan ook maar die andere geest op te roepen.

'Zul je Srie af en toe in het huis toestaan als ik weg ben?' vroeg ze. 'Zul je de kinderen het contact met hun moeder teruggeven?'

Willem gaf geen antwoord en liep naar de rand van de veranda. Hij keek de tuin in, terwijl hij zijn handen op zijn rug vouwde. 'Het enige wat ik van je vraag is geen schandaal te veroorzaken dat mijn goede naam kan schaden,' zei hij. 'En om voor de wet met mij getrouwd te blijven. Anders gaat het niet door.'

Alle status, de voorrechten en het aanzien die bij zijn functie hoorden waren weldadig om zijn schouders gedrapeerd, als een zware fluwelen mantel die hem moest behoeden voor tegenspoed en ongeluk. Als getrouwde man, weliswaar zonder Europees kind, kon de mantel om zijn schouders blijven hangen.

Anna ging naast hem staan en staarde in dezelfde richting. De boomtoppen staken zwart af tegen de lucht en de eerste donkere schaduwen verschenen in de hoeken van de tuin. En daarmee in Anna's gedachten. Het plan had geen kans van slagen. Marie zou amok maken en pas ophouden als het was uitgelopen op een ongekend schandaal.

Baboe hielp haar uit haar jurk en hing hem uit op een knaapje. Ze bestudeerde Anna's gezicht.

'Ik mag terug,' zei Anna vlak voor baboe iets kon vragen, 'en ik mag Regi meenemen.'

Baboe keek haar een ogenblik verbouwereerd aan. Daarna vouwde ze haar handen en wierp een blik omhoog, alsof ze een godheid dankte. '*Masa*! Maar dat is geweldig!' riep ze uit. Ze keek haar onderzoekend aan. 'Toch?'

Anna knikte en boog toen haar hoofd. 'Alleen het kan niet, want Willem doet dit allemaal om een schandaal te voorkomen, terwijl Marie juist heeft gedreigd om Regi en mij in opspraak te brengen.'

'Marie!' Baboe spuugde de naam spottend uit. 'Jij hebt de middelen en contacten om het op te nemen tegen iemand als Marie, njonja.'

Anna keek haar vragend aan.

'Via de residentsvrouw, bijvoorbeeld. Zij is altijd met je begaan.'

Anna schudde haar hoofd. 'Sinds ze weet van Regi wil ze niets meer met me te maken hebben.'

'Probeer het,' zei baboe. 'Njonja blanda's helpen elkaar.' Ze bleef haar aankijken zoals een onderwijzer naar zijn leerling kijkt, tot Anna knikte. 'Toean Willem was dol op zijn zoon, wist je dat?'

Anna keek verrast op.

'Heb je je nooit afgevraagd waarom hij hem met zijn moeder meestuurde en de meisjes niet? Hij moest voor haar zorgen. Regi is altijd pienter geweest en hij heeft branie. Hij heeft haar aan hem toevertrouwd.'

De scherpe geur van pruimtabak verspreidde zich toen de vrouw zwaar uitademde. 'Hij heeft zijn zoon al eens geofferd,' zei baboe, 'en nu doet hij dat opnieuw. Jullie hebben hem beiden verraden, dat is beslist het geval, maar hij jullie ook. Nu kan hij zijn ereschuld vereffenen.'

Het middaguur naderde. Een postbeambte stond bij de deur van het postkantoor om de laatste mensen eruit te laten en af te sluiten. Hij keek bedenkelijk toen Anna aan kwam lopen, maar toen ze naar hem glimlachte, zwaaide hij de deur galant open.

Regi stond nog achter zijn loket en keek blij verrast toen hij haar zag naderen. 'Laat me de dingen hier even afronden,' zei hij op gedempte toon zodra ze voor hem stond. 'Kun je in de tuin van het klooster op me wachten?'

Ze knikte en glimlachte even onzeker naar hem.

Eenmaal buiten klapte ze haar parasol uit. De koetsier had voor de sado en het paard een plekje in de schaduw verderop in de straat gezocht en stond zelf onder een winkelluifel te praten. Ze wandelde langs de stoffige weg naar de kloostertuin, die verlaten was. Ze ging zitten op een bankje in de schaduw van een reusachtige waringin. Voor de voorbijgaande koetsen, draagstoelen en de enkele auto op de weg zouden ze niet te zien zijn.

Al na enkele minuten kwam Regi aanlopen en hij ging naast haar zitten. Hij bestudeerde haar gezicht. 'Heb je je bedacht?' vroeg hij. 'Wil je niet voor me kiezen?'

Ze schudde haar hoofd. 'Integendeel,' zei ze. Ze haalde diep adem. 'Hoe zou je het vinden om echte sneeuw te zien?'

Hij lachte en toen hij zag dat ze het meende keek hij haar verward aan.

'Willem laat me teruggaan,' zei ze dan maar plompverloren, 'en hij biedt aan om jou daar te laten studeren.'

'Studeren? In Amsterdam?'

Ze knikte, onzeker.

'Weet hij dat wij...'

'Ja,' zei ze resoluut. 'Hij moet het hebben geraden toen we in de kampong waren.'

Regi liet zijn hoofd in zijn handen zakken. 'En hij heeft me niet laten arresteren?' vroeg hij.

'Baboe denkt dat hij een oude schuld met jou wil vereffenen door je dit te gunnen,' zei ze.

'Of hij wil me kwijt als lastpost.'

'Misschien een beetje van allebei,' zei ze.

Ze grinnikten.

Hij keek haar aan, met een open blik. 'Wil jij dit ook, Anna?'

'Niets liever,' riep ze uit. 'Ik kan gaan werken als dienstbode, jij kunt na je studie een betrekking vinden. Er is altijd behoefte aan mannen die Nederlands en Maleis spreken, die gestudeerd hebben. De kleur van je huid is daar minder belangrijk dan je opleiding. We kunnen daar samen zijn, een halve woning huren, we kunnen van elkaar houden.' Ze legde haar hand op zijn knie. 'Maar de vraag is of jij je vaderland wilt achterlaten, je moeder, je zussen, je vrienden. En we moeten geruisloos vertrekken, dat is de afspraak met Willem. Niemand hier mag weten dat we geliefden zijn.'

Hij zuchtte, keek naar haar hand en vouwde die van hem eromheen. 'Of ik nou met bellen en trommels of als een dief in de nacht moet vertrekken, het maakt me niet uit,' zei hij, 'als ik maar met jou weg kan gaan.'

De volgende dag liet Anna zich aan het einde van de ochtend naar het residentiehuis rijden, hopend dat de residentsvrouw klaar was met haar ochtendvisites. Een paar meter voor de oprijlaan vroeg ze de koetsier te stoppen. Te voet ging ze verder.

Verderop stapte de residentsvrouw op dat moment uit haar rijtuig. Anna moest flink doorstappen wilde ze haar treffen voor ze binnen was. De hoofdhuishoudster zwaaide de voordeur al open. Licht hijgend stond ze voor de residentsvrouw, die niet eens verrast leek te zijn haar te zien.

'Wat wil je?' vroeg ze afgemeten, terwijl ze met een gewelddadige ruk haar parasol dichtklapte. 'Heb je met hem gebroken? Anders ben je hier niet welkom.'

'Nee,' zei Anna, 'maar...'

De residentsvrouw hief een vinger om haar tot stilte te manen. 'Ik heb je geheim bewaard, maar ik wil niet met je gezien worden. Het is ongehoord wat je aan het doen bent.'

'Ik wil u één laatste gunst vragen, juist om een schandaal te voorkomen.'

De residentsvrouw leek in haar hoofd een berekening te maken en zei toen: 'Kom binnen dan. Je hebt vijf minuten.' Ze gaf haar zonnehoed en parasol af, deelde mee dat er geen drankjes gebracht hoefden te worden en ze liep door naar de salon. Ze gingen zitten en de residentsvrouw keek haar afwachtend aan, niet eens vermoeid of afkeurend, maar met een zekere nieuwsgierigheid.

Anna voelde zich zelfbewuster dan ooit. Ze hoefde niet beleefd te zijn en geen regels in acht te nemen. Dit was een van de momenten die geen schijn verdroegen en waar spelregels niet golden. Haar verzoek om hulp was onbeschaamd en toch was het op zijn plek.

Nadat Anna haar verhaal had gedaan, stond de residentsvrouw op en ging voor het raam staan. 'Wij mensen met onze lachwekkende geheimen,' zei ze. Ze keek naar de lucht, met wijdopen ogen. 'Een mens kan een ander te gronde richten door hem niet los te laten, maar ook niet helemaal tot zich toe te laten. De liefde die je wordt onthouden kun je je hele leven blijven zoeken. Niet bij anderen, die deze je wel kunnen bieden, want die liefde wantrouw je, maar juist bij de persoon die jou dat ontzegt. En die persoon weet dat en kan er zelfs genoegen in scheppen om je als een poppenspeler in zijn greep te houden.'

Ze maakte haar blik los van het raam en liet hem over Anna's gezicht glijden. Het was een zachte blik geworden. 'Willem is een uitzondering, want hij laat jou los en geeft je terug aan de wereld. Ik kan niet toestaan dat een bijvrouw dat verhindert.'

Anna keek haar verwachtingsvol aan.

'Goed dan,' zei ze, ineens op een mechanische, formele toon. 'Ik ken nog wel iemand. Een alleenstaande Hollander met niet al te veel vooruitzichten en ik zie hem er wel voor aan om uiteindelijk een Indo-Europese te trouwen. Als die Marie zo mooi, charmant en verraderlijk is als je beweert, dan zal dat haar wel lukken. Ik regel deze betrekking, op voorwaarde dat ze blijft zwijgen. Daartoe stellen we een documentje op.'

Ze stond op, als teken dat het onderhoud afgelopen was. Zo gemakkelijk kon het dus zijn. Inlanders kon je verschuiven, overdoen aan een ander, in het gareel houden met geld en contracten. Ze stak haar hand uit en de residentsvrouw schudde hem. Er zouden fatsoenlijke regelingen worden getroffen, alles schijnbaar volgens de heersende mores, de zonden gestreken en geparfumeerd en Anna's hand mocht weer worden geschud.

De residentsvrouw hield haar hand iets langer vast dan nodig. Anna wist niet zeker wat er in haar ogen te lezen viel. 'Jouw hart is zacht genoeg gebleven om je liefde op iemand anders te richten,' zei ze, 'iemand die jouw liefde wel kan ontvangen.' Ze zuchtte en gaf een kneepje in Anna's hand voordat ze hem losliet. 'Ik hoop van harte dat het je geluk brengt.'

29

Nadat Marie een onderhoud met de residentsvrouw had gehad, veranderde niet alleen haar houding, maar haar hele verschijning. In haar ogen lag nu een verwachtingsvolle schittering. Ze zag een glansrijke toekomst voor zich die al effect had op het heden, een waarbij ze zelfs een stap hoger kon reiken, naar een huwelijk met een Europeaan. Nadat ze bij Willem haar ontslag had ingediend, gedroeg ze zich onverschillig tegenover hem en plichtmatig naar de kinderen, als een slang die zijn huid al had afgelegd. Een week zou ze nog volmaken, de volgende maand zou ze bij haar nieuwe werkgever beginnen.

Anna ging ze uit de weg. Ze was schuw toen Anna haar bij zich riep en over Srie begon.

'*Tida oesa*,' zei Marie, 'het doet er niet meer toe. Het is ook niet nodig om goenagoena in te zetten, ik treed terug en hou mijn mond.' Ze maakte een diepe sembah.

Anna keek verbaasd toe.

'Heb je je koele hand over Marie laten wapperen?' vroeg Anna die avond aan baboe.

De oude vrouw grinnikte. 'Ik heb haar gezegd dat wat ze jou aandoet, tienvoudig naar haar zal terugkaatsen.'

Anna schrok.

'Er is een natuurkracht waarmee we kunnen werken, lieve njonja,' zei ze, 'maar niets is zo sterk als de kracht van illusie.'

Anna ging op het bed zitten, opgelucht. 'Mag ik je iets vragen nu ik bijna vertrek?' vroeg ze. 'Mag ik je naam weten?'

Baboe ging naast haar zitten. 'Mijn naam is Puranjani.'

'Dank je wel,' zei Anna.

Ze bleven enige tijd zwijgen. Toen legde baboe haar hand op die van Anna. 'Moge je reis voorspoedig zijn en je leven je brengen wat je hoopt,' zei ze. Daarna sprak ze, op al even plechtige toon, wat woorden in het Maleis die Anna niet verstond.

'Was dat een toverspreuk?'

Baboe lachte spottend. 'Alle woorden zijn betoverend. Dat zou jij toch moeten weten.'

Anna glimlachte en zuchtte toen. 'Zal het me wel lukken in Holland? Wat als ik weer ziek word?'

'Weet je nog, die ochtend toen ik je van de grond opraapte? Die nacht had je de diepste bodem bereikt, maar daarna lukte het je om op te krabbelen. Mocht je ooit weer struikelen, dan zul je je dat herinneren.'

Het personeel stond op een rijtje op de voorgalerij, net als toen ze bijna een jaar geleden aankwam, alleen nu waren Willem, Lin en Minah er ook bij. Anna droeg een wit, linnen reiskostuum. Op haar hoofd een zonnehoed die haar tijdens de bootreis zou beschermen tegen de zon. De kist met haar eigendommen was al achter op de sado vastgebonden, met ernaast een koffer met de jurken die ze hier had gedragen. De boeken die ze had aangeschaft had ze ook naar het rijtuig laten brengen, met een stoutmoedige blik naar Willem toen hij ze zag.

Kokkie had het nodig gevonden om een mand met proviand mee te geven, terwijl aan boord genoeg maaltijden werden geserveerd. Ze wenste haar *oentoeng*. Tot Anna's verbazing depte de vrouw haar ogen met een zakdoek. Anna omhelsde Lin en gaf haar de lappenpop die Aegje haar ooit gegeven had.

'Om je altijd gezelschap te houden,' zei ze.

Lin drukte de pop tegen zich aan. Minah verplaatste haar

gewicht op haar rechter- en dan weer op haar linkerbeen en friemelde aan de linten van haar jurk. Toen Anna voor haar stond, keek ze naar haar op.

'Zul je voor je moeder zorgen, nu je broer er voorlopig niet is?' vroeg Anna.

Minah knikte.

Anna haalde het houten doosje met kabaja- en haarspelden uit haar zak. 'Geef die maar terug aan je moeder,' zei ze. Daarna tastte ze in haar andere zak en haalde er de sierspelden uit die ze zelf had gekocht. 'En deze zijn voor jou.'

Minah pakte de spelden aan. Daarna sloeg ze haar armen om Anna's middel en zo bleven ze even staan. 'Ik zal je missen,' zei het meisje gesmoord.

Baboe stond kaarsrecht, met vochtige ogen. Anna maakte een diepe sembah, die voor een komische opwinding in het gezelschap zorgde. Baboe maakte een even diepe buiging voor haar. Anna legde haar hand in de hare.

'Dank je wel, Puranjani,' zei ze.

'Tabee, njonja,' zei de vrouw.

Willem wreef over zijn snor, kuchte en deed een stap naar haar toe. 'Heb een voorspoedige reis,' zei hij, 'en schrijf ons vooral eens een brief.'

Anna beloofde het.

Het schip lag stil met zacht ronkende machines, als de ademhaling van een slapende. Aan de oever liepen figuren druk heen en weer. Aan boord werd geroepen en gewuifd naar de kade. Iemand zong een liedje dat plotseling werd overstemd door het bulderende geraas van startende motoren. De boot kwam in beweging en de gestalten en handelskantoren verwijderden zich steeds sneller tot ze niet meer te onderscheiden waren.

Ze voelde zich geen jonge vrouw meer. Geen jonge en geen oude vrouw.

Regi legde zijn hand op haar onderrug.
'Je neemt een tropenbruid mee,' zei ze tegen hem.
Boven de boot cirkelde een lachstern, in volle vlucht met zijn vleugels uitgespreid, zoals de duif in haar donkerste nacht had gedaan. Hij was wit aan de onderkant, grijs aan de bovenkant en had een zwarte vlek op zijn kop.

De wereld reduceert elk leven tot twee varianten: succes of mislukking, de overwinning of de nederlaag. Maar zij stond daartussenin. Ze was noch winnaar, noch verliezer. Ze kon tegelijk gelukkig en ongelukkig zijn.
De oorlog sluit de vrede niet uit. Een land kan in oorlog verkeren, maar ergens op een groen veldje kunnen twee mensen op een kleed volledig vrij en gelukkig zijn. Strijdmakkers kunnen bij een kampvuur zitten met lichtzinnig plezier, terwijl hun kameraden sterven in een oorlogshospitaal. Die dingen kunnen, hoe tegenstrijdig ook, tegelijk gebeuren.
Gelijkmoedig zou ze nooit worden. De liefde zou haar niet vrijwaren van haar sombere periodes, die altijd zouden liggen smeulen. Regi kon haar er niet voor behoeden, maar hij zou naast haar staan. Ze accepteerde een werkelijkheid buiten falen of slagen om, buiten de duisternis of het volle licht. Beide kunnen zich tegelijk voordoen, of elkaar afwisselen. Beide zijn even waardevol.

De zee zou eerst lichtblauw en dan donkergroen kleuren. De zon zou in kracht afnemen, wolken zouden lager gaan hangen, de wind zou guurder worden. Ze zouden kuieren over het dek, lezen in de dekstoelen en de langgerekte streep tussen de zee en de hemel langzaam beu worden. En ineens zouden de passagiers om hen heen onrustig worden, aan de reling gaan staan en opgewonden naar de kust wijzen.
Ze zouden over het kruispunt van de Brouwersgracht en de

Prinsengracht wandelen, met achter zich pakhuizen met namen als Koning David, De Groene Valk, De Appel, de voorraadschuren gevuld met alles wat de Nederlanders uit de Oost haalden om zich mee te verrijken.

Op weg naar Aegje zouden ze door de Jordaan wandelen, met haar ongelijke bestrating, de venijnig stijgende bruggen, waar je als het vriest moet oppassen niet onderuit te gaan. Ze zou hem wijzen op de gevelstenen, op de in stilte ademende hofjes voor oude vrouwen, op de gehavende gevels en smerige duivenplatten. Ze zouden door haar stad lopen, hij onwennig en zij niet langer als last die door de Amsterdamse burgers gedragen moest worden, maar als iemand die zelf bijdroeg.

We denken dat we kunnen bepalen of iets goed of slecht is, of we iets wel of niet hadden moeten doen, of het een teleurstelling of een zege is. De waarheid is dat we het niet weten. Wat geluk was, bepaal je achteraf.

Anna voelde Regi's hand op haar rug. Ze bewoog zich niet.

NAWOORD

In het jaar voordat ik deze roman begon te schrijven, vormde Anna zich langzaam maar nauwkeurig in mijn geest. Toch verraste ze me nog door in een van de eerste hoofdstukken blijk te geven van een gevoeligheid voor depressie, alleen gebruikte men die term aan het begin van de twintigste eeuw nog niet. Men sprak over zenuwziekte of zenuwzwakte. Bij neerslachtige Europeanen in de tropen werd de diagnose **tropenneurasthenie** veelvuldig gesteld, zou ik later ontdekken. De Nederlandse arts Theodoor Swart Abrahamsz (1848-1911) was een van de eersten die de zenuwziekte in verband bracht met het leven in Nederlands-Indië. Het grootste verschil met neurasthenie in Nederland was dat de lichamelijke klachten eerder op de voorgrond traden dan de psychische, wat werd geweten aan het tropische klimaat. Het bleek Anna's retourticket te zijn.

Het Amsterdamse Burgerweeshuis was het eerste weeshuis in Amsterdam, gesticht in 1520. Het is nog te bezoeken als onderdeel van het huidige Amsterdam Museum. Het symbool van het Burgerweeshuis, de duif met uitgespreide vleugels, kun je nog steeds tegenkomen op ornamenten bij de oude ingangen aan de Kalverstraat en de Sint Luciënsteeg. In 1907, het jaar van Anna's vertrek, lag de leiding nog maar een paar jaar in handen van een door de gemeente aangestelde Commissie van Toezicht. Tot 1900 werd het bestuurd door regenten. Door de eeuwen heen zaten er tussen de vijfhonderd en duizend wezen in het weeshuis en ook de binnenvaders en -moeders woonden er. In 1919 werd het rood-zwarte uniform afgeschaft en omdat er steeds minder wezen werden aangemeld om op te vangen, sloot het weeshuis in 1960 op die plek zijn deuren.

Nederlands-Indië, ook wel de Oost genoemd, was vanaf 1816 de officiële naam voor het gekoloniseerde gebied dat we nu kennen als Indonesië. Vanaf het begin van de zeventiende eeuw, met de oprichting van de VOC, verwierven de Nederlanders gebieden op Java en in de Molukken. Toen de VOC werd genationaliseerd, werd dit beschouwd als Nederlands grondgebied. Na de opheffing van de VOC in 1798 gingen de bezittingen op de toenmalige Bataafse Republiek over. Door de opening van het Suezkanaal in 1869 en de vervanging van het zeilschip door het stoomschip werd de reis van enkele maanden tot enkele weken verkort. Vanaf 1870 werd de kolonie opengesteld voor particuliere ondernemers. Steeds meer Nederlanders, om met de woorden van Bas Veth te spreken, de 'chevaliers d'industrie, *fortune hunters*, carrièrejagers, parvenu's, patsers', kwamen naar Indië om hun geluk te beproeven.

Een inheemse bewoner, afkomstig uit welk milieu dan ook, werd als minderwaardig aan de Europeaan beschouwd. Zo kon het zijn dat een man die in Nederland als uitschot gold en voet aan land zette in de archipel, een respectabele positie verwierf, louter om zijn afkomst. Er waren 'blanken' en 'bruinen', heersers en dienaren. De heersende gedachte was dat de Nederlandse cultuur en omgangsvormen het land tot een 'beschaafde' natie zouden maken en dat de inlander gehoorzaam moest zijn en moest worden opgevoed.

De Atjeh-oorlog, die in 1907 nog volop woedde, vond zijn oorsprong in opstanden van inheemse nationalisten rond 1825 op Java. Deze strijd werd door de Nederlanders gewonnen, maar op de andere eilanden gingen de opstanden gewoon door en werd eromheen geregeerd. Met zogenoemde 'onthoudingspolitiek' bestuurden de Nederlanders sommige steden, maar ze beperkten zich in de buitengewesten tot overeenkomsten met inheemse vorsten. Aan het einde van de negentiende eeuw verliet Nederland onder druk van het imperialisme van andere westerse landen de strategie van onthoudingspolitiek en begon meer gebieden onder zijn gezag te brengen. Atjeh was een taai eiland: het duurde enkele decennia, vanaf 1873, om het onder Nederlands bewind te brengen, maar ook daarna bleef er verzet bestaan.

In 1945, twee dagen na de overgave aan Japan, verklaarden de Japanse bevelhebbers en nationalistische leiders Nederlands-Indië onafhankelijk. Soekarno werd de eerste zelfbenoemde president van de Republiek Indonesië. Nederland bevocht dit met keiharde hand, maar erkende uiteindelijk in 1949 de Indonesische onafhankelijkheid.

Aandacht vragen voor het beklagenswaardige en onrechtvaardige lot van **de njai** was het uitgangspunt van deze roman. Ik stuitte erop bij de research voor een eerdere roman, *Vloed* (2010). Anthonie van Raal van Konijnenburg III, de broer van mijn overgrootmoeder Adriana, voer rond 1895 met een klipper uit de sloep van zijn vader Willem Hendrik van Konijnenburg naar de Oost en begon er zijn bestaan. Ook al kreeg Anthonie geen kinderen met zijn njai, toch beklijfde de abominabele positie van de inlandse hoofdhuishoudster zozeer dat ik me voornam er ooit een roman aan te wijden.

Het is een ongemakkelijk onderdeel van onze koloniale geschiedenis: Europese mannen die, in afwachting van een geschikte Europese huwelijkskandidate, samenleefden en niet zelden kinderen kregen met een jonge Chinese, Japanse of Indonesische vrouw die geen rechten had. Al vanaf het einde van de zestiende eeuw was het in Nederlands-Indië algemeen geaccepteerd om in concubinaat te leven; eerst aangemoedigd in de vorm van slavernij, later op basis van betaling oogluikend toegestaan. Zolang de njai bij bezoek van Europeanen uit het zicht bleef – 'naar achteren', zoals dat in koloniale termen heette – bleef het binnen de conventies.

De njai had wel degelijk status binnen het huis, zo schrijft Reggie Baay in zijn boek *De njai: het concubinaat in Nederlands-Indië*. Ze gaf leiding aan het personeel als de heer van huis was, beheerde de sleutel van de voorraadkast en de uitgaven voor het huishouden. Ze droeg sieraden en geen donkere of gekleurde kabaja, maar een witte. Yvonne Keuls, zelf opgegroeid in Batavia en net als Reggie Baay kleindochter van een njai, wees me erop dat de njai veelal uit een gegoede of zelfs aristocratische familie kwam en gracieus en trots was.

De njai at met de heer aan tafel, sliep met hem, fungeerde als tolk en baarde zijn kinderen. Toch kon de man haar op elk moment, zonder gevolgen, wegsturen. Voor de njai was dat een dubbele ramp, omdat de inheemse samenleving het njaischap afkeurde en ze niet terug kon naar haar familie, ook al had die niet zelden geld voor haar ontvangen. Ze werd een uitgestotene.

Na een *soerat lepas*, haar ontslagbrief, droeg de njai geen enkel gezag over de eventuele kinderen die uit de verbintenis waren voortgekomen. Dit was wettelijk vastgelegd in het Burgerlijk Wetboek van 1848. Hierin was ook opgenomen dat de inheemse concubine bij het overlijden van de vader niet de voogdij kon opeisen. Ze was formeel rechteloos en kon nergens aanspraak op maken.

Vanaf 1905 werd in concubinaat leven, juist bij Europese ambtenaren die het goede voorbeeld moesten geven, officieel veroordeeld, maar het duurde nog decennia voordat het in de praktijk ophield te bestaan. In planters- en militaire kringen duurde het misbruik van inheemse vrouwen nog veel langer voort, onder nog slechtere omstandigheden.

De kinderen die uit de verbintenis met een njai voortkwamen, voorafgaand aan een huwelijk met een Europese vrouw, werden 'voorkinderen' genoemd. Vanaf 1828 kon een vader zijn kinderen die in het concubinaat geboren waren erkennen. Hij kon er ook voor kiezen om ze niet te erkennen, maar ze wel te laten inschrijven in het geboorteregister. Ook dan was hij belast met de verantwoordelijkheid de kinderen te verzorgen, in ieder geval financieel. Bij de inschrijving kregen de kinderen de familienaam van de vader, maar wel achterstevoren geschreven.

De bastaarden namen dusdanig toe in aantal dat ze een aparte laag in de samenleving vormden. De erkende kinderen genoten voorrechten zoals een opleiding en financiële steun, maar hadden soms geen contact met hun biologische moeder. De niet-erkende kinderen, die samen met hun (zwangere) moeder waren weggestuurd, vielen tussen wal en schip; ze waren paria's in zowel de Europese als de inlandse wereld. Deze verworpen en verwaarloosde kinderen groeiden op met haatgevoelens naar de totoks, de mannen die hen hadden verwekt en in de steek hadden gelaten, en sloten zich niet zelden aan bij de nationalistische troepen.

Ook de positie van Javaanse vrouwen die binnen hun gemeenschap trouwden was in 1907 ronduit slecht. Javaanse meisjes werden geacht geluidloos te lachen, alleen te spreken als het hoognodig was, niet zonder begeleiding naar buiten te gaan en vroeg uitgehuwelijkt te zijn. Een vrouw die zich hier fel tegen uitsprak (vooral in brieven aan penvriendinnen in Nederland) is **Raden Adjeng Kartini**. Van haar zijn de woorden die ik aan Anna heb gegeven over inlandse vrouwen: 'We zijn als de bergen van Java, schijnbaar zo kalm en rustig, maar inwendig daar gloeit de lava.'

Kartini wist uithuwelijking lang uit te stellen, maar stemde uiteindelijk in om haar zieke vader te kalmeren. Ze stierf in

1904 in het kraambed van haar eerste kind op vijfentwintigjarige leeftijd. Haar brieven werden pas in 1912 gepubliceerd, dus Anna kon niet van haar bestaan afweten. Haar werk vormde de basis van de Indonesische vrouwenbeweging. In 1964 verklaarde president Soekarno Kartini tot 'heldin van de nationale vrijheid'. Haar feestdag, Hari Kartini, wordt nog altijd gevierd op 21 april. Ze wordt herdacht als een van de eerste voorvechters van vrouwenrechten in Indonesië.